퇴계 이황

아들에게 편지를 쓰다

퇴계 이황

아들에게 편지를 쓰다

이황 지음 | 이장우 · 전일주 옮김

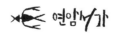

옮긴이

이장우 李章佑

경북 영해에서 태어나 서울대학교 중어중문학과를 졸업하고, 국립 대만대학에서 석사학위를, 서울대학교 대학원에서 박사학위를 취득하였다. 중국 국립중앙연구원, 프랑스 파리 제7대학, 미국 하버드대학 등지에서 연구와 강의를 하였으며, 현재 영남대학교 중국언어문화학부 명예교수, 사단법인 영남중국어문학회 이사장, 동양고전연구소 소장으로 있다. 주요 저서와 번역으로 『한유 시 이야기』(1988), 『중국문화통론』(1993), 『중국문학을 찾아서』(1994), 『중국시학』(1994), 『중국의 문학이론』(1994), 『퇴계시 풀이』(공역, 1996), 『도산잡영』(공역, 2005), 『고문진보(전·후집)』(공역, 2007) 등이 있다.

전일주 田日周

경북 포항에서 태어나 영남대학교 한문교육과를 졸업하고, 영남대학교 대학원에서 문학박사학위를 취득하였다. 현재 영남대학교 강사로 있다. 저서에 『한국 한자 자전 연구』(2003), 『경산의 전설과 민담』(공저, 2002), 『학산재와 영모재』(공저, 2003), 『선현의 향기』(2007), 『매향유회』(공역, 2007) 등이 있다.

퇴계 이황 아들에게 편지를 쓰다 ㅣ개정판ㅣ

2008년 4월 28일 초 판 1쇄 발행
2008년 11월 15일 초 판 4쇄 발행
2011년 4월 20일 개정판 1쇄 인쇄
2014년 5월 25일 개정판 3쇄 발행

지은이 ㅣ 이황
옮긴이 ㅣ 이장우, 전일주

펴낸이 ㅣ 권오상
펴낸곳 ㅣ 연암서가
등록 ㅣ 2007년 10월 8일(제396-2007-00107호)
주소 ㅣ 경기도 고양시 일산서구 호수로 896번지 402-1101
전화 ㅣ 031-907-3010
팩스 ㅣ 031-912-3012
이메일 ㅣ yeonamseoga@naver.com

ISBN 978-89-960434-6-1 03810
값 13,000원

퇴계 선생이 아들에게 들려주는 세상살이 이야기

1

이 책은 이퇴계 선생이 평생 동안 쓴 많은 편지—지금 남아 있는 것이 3,000통 이상임—중에서 그의 맏아들인 준(寯, 1523~1584)에게 보낸 편지를 번역하고 해설한 것이다. 일부 역사학자들은 이 편지들을 한문 원문으로 읽고 저서에서 인용한 바도 있으나, 한글로는 필자가 처음으로 번역하여 일반 독자들에게 공개하는 것이다.

퇴계 선생의 문집인 목판본 『퇴계선생문집』에는 선생의 편지가 1,000통쯤 수록되어 있는데, 대부분이 제자들과 학문을 이야기한 내용으로, 아들에게 보낸 편지는 거의 다 집안의 살림살이에 관련된 내용이기 때문에, 『문집』을 편집하던 제자들이 별로 중요하지 않다고 생각하였는지, 혹은 그 많은 분량 때문인지 10분의 9 이상을 수록하지 않았다.

거기에 실리지 않았던 편지까지 모두 다 찾아내어, 몇 년 전에 작고한 권오봉權五鳳 교수가 『퇴계서집성退溪書集成』이라는 다섯 권이나 되는 방대한 책을 1997년에 출판하였고, 사단법인 퇴계학연구원에서는 『정본 퇴계전서定本退溪全書』를 편집중인데, 여기에 수록한 아들에게 보낸 편지는 이미 한 차례 정리해서 그 중간 결과물(書簡 9)을 2006년에 낸 바도 있다. 지금 필자가 번역한 내용은 모두 이 책들에 실린 내용을 옮긴 것이다.

오늘날 퇴계 선생은 세상에 널리 알려져 있다. 거리의 가게 주인에서부터 산간벽지의 농부에 이르기까지 퇴계를 모르는 사람은 없게 되었다. 그러나 따지고 보면 이렇게 널리 알려진 퇴계 선생은 위대한 철학자로서 그의 『성학십도聖學十圖』, 『사단칠정논변四端七情論辯』 등 어려운 철학적 이론은 많이 소개되었으나, 이러한 이론에 앞서 생생한 역사적 인물로서의 퇴계의 인간적 면모에 대해서는 비교적 해명된 바가 적었다.

여기 소개되는 편지는 아들에게 준 편지이므로 가정의 크고 작은 온갖 일들에 언급되어 있어 한 생활인로서의 퇴계의 진면목을 엿볼 수 있는 좋은 자료라고 생각한다. 우리의 일반적인 관념은 도학자道學者라고 하면 대체로 세속 물정에 어둡고 메마른 도덕률道德律이나 강조하는 인물로 생각하기 쉽다. 조선조의 대표적인 도학자였던 퇴계 선생은 그 일상생활이 어떠했을까? 우리의 관심사가 아닐 수 없다.

이 편지들은 보면 알게 되겠지만, 이퇴계는 참으로 자상하고 세밀하고 또 철저한 분이었다. 아들에게 공부를 열심히 하여 과거시험에도 붙고, 또 남들처럼 벼슬도 하여 입신출세할 것을 권하기도 하고, 또 선비로서 교양과 인품을 갖출 것을 권하기도 하지만, 대인관계에 있어서 구체적인 행위준칙에 이르기까지 세밀하게 일러주는 아버지였다. 손자에게는 무슨 책을 읽게 하고 무슨 체의 글씨를 쓰도록 지시하는 자세하고 인자한 할아버지였다.

아들의 공부에 관한 문제에 한정된 것이 아니다. 살림살이에 대해서도 등한히 하지 말 것을 자주 당부하고 있을 뿐만 아니라, 아주 면밀하게 농토에 씨를 뿌리는 것, 세금 바치는 것, 수확한 물건을 팔아서 딴 물건과 바꾸는 것, 종들을 관리하는 것, 어디에 있는 것을 어디로 옮기라는 것……, 나아가서는 친척들 사이에 재산 분쟁이 생겼을 때 어떻게 대처해야만 선비의 체면에 손상이 가지 않는다는 것까지 자세히 일러두고 있다.(퇴계 선생의 재산관리에 관해서는 이수근 교수의 저서『영남학파의 형성과 전개』, 김근태 박사의『조선시대 양반가의 농업경영』같은 책 참조 요망)

3

이 편지들을 읽으면서, 필자가 퇴계 선생과 관련된 사실 중에서, 아직까지 잘 몰랐던 점이나, 또 일반인들이 잘못 알고 있는 점들도 찾아볼 수 있었다.

그 중 한 가지는 퇴계 선생의 '벼슬살이'에 대한 생각이다. 다 아는 바와 같이, 퇴계 선생은 평생 동안 70번이나 벼슬을 사양하고 물러나기를 바랐던 것이다. 그러한 어른이 어떻게 아들을 보고는 과거를 준비하고 벼슬을 하라고 하였던가? 이렇게 벼슬을 권한 내용은 제자들에게 준 편지에도 더러 나타난다.

일반적으로 퇴계는 벼슬살이를 싫어한 것으로 알고 있다. 그러나 이 편지 가운데서 볼 수 있듯이 아들에게 간절히 벼슬에 나아가기를 권한 점이라든가 퇴계 자신의 처신을 살펴보면 벼슬살이를 애당초 외면하고 싫어했던 것은 아닌 듯하다. 당시에 있어서 사람다운 대접을 받으려면 과거에 급제하여 기본적인 벼슬살이를 하는 것은 바람직한 일이라고 생각한 듯하다. 노년에 이르러 그렇듯 벼슬을 사양한 것은 당신의 건강문제, 학문에 대한 열의, 제도권 정치에 대한 실망 등등에 기인하는 듯하다.

이 편지들을 읽고서, 필자가 또 한 가지 퇴계 선생과 관련된 이야기로 세상에서는 잘 알려져 있지 않은 사실로는 그의 소실小室에 관한 내용이다. 퇴계 선생의 「연보年譜」에는 그가 31세에 "적寂이라는 서자가 났다"는 기록 이외에는 그 적의 어머니가 누구인지는 잘 알려져 있지 않은데, 이 편지들을 보면 자주 "너희 서모(庶母, 더러는 줄여서 母자 한 자만 쓰기도 함)에게 따로 편지 보내지 않는다"느니, 또는 "너희 서모의 언문 편지를 동봉하기 때문에 길게 적지 않는다"는 내용이 보인다.

정순목 교수가 쓴 『퇴계평전退溪評傳』이라는 책을 보면, 퇴계 선생이 초취 부인 허씨가 둘째 아들을 낳자마자 곧 죽게 되어, 어린 두 아들을 양육하고 또 살림을 돌보기 위하여 위에서 말한 소실을 맞아들인 것으로 보고 있다. 그러나 최근에 퇴계 선생의 연보를 면밀하게 연구한 정석태 박사의 말에 의하면, 이보다도 먼저 이 소실 부인이 이 집에 들어왔을 것이나 정확하게 언제쯤인지는 확실치 않다고 하였다. 이 말이 맞을 것이다.

편지들을 보면 이 소실 부인은 창원의 천민 출신〔관속〕이지만 매우 현명하여 이 집안에서 주부와 같은 역할을 오랫동안 계속하였다. 이 소실 부인이 들어오고 난 몇 년 뒤에 다시 정식으로 재취 부인인 권씨를 맞이하였지만, 이 권씨 부인은 잘 알려진 바와 같이 정신박약 같은 증세가 있었고, 또 10여 년 뒤에 작고하였기 때문에, 이 소실 부인이 퇴계 가문에서의 주부와 같은 역할은 사뭇 계속되었다.

오늘날의 관점에서 보면, 군자가 소실이 있었다는 것이 흠이 될지 몰라도 당시의 사회풍습에서는 보통 선비들이 일처이첩一妻二妾까지는 무관하게 생각하였고, 또 위와 같이 특수한 상황에서는 어린 자식들을 키우고, 또 자신이 집을 떠나 벼슬길에 나아가야 했기 때문에 이러한 방법 이외에는 다른 방법이 없다고 여겼을 것 같기도 하다. 옛날 사람들을 생각할 때에 지금의 잣대로 보지 말고 그 당시의 잣대로 보아야만 한다는 이른바 역사주의歷史主義라는 관점이 있는데, 이 경우에는 바로 그렇게 보아야만 할 것 같다.

이 이야기를 여기에서 꺼낸 것은, 이 사실을 분명하게 하는 것이 다음에 나오는 여러 가지 편지의 내용을 이해하는 데 도움이 되기도 하거니와, 어디까지나 사실로 있었던 일은 사실 그대로 알고서 보는 것이 올바른 이해의 방법이라고 생각하기 때문이다.

5

필자는 대학에서 중국 고전문학을 강의하고 있다. 그러나 요즘 주로 하고 있는 일은 이퇴계 선생의 한시漢詩를 현대 한국어로 번역·주석·해설하는 작업을 하고 있다. 필자가 한국학 중에서 퇴계학을 연구하는 것은, 다음과 같은 두 가지 이유에서다. 하나는 이퇴계『문집』은 한문으로 된 두 가지 주석서『퇴계문집고증』과『요존록』이 있기 때문에 그래도 다른 한국의 문집보다는 공부하기가 쉽다는 점이요, 또 하나는 기왕 한국의 한문 문집을 읽기로 작정하였으면 저술이 많이 남아 있는 분의 책을 보는 것이 한국문화의 일면을 종합적으로 이해하는 데 도움이 될 것이라는 생각도 들기 때문이다.

과연 이퇴계가 지은 저술은, 16세기에 살던 학자치고는 그 유례를 볼 수 없을 만큼 많이 남아 있다. 그 중에서 목판본으로 간행되었던『퇴계선생문집』59권에 수록된 글은 이미 모두 한 차례씩 한국어와 현대 중국어로 번역되기도 하였다. (퇴계학연구원에서 낸 『국역 퇴계전서』와 사천인민출판사四川人民出版社에서 낸 『퇴계전서금주금역退溪全書今注今譯』) 이러한 번역이 이미 나와 있지만, 필자는 필자 나름으로 이 퇴계의 시(2,000여 수)를 많은 주석을 달아가면서 다시 번역하여 가고 있다.

6

비록 한문으로 된 주석서가 있고, 또 한글 번역본까지 나왔다고는 하지만, 퇴계 선생이 쓴 시나 글은 읽기에 그렇게 쉽지 않다. 철학을 담은 글은 내용이 어렵고, 문학을 담은 글은 전고典故가 많기 때문이다. 그러나 여기에 필자가 번역하여 놓은 이 아들에게 보낸 편지들을 보니, 어려운 전고라고는 전혀 없는 한문치고는 매우 평이한 글이다.

다만 어려운 점이 있다면, 당시에 사용했던 한국인들의 일상생활 용어들을 한자로 적어 놓은 것이 많이 나오는데, 이러한 용어들은 오히려 중국에서 간행된 한문사전에서는 나오지도 않고, 또 다른 한문책에서도 접할 수 없는 말들이었다. 그래서 당시의 풍속·습관·제도 같은 것을 잘 모르고서는 자세히 이해할 수 없는 내용이 수두룩하였다.

무엇보다도 권오봉 교수가 앞서 말한 이 편지들을 모아둔 『퇴계서집성』을 편집하면서, 편지의 원문만 여러 책에서 뽑아서 영인하여 둔 것이 아니라, 원문 하단에는 내용에 나오는 인명·지명은 거의 다 주석하고 원문에 구두점도 찍고, 또 원문 내용을 요약하여 설명하여 두기도 하였다.

7

퇴계 선생에게는 준寯이라는 맏아들과 채寀라는 둘째 아들이 있었다. 준은 도산과 가까운 예안의 외내〔烏川〕 마을에 사는 금재琴梓라는 분의 딸에게 장가를 가서 10여년 이상 처가살이를 하였다. 이 책을 보면 퇴계 선생이 40세 때부터 18세의 나이로 처가에 가서 살고 있는 이 맏아들에게 보낸 편지가 보이기 시작한다. 그 다음은 퇴계가 서울에 올라가서 조정에서 벼슬살이하면서 외내로 보낸 편지들, 단양과 풍기 군수로 근무할 때 보낸 것들, 또 퇴계가 고향에 돌아와 있을 때에 이 맏아들이 반대로 벼슬하여 서울의 제용감濟用監이나 경주의 집경전集慶殿 참봉參奉으로 근무할 때 보낸 편지들이 차례로 나온다. 이 맏아들은 나중에 봉화군수와 의흥현감을 역임하게 된다.

둘째 아들 채는 나자마자 곧 생모生母를 사별하고, 커서는 외가에 가서 살면서 자식이 없었던 작은 외할아버지—외종조부—댁의 수양손收養孫으로 있었다. 그 집에서 장가도 들었으나 곧 자식도 없이 죽어 거기서 묻히게 되었다. 정비석 씨가 쓴 소설『퇴계소전』을 보면 이 둘째 며느리가 혼자 사는 것을 보고 퇴계 선생이 측은하게 여겨 개가하도록 허락한 것으로 되어 있다. 이 이야기는 집안에서 구전되어 내려오는 말을 엮어 놓은 것 같은데, 이 편지들을 읽어 보면 그 며느리가 실본(失本: 수절하지 않고 개가함)하는 것을 가슴 아프게 지켜보는 내용도 보인다. 이 책에는 이 채가 수양손으로서 이미 받았던 재산을 채가 죽자 외가쪽 사람들이 도로 회수하려고 하였기에 이 청상과부도 마음에 큰 상처를 입었던 것 같다. 이 때문에 퇴계 선생은 맏아들을 보고 정당한 권리는 주장하되 재산 분쟁에 휘말려서는 안 된다고 자주 당부하고 있다.

이 책에 실은 편지는 대부분 다 맏아들에게 보낸 편지들인데, 다만 권씨 부인이 서울에서 작고하였을 때, 퇴계 선생은 도산에 있으면서, 이 두 아들로 하여금 함께 서울에 가서 상주 노릇을 생모와 다름없이 하라고 지시한 편지에, 두 아들의 이름이 연명으로 된 수신자受信者로 되어 있을 정도이다.

8

이 편지에는 친가·처가의 허다한 친척 이름들이 나오기도 하지만, 또 그보다 적지 않게 집안에서 부리던 남녀 종들의 이름이 150명 정도나 나온다. 대개 성은 적지 않고, —손孫, —이伊, —동同, —산山 같은 글자로 끝나거나, 이름 중간에 叱('질' 자이나, 이 경우는 사이시옷 역할을 함)자가 들어가는 경우, 또는 양반의 이름이나 자字에 들어가는 것 같지는 않은 좀 상스러운 글자들로 적은 이름은, 거의 다 하인下人, 소작인, 또는 집안에서 종노릇하던 노비들의 이름이다.

주지하는 바와 같이, 당시에 이 노비들은 '전민田民'이라고 하여, 토지와 함께 사유 재산의 일종으로 분류되었으며, 호적도 따로 없고 주인집의 호적에 노비로 등기되며, 노비의 자식은 자동적으로 그 부모의 상전上典 집의 노비가 된다. 그래서 가령 어떤 양반 집안에서 형제 자매들이 재산을 분배할 때는 토지뿐만 아니라 노비들도 재산의 일부이기 때문에 같이 분배하게 된다.

퇴계 마을에서 외내로, 서울로 뱃길로 오르내리는 상전을 마중하기 위하여, 충주로 단양으로, 또는 직접 서울로, 혹은 퇴계에서 서울이나 경주, 의령, 풍기, 영주, 풍산 등지로 퇴계 가문의 편지를 전달하여 주었던 것도 모두 이 노비들이며, 퇴계 가문의 어떤 양반이 행차할 때마다 말을 몰거나 짐을 운반한 것도 이 노비들이며, 농사를 지은 것도 이 노비들이다. 이러한 노비들을 관리하는 일에 대해서도, 퇴계 선생은 매우 세심하게 편지에서 자주 지시하고 있다. 너그럽게 다루어야 할 때는 휴식을 주고 건강을 보살피며 너그럽게 다루고, 엄하게 다루어야 할 때는 종아리를 때려 가면서라도 엄하게 다루어야 한다고 하였다.

9

이상으로 이 책에 대한 해설을 끝낸다. 앞에서 말한 『퇴계서집성』에 수록된 아들에게 보낸 편지는 전부 516통인데 이 책에는 퇴계 선생이 55세 때까지 쓴 162통만 우선 수록하였다. 이 편지들을 읽으면 읽을수록 사람과 사람 사이의 관계를 중시한 이 철인哲人이 체질적으로 병약病弱하고 가정사에서도 매우 불운하였던 것이 안타깝게 느껴진다. 이 분이 이룩한 그렇게 우뚝한 생각도 이러한 여러 가지 크고 작은 아픔을 디디고서 영글어 갔을 것이다. 이 선철先哲을 좀더 가까이 가서 살펴보기 위하여 삼가 독자들에게 이 책의 일독을 권한다.

원고의 일부 작성과 입력 및 교정을 맡아준 영남대학교 한문교육과의 전일주 박사에게 사의를 표한다.

2008년 3월

이장우李章佑 적음

❖ 차례 ❖

❖ 일러두기 ❖

一. 이 책에 수록된 글은 「해설」에서 밝힌 바와 같이 퇴계 선생이 40세부터 55세
　　까지 맏아들에게 보낸 편지를 한글로 옮긴 것이다.

一. 편지의 배열은 연대순으로 하였는데, 그 순서는 『정본定本 퇴계전서 · 서간
　　書簡 9』(서울: 퇴계학연구원, 2006)에 의거하였다.

一. 『퇴계서집성』(포항공대출판부, 1997)에 달린 인명 · 지명 등에 관련된 주석을 여
　　기서도 대개 그대로 옮겼으나, 모든 한자는 한글 뒤에 넣었고 어려운 말은
　　좀 쉬운 말로 바꾸어 넣었다.

一. 『집성』에 설명이 없는 어려운 말과 지금 젊은 독자들이 이해하기 어렵게 생
　　각된다고 여겨지는 어휘는 모두 (　)를 하고 설명하여 보려고 하였다.

一. 자주 나오는 인명이나, 단어의 경우 대개는 처음에 설명을 하고 말았으나,
　　어떤 경우에는 다시 나올 때 또다시 (　)를 하여 설명을 하여 독자들이 쉽
　　게 이해하도록 하였다.

一. 편지의 앞에 제목을 달아 편지의 내용을 요약하여 두었다. 실제로 한 편지
　　안에서 여러 가지 내용이 나오는 경우도 허다하나, 그것을 다 요약하여 놓
　　기는 번거로워 대개 한 가지 내용만 썼다.

一. 부록으로 퇴계 선생의 가계와 교우관계 해설을 실어 두었다.

40세 · 1540년 · 중종 35년

1월에 사간원정언司諫院正言에 임명되었고, 3월에 승문원교검承文院校檢을 겸하게 되었고, 4월에 지제교知製教를 거쳐 형조정랑刑曹正郎이 되었고, 9월에 홍문관부교리弘文館副校理와 겸하여 경연시독관經筵侍讀官과 춘추관기주관春秋館記注官이 되었고, 10월에 교리校理에 오름. 맏아들 준은 18세로 예안 오천烏川의 처가인 금씨 댁에서 처가살이를 하고 있었으며, 둘째 아들 채는 14세로 단성에 있는 작은 외할아버지 집에 가서 수양손收養孫으로 있었음.

사돈이 용궁현의 훈도가 되었음을 알린다

준에게 답한다.

잇손(芿叱孫: 남자종)이 와서 너의 편지를 전하였다. 네가 산사山寺에서 별 탈 없이 공부하고 있는 것을 알고 나니 대단히 기쁘고도 기쁘구나.

나는 예전과 같이 그대로이다. 형님*은 지금 사복판사司僕判事가 되어, 별고 없이 관직에 임하고 계신다. 너의 아내가 지어 보낸 단령(團領: 깃을 둥글게 만든 공복公服의 한 가지)을 받으니, 기쁘고 마음이 즐겁다만, 어려운 살림에 구태여 이렇게까지 하니 오히려 편안하지 않구나.

또한 네가 서울에 올라올지 말지는, 이번 겨울에는 내가 시골로 내려갈 수가 없으니, 집에 있는 것이 좋을 것 같구나. 만약 네가 너와 같이 시험을 칠 여러 친구들과 함께 온다면, 여기서 겨울을 보내도 될 것이다.

형님 넷째 형으로 호는 온계溫溪 이름은 해瀣(1496-1550)이며, 자는 경명景明. 종종 20년인 1525년에 진사, 1528년에 식년 문과에 급제하였다. 1550년 한성부 우윤으로 있을 때 갑산으로 귀양을 가게 되었는데 도중에 양주(지금의 서울 미아리)에서 병사하였다. 선조 때 벼슬이 환급되고 이어 예조참판에 추증되었으며 시호는 정민貞敏이다. 이때 온계는 47세로 홍문관 직제학直提學으로 있으면서 1월에 궁중의 말과 수레를 관장하는 사복시司僕寺의 일을 겸직하게 되었음. 여기서 판사判事라는 말은 판사복시사判司僕寺事를 말함.

흰 접는 부채 2자루와 둥근 부채 2자루, 참빗 5개, 먹 한 개, 붓 한 자루를 보낸다. 접는 부채와 참빗은 너의 처에게 전해주면 좋겠구나. 이만 쓴다. 8월

덧붙임 너의 장인*께서 용궁龍宮의 훈도訓導*로 이미 비답(임금이 상주문의 말미에 적는 가부의 대답)이 내렸으니, 속히 가서 부임하도록 아뢰는 것이 옳을 것이다. 마침 바쁜 일로 외출하게 되어 따로 편지를 드리지 못하겠구나. 아울러 보경補卿*에게도 알려 곧 의령宜寧*으로부터 그 숙부*를 따라 곧장 서울로 오도록 할 계획이다.

장인 성명은 금재琴梓, 자는 숙재叔材이며 예안의 외내〔烏川〕에 살았으며 준篤의 장인이다.
이때 준은 처가살이를 하고 있었다.
훈도 각 고을의 교육을 담당하는 벼슬로 중앙정부의 명에 의하여 임명되는 문관.
보경 종질인 이빙李憑의 자字.
의령 경상남도 군의 이름, 이때에 선생 처가가 있었다.
숙부 이빙의 고모부인 오언의吳彦毅.

산사에 들어가 독서할 것을 권유한다

준에게 답한다.

백영伯榮*이 와서 너의 편지를 받아 보았다. 네가 잘 있다니 기쁘고 마음이 놓인다. 나는 근래에 더위와 설사로 고생을 하였다. 지금은 차도가 있구나.

그러나 네가 서울로 온다면 마땅히 너와 같이 과거에 응시할 친구들과 함께 와서, 시험을 치른 후 그대로 남아서 겨울을 나는 것이 좋을 것 같다. 어찌 홀로 지체하여 머물면서 9월에 올라오려 하느냐.

또한 만약 그곳에서 완完*과 같은 친구들과 함께 산사山寺에 들어가 독서하는 것이 좋겠다면, 한겨울 추위에 여기로 와서 지낼 필요가 없을 것이다. 그러나 만약 강론을 듣고 부지런히 공부할 곳이 없다면, 마땅히 속히 상경하는 것이 옳을 것이다. 8월

백영 김부인金富仁(1512-1585)의 자. 호는 산남山南, 본관은 광산光山으로 예안禮安 외내에 살았음. 탁청정濯淸亭 김유金綏의 장자로 백부인 잠潛에게 양자로 갔음. 무과에 올라 여러 고을을 삼았음.

완 1512-1596, 자는 자고子固, 호는 기암企庵, 선생의 중형 하河의 장자이다. 진사에 오르고 영천永川 교관을 지냄.

별시에 응시하지 않는 것을 나무란다

준에게 답한다.

김구지(金仇知 : 미상) 등이 와서 너의 편지를 받아 보았다. 네가 병 없이 잘 지내고 있다니 대단히 기쁘고 기쁘구나!

나는 요전에 이질에 걸렸으나, 지금은 이미 병을 다스려 회복되었다. 그러나 말을 타고 외출할 때에는 양다리가 때때로 부어오르니 근심이 되는구나.

또 네가 비록 별시別試 때에는 제때에 와서 시험을 보겠다고 하지만, 진실로 가망이 없을 것을 알지만 함께 수험 준비를 할 여러 친구들과 같이 와서 시험을 보아라. 각처의 사람들이 천둥치듯 구름처럼 모여드는데, 너만 홀로 향촌鄕村에 눌러앉아 있어, 감정에 분발하는 마음이 없는 것이 옳겠느냐. 이 앞의 편지에, 친구와 같이 와서 서울 구경을 한 후에 그대로 머물면서, 겨울을 보내기를 바란다고 말하였으나, 지금 너의 편지를 보니 스스로 그것이 무익하다는 것을 알고, 때맞추어 와서 시험을 보지 않으려 하는 것은 다름이 아니라, 네가 평소에 입지立志가 없어서이다. 다른 선비들이 부추겨 용기를 북돋우는 때를 당하여도, 너는 격앙하고 분발하려는 뜻을 일으키지 않으니, 나는 대단히 실망이 되고 실망이 되는구나.

그러니 지금 너의 여러 친구들은 이미 출발했을 것이나, 네가 지금 출발한다 하여도 제 시간에 맞추어 오지 못할 것이다. 그렇다면 9월 보름께에도 반드시 올라올 필요가 없고, 또 서울집은 매우 추워서 겨울을 나기도 어렵다. 그러므로 조카 복宓*과 조윤구曹允懼* 등은 시험을 본 후 모두 내려가기를 바라니 네가 비록 이곳에 온다 하더라도, 같이 공부할 사람이 없으니 오지 않음만 못한 것이다. 그러나 너는 본디 학문의 뜻이 독실하지 않아, 만약 집에서 시간을 한가하게 보내면 더욱더 학문을 그만두게 될 것이다.

마땅히 조카 완完이나, 혹은 다른 뜻이 굳은 친구와 책을 짊어지고 절에 올라가서, 한 겨울 동안 긴 밤에 부지런히 독서하도록 하여라. 내년 봄에 복 등이 다 서울로 올라오려 하거든, 너도 그때 함께 서울로 올라와 수험 준비를 함께 하면서 여름을 보내는 것이 아주 좋을 것이다. 네가 이제부터라도 부지런히 공부하지 않는다면 시간은 쏜살같이 지나버리고, 한번 지나간 것은 따라잡기 어려울 것이다. 끝내는 농부나 군대의 졸병으로 일생을 보내고자 하느냐? 천만 유념하여 소홀함이 없고 소홀함이 없게 하여라.

비록 추수 등의 일이 소홀하게 된다고 너는 말하지만, 공부하는 자는 이러한 일을 마음에 두어서는 안 될 것이다. 8월

복　1520-1546, 자는 자앙子昻, 온계溫溪 이해李瀣의 맏아들. 사신으로 중국 가는 부친을 수행하여 갔다가 오는 길에 중국 통주通州에서 병사함.
조윤구　1514-1576, 삼촌인 송재松齋 이우李堣의 외손자이니 조효연曹孝淵의 둘째 아들이다. 본관은 창녕昌寧으로. 창원昌原에 살았음.

상경을 만류한다

준에게 답한다.

어제 너의 편지를 받아 보니 보름경에 올라올 것을 결정했다니, 마음이 기쁘구나.

그러나 복 등은 지금 모두 내려갔다. 네가 비록 상경한다 하더라도 친구 없이 혼자 거처해야 하며, 공부하기도 어려울 것이고 또 따뜻한 방이 없어 겨울나기도 어려울 것이다. 그러므로 지난번 편지에 오지 말 것을 통지한 것이다. 무엇 때문에 꼭 올라오려고 하느냐? 이미 출발하였더라도 걸음을 멈추고 집으로 돌아가서 속히 부지런히 공부할 친구를 짝하여 산사에 들어가서 겨울을 지내며 독서하여라.

내년 봄에 상경하여 여름을 지내는 일은 앞서 편지대로 하는 것이 좋을 것이다. 여기서 그친다. 9월

독서에 뜻을 세워라

준에게

독서에 어찌 장소를 택해서 하랴. 향리에 있거나 서울에 있거나, 오직 뜻을 세움이 어떠한가에 있을 따름이다. 마땅히 십분 스스로 채찍질하고 힘써야 할 것이며, 날을 다투어 부지런히 공부하고 한가하게 시간을 낭비해서는 안 될 것이다. 8월

산사에서 굳은 결심으로 열심히 공부하라

준에게

전해 듣기에 네가 의령에서 돌아왔다는데, 어느 길로 갔다가 왔는지 알지 못하겠구나. 서울에 오는 사람이 있는데, 어찌 하여 편지를 보내지 않느냐? 기다리기가 어렵고 어렵구나.

나의 병세는 지난번과 차도가 있음을 점차 느끼지만 아직도 평상시와 같지는 않구나.

너는 내가 멀리 있다고 방심하여 마음놓고 놀지 말고, 반드시 매일 부지런히 공부하도록 하여라.

또한 만약 집에서 공부에 전념할 수 없다면, 마땅히 의지가 굳은 친구와 같이 산사에 머물면서 굳은 결심으로 공부하여라. 한가하게 세월을 보내서는 안 될 것이다. 혹 술 마시고 헛된 생각을 한다거나, 낚시에 빠져서 공부를 그만 둔다면, 끝내는 배움이 없고 아는 것이 없는 사람이 될 것이다. 나는 아침저녁으로 네가 그렇게 해줄 것을 바라 마지않는데, 넌들 어찌 내 뜻을 알지 못하겠느냐?

41세·1541년·중종 36년

3월 경연(經筵 : 임금님께 하는 강의)에서 시사를 논함. 휴가를 받아서 호당
湖堂*에서 독서함. 이 해에 홍문관수찬弘文館修撰, 세자시강원문학世子侍講
院文學, 성균관전적成均館典籍을 역임함.

호당 사가독서賜暇讀書를 하던 장소. 곧 독서당을 말함. 사가독서는 세종 때 신숙주, 성삼문
등 장래가 촉망되는 유망한 학자들을 독서하게 한 상사독서上寺讀書에서 비롯되어 세조와 연
산군 때는 일시 폐지되기도 하는 등 단속적으로 이어져 오다가 중종 때 다시 부활되었다. 그
리하여 1507년 지금의 동대문 숭인동에 있는 정서원을 독서당으로 만들었다가 1517년에는
두모포豆毛浦의 정자를 고쳐 동호독서당이라고 하였다. 뒤에 다시금 동호東湖의 송암松菴 서
녘 산기슭에 터를 잡아서 호당이라고 일렀다.(현재 서울 성동구 극동 아파트 자리) 이로부터 몇
차례 독서당을 옮기기는 하였으나 명칭 자체는 바뀌지 않고 임진왜란 때까지 계속 독서의 장
소 및 도서관의 기능을 수행하였다.

상경할 때 복과 동행하여라

준에게 답한다.

편지가 와서 병이 없음을 알게 되어 기쁘고, 절에 올라가서 독서한다니 매우 좋은 일이다. 네가 상경하는 것은 2월 보름경이니 늦지 말아라. 마땅히 조카 복备과 약속하여 같이 오도록 하여라. 봄에 상경하는 것은 도중에 어려움과 방해가 많을 것으로 생각된다. 동행 없이 다니는 것은 옳지 않다.

또한 초곡草谷*의 지난해 가을 박현봉朴賢逢*에게서 도지賭地*로 받아서 지불할 찧은 쌀 한 바리(말 한 마리에 싣는 분량)를 정미하여 싣고 오도록 하여라. 올 때는 배에 싣고 오는 것이 좋을 것이다. 나머지는 뒷날 돌아가는 사람 편에 상세히 알리도록 할 것이다. 여기에서 그친다. 1월

초곡 푸실이라고도 함. 현재 영주시榮州市 조암동祖岩洞 사일마을과 건너마을 한정리寒亭里 일대로 상하촌上下村이 있는 골짜기 이름이다. 선생이 이 마을에 장가들었다. 퇴계 선생이 처가로부터 이 마을에 있는 상당한 전지田地를 얻어 경작하였음.

박현봉 선생의 영천榮川(지금의 榮州) 초곡草谷 농장을 농감農監한 사람.

도지 남의 논밭을 지어먹고 소작료로 내는 벼.

덧붙임 아몽阿蒙*의 어미 앞으로 보낸 바늘과 분은 잘 받아 두어라. 보내준 버선 3켤레를 받은 기쁜 뜻을 아울러 전해주면 좋겠구나.

아몽 선생의 맏손자 이안도李安道의 아명兒名. 이해 6월 4일에 났음.

42세·1542년·중종 37년

의정부議政府의 검상檢詳으로 있으면서 어사御史로 임명되어 충청도에 가서 임무를 마치고, 4월에 다시 복귀함. 각 군과 읍을 돌아보고 공주판관公州判官 인귀손印貴孫의 비리를 규탄하여 그 죄를 다스렸다. 8월에는 다시 강원도에 어사로 나갔다가 돌아왔으며, 12월에 사헌부의 장령掌令으로 승진하고, 연말에는 경남의 안음安陰에 살고 있는 장인 권질權礩의 회갑에 참석하고 둘째아들 채의 혼사를 주관한 뒤, 다음해 정초에 상경함.

영천 쌀 가지고 상경하라

준에게

올 때 보낸 물건을 모두 받았음을 알았다. 이미 답장은 돌아가는 사람 편에 부쳤으니, 벌써 받아 보았으리라 생각된다. 가을 시험이 임박하였으니, 시간을 낭비하는 것은 절대 안된다. 2월 보름께 반드시 조카 복宓과 같이 동행하여 올라오는 것이 좋을 것이다.

올 때 영천 집*에서 쌀 한 바리를 싣고 오는 일은 지난번 편지에 이미 말했으니 소홀히 하지 말아라. 나머지 사연은 완完이 가는 편에 일러둔다. 여기에서 그친다. 1월

영천 집 지금의 영주를 당시에는 영천榮川으로 불렀음. 초곡草谷의 처가이다.

부인씨에게 조상하는
편지를 못해서 미안하다

준에게

너의 일행이 돌아간 뒤에 계속해서 비가 내렸다. 복이 도롱이(비옷)가 없었다는 것을 듣고 가는 길에 고생이 어느 정도인지를 알았다.

오늘 부인씨富仁氏*가 어른 상고를 당했음을 들으니, 놀랍고 놀랍구나. 그때 마침 바쁜 일로 위로의 편지를 못한 것이 몹시 안타깝다.

흑모필 한 자루를 보낸다.

부인씨 김부인(金富仁, 1512-1584), 무신이면서 학자. 자는 백영伯榮, 호는 산남山南. 퇴계의 문인으로 예안의 외내에 살았음. 이조좌랑, 경상좌도병마절도사 등을 역임함.

채의 혼사

준에게 답한다

채寀*의 혼사는 저쪽 집에서 이 달 그믐으로 정했으므로 바꿀 수가 없다. 그래서 20일 의령으로 가기로 결정했다.

그러나 처음에 저쪽에서 돌아올 때 예안禮安*으로 가서 선영에 들려 절하고 오려고 생각하였는데, 지금 사람들이 모두 말하기를 "소분掃墳* 하는 휴가를 국가가 금하여 아직 풀리지 않았다"고 하여, 예안에서 소분할 수 없었다. 위로 청하여 휴가를 얻어야 하는데, 이미 휴가를 얻지 못하였다면, 또한 도리를 그르쳐가며 행하여서는 안 되는 것이니, 일의 형세가 매우 어렵게 되어, 애통하고 안타까움을 이길 수 없구나.

그러나 가까이 가서 형세를 헤아려 결정할 생각이다. 마침 대관臺官* 이 되었기 때문에 이와 같이 형세가 어렵게 되었다. 더욱 안타깝고 안타깝구나. 12월

채 1527-1548. 선생의 둘째 아들. 의령宜寧의 외종조부 허경許瓊의 수양손收養孫이 되어 그 집의 농감(農監: 소작인을 지도 감독)을 하다 죽어서 의령읍宜寧邑 무하리茂下里 고망봉高望峰 아래 외조부 묘 아래에 묻혀 있음.
예안 선생의 고향. 옛 지명은 선성宣城이라 함.
소분 새로운 벼슬을 빌있을 때 조상의 산소 앞에 가서 새로 받은 벼슬을 적은 누른 종이를 불태우고 제사를 지내는 것. 분황(焚黄: 누른 종이를 태움)이라고도 함.
대관 사헌부의 대사헌 이하 지평까지의 벼슬아치.

안부

준에게

너의 편지를 받아 보니 잘 지내고 있음을 알게 되어 아주 기쁘구나.

나는 여전히 서울에 있지만 앞서⋯⋯

43세·1543년·중종38년

성균관시성成均館司成에 임명되었으나, 10월에 고향으로 돌아가서 은퇴할 뜻을
굳혔다.

자식이 부모 모시는 도리

준에게 답한다

근자에 금이(琴弛: 미상) 일행이 편지를 가지고 와서 네가 절에 올라가 독서하는 것을 알게 되어 대단히 기쁘고 기쁘구나! 그러나 비록 절에 올라갔다 하더라도 부지런히 공부하지 않는다면 어떤 이로움이 있겠느냐?

또한 충순 형忠順兄*은 별 생각 없이 했던 일이 끝내 크게 발각되어 취조하는데 출두해야 할지 말아야 할지 일의 형세가 대단히 어렵다. 가문의 상서롭지 않은 재앙으로서 이보다 심한 것은 없을 것이다. 우리들은 관직에 얽매여 멀리 있어서, 달려가 환난을 같이하지 못하여 밤낮으로 마음이 고통스럽다.

전해 듣기에 파견되어 나온 관리가 관부에 들어가 취초(取招: 죄인의 공술을 받음)할 때, 자식, 조카들이 한 사람도 가본 사람이 없었다고 하니, 자식들이 부형을 받드는 도리가 과연 이와 같단 말이냐? 더욱더 가슴이 아프고 아프구나!

너는 일의 이치와 공적인 일과 사적인 일의 가벼움과 중함을 알지

충순 형 　선생의 형님 중에서 충순위忠順衛라는 벼슬을 한 사람은 맏형과 다섯째 형 두 명인데, 맏형은 일찍 죽었으므로 여기서는 다섯째 형 이징李澄임.

못하느냐? 비록 가서 보아도 이로울 것이 없다지만, 그러나 너 자신이 할 수 있는 일은 어려움과 험난함을 피하지 않고, 몸과 마음을 다하는 것이 옳을 것이다. 이만 그친다. 1월~7월 사이

귀향할 테니 말을 보내라

준에게

귀향하려고 하나 형편이 여기 하던 일을 멈추기 어렵구나. 다음달 보름쯤에 돌아가려고 계획을 확정하였으니 하인 한손漢孫이 철손哲孫과 함께 짐 싣는 말을 데리고 와야 한다. 초 10일에 도착할 수 있게 어기지 않도록 하는 것이 마땅할 것이다. 나머지는 완完 등에게 보낸 편지에 다 적었다. 일일이 또 적지 않는다. 7월 19일[외내로]

덧붙임 너의 책과 옷을 부쳐 보낸다.

조윤구와 이숙량의 급제에 기뻐한다

준에게

말을 몰고 갔던 하인이 도착하였고, 또 너의 편지를 받아 보아 모든 일을 다 알았다. 나는 부득이 내려갈 수 없게 되었구나. 한손이 너의 책을 다 가지고 간 것은 이미 알 것이다. 내가 이미 귀향하려던 계획을 취소하였으니, 순이(남자종)가 오지 않은 것이 무엇이 꺼릴 것이 있겠느냐?

이숙량李叔樑*이 편지를 가져와 이미 보았다. 조윤구曹允懼는 삼하三下로 우수하게 급제하였고, 이숙량도 급제하였으니 대단히 기쁘고 기쁘구나! 항상 네가 학업에 힘쓰지 않는 것이 안타깝구나. 다른 사람들의 자제들이 급제하는 것을 보는 것은 경사스러운 일이다만, 그럴수록 한탄스러운 마음이 더욱더 깊어지는구나. 너만이 홀로 분발하여

이숙량   1519-1593, 자는 대용大用. 호는 매암梅岩. 농암聾巖의 아들, 예안禮安의 세 명필 중의 하나로 꼽힘. 어릴 때부터 퇴계의 문하에서 수학하였으며, 25세 때인 중종 38년(1543)에 사마시에 급제하여 진사로 뽑혀 왕자사부王子師傅에 임명되었으나, 문과에 급제한 후 여러 관직을 두루 거친 그의 백형 이중량李仲樑과는 대조적으로 관직을 멀리하여 부임하지 않고 도산에서 학문과 연구에만 전념하였다. 일찍이 퇴계에 의하여 동향인 예안의 금보琴輔, 오수영吳守盈 등과 함께 예안의 세 명필[宣城三筆]이란 칭찬을 받은 적이 있다. 임진왜란이 일어나자 73세의 고령에도 불구하고 격문을 지어 의병의 궐기를 촉구하기도 하였는데 실행 도중에 죽었다.

스스로 힘써 공부하려는 마음이 없느냐?

아몽阿蒙의 가죽신은 한손이 돌아갈 때 미처 사서 보내지 못한 것이 안타까웠는데, 이제 귀걸이와 함께 보내니 그리 알아라.

덧붙임 금응빈(琴應賓: 생원)에게 『맹자』의 토(吐: 현토)를 달아 둔 책을 잘 물어 찾아 두도록 하여라.

무슨 책을 읽느냐?

준에게

　오랫동안 너의 안부를 듣지 못하여 대단히 걱정이 되는구나. 형님의 일은 오진사吳進士*의 편지로 알게 되었다. 노비들로 하여금 대신 취조를 받게 하는 것도 무방할 것 같구나. 그 후에 관인들이 어떻게 취조를 하였는지 알지 못하겠구나. 대단히 염려스럽고 걱정이 되는구나.

　나의 증세는 가벼워진 것 같지만 예전과 같지는 않구나. 억지로 사가독서를 하기는 하나 힘을 다해서 책을 읽을 수도 없어 국록만 허비하니 내 마음이 매우 불안하구나.

　종번(終番: 마지막의 독서 당번)이 이 달 그믐에서 다음달 보름까지이니, 기제사를 지낸 후에 휴가를 얻어 내려가려고 한다. 형님의 일을 처리하려고 하지만 형님은 그때에 관리를 만나지 않겠다고 하시니 이것이 의심스러울 뿐이다.

　또한 너는 최근에는 무슨 책을 읽고 있느냐? 학업을 그만두고 게으름을 피우며 세월을 보내고 있지는 않느냐? 세월은 흐르는 물과 같다. 나는 너희들 두 아이가 정신을 차리지 못하고 아무것도 이룬 것이 없으니, 끝내 무슨 일을 하려고 하느냐? 너는 생각이 여기에까지 미치느냐?

오진사　오언의吳彦毅, 숙부인 송재의 사위로 현감을 지냄.

네 외삼촌˚이 일이 있어서 부평(富平: 경기도의 지명)으로 간다고 하더구나. 다음달 초에 영주에 내려갔다가 의령으로 내려갈 계획이다. 여기에서 그친다. 9월 22일

덧붙임   석분(石粉: 여자종) 등은 지금까지 돌아가지 않았느냐? 마땅히 단속하여 보내는 것이 옳을 것이다.

외삼촌   준憲의 외숙부 허사렴許士廉, 자字는 공간公簡, 생원生員, 의령에 살았음.

44세·1544년·중종 39년

봄과 가을에는 고향에 내려와 있기도 하였으나, 이 해에도 대개 서울에서 홍문관 교리 같은 벼슬을 하면서, 때때로 동호독서당에 나가서 사가독서를 하기도 하였음. 11월에 중종 대왕이 승하하여 명明나라에 보내는 글이 모두 선생의 글과 글씨였는데 명의 예부관禮部官이 보고 말하기를 문장의 표현이 지극히 훌륭하고 글씨도 절묘하다고 하였음.

분황을 위하여 내려간다

준에게 답한다.

내가 바깥으로 나가는 것은 안된다. 그러므로 과거시험을 감독한 후까지 머물다가 9월중에 내려갈 계획이다. 나 역시 분황焚黃은 큰 일로 생각하기 때문에 (형님과) 같은 때에 내려가지 않을 수 없구나. 그러나 그때를 아직 정하지 않았다.

최근에 의령의 소식을 들었다. 너의 외삼촌은 어느 때이고 서울에 올 뜻이 없지만, 시험기간에 이르러서는 서울에 올 것으로 생각되는구나.

의령에 퍼진 질병의 기세가 좀 잠잠해졌다고 하니 알아보기 바란다. 7, 8월경

45세·1545년·인종 원년

홍문관전한弘文館典翰이 되었음. 7월에 인종대왕이 승하하고 명종이 즉위함. 을사사화乙巳士禍가 일어나 선생도 직책을 박탈당하였다가 돌려받게 되었다.

3월에 내려갈 예정이다

준에게

지금 너는 잘 있느냐? 나는 근래에는 좀 편안하지만 대헌大憲 형님
은 감기가 다 낫지도 않았는데 직무 때문에 억지로 일을 하시니 걱정
이다.

나는 풍산 (장인의) 장례에는 갈 수가 없구나. 비록 직무로 인하여 형
편이 그렇다 하여도, 마음이 대단히 편안하지 않구나. 너는 아직 가보
지 않았느냐? 돌아오는 초하루에도 제사가 있으나, 내 형편 역시 그러
하구나. 네가 만약 별 일이 없다면 가보는 것이 옳을 것이다.

또한 하인 철산哲山과 중손仲孫 등이 거처하는 곳에, 작년에 두 차례
나 패자牌子*를 보냈지만 그 하인들은 완악하여 돌아와도 보고를 하지
않는구나. 네가 만약 온계에 도착하면 불러서 어떻게 처리하면 좋을지
물어보는 것이 옳을 것이다. 너의 장인은 이제 현縣의 훈도가 되었다.

나는 3월에 내려갈 생각이다. 너는 내가 내려가는 것을 기다려 서울
에 올라온다면 너무 늦지 않겠느냐? 요량해서 처리하는 것이 옳을 것
이다. 1월

대헌 형님 대사헌大司憲의 줄임말. 온계공溫溪公.
패자 지위가 높은 사람이 낮은 사람에게 보내는 위임장.

평해의 소금과 미역을 사오너라

준에게

네가 길에서는 편안하게 갔다는 것은 알고 있다만 집에 도착하여서는 어떠냐? 나는 네가 여기에 있을 때와 비교한다면 조금은 나은 것 같다만, 오직 기가 허하고 추위가 두려우니 염려스럽구나. 아직은 감히 출근할 생각은 엄두도 못 낼 뿐이다. 특히 조정이 편안하지 못하여 몇몇 재상들께서 죄를 짓고 먼 곳에 귀양갔으니 인심이 위태롭고 두렵구나. 비록 나는 병 때문에 움츠리고 있지만 어찌 안심할 수 있겠느냐? 너희들은 항상 입을 조심하는 것이 좋을 것이다.

또한 농사에 수확이 없다고 들었는데, 걱정이 되는구나. 그러나 이 때문에 뒷날의 원대한 계획을 늦추어서는 안 된다. 그래서 너를 보낸 뒤에, 또 하인 잇산을 보냈으니 모름지기 한결같이 얼굴을 맞대고 타일러서 거두어 두도록 하여 오직 조심하여 내년에 살아갈 대책을 강구하는 것이 좋을 듯하다.

또한 손이(孫伊: 남자종)는 말을 몰게 하고, 언석(彦石: 남자종)이 끄는 소나 말 중 아무것이나 몰고, 얼음이 얼기 전에 평해(平海: 경북 울진군의 지명)에 가서, 소금과 미역을 사오도록 시키는 것이 좋을 것이다. 나머지 일은 잇산이 알고 내려간다. 다시 일일이 말하지 않겠다. 1월

조카 복의 관이 고향으로 가다

준에게 띄운다.

마침 순이(남자종)가 와서 또 너의 편지를 받아 보았다. 나는 고향으로 내려가려는 계획을 그만두었다. 원래 당초에는 말과 하인이 없어서 돌아가는 것이 지연되었는데, 갑자기 다시 관직에 임명한다는 명이 있어서 형편상 떠나기 어렵게 되었구나. 그리하여 지난달 28일에 사복시정司僕寺正 에 임명되었다. 이와 같은 때를 당하여 마음과 같이 좇아 내려가기가 더욱 어렵게 되었구나. 이에 잠시 머물러 있어야 할 것 같다. 이러한 뜻을 앞의 편지에 이미 알렸다.

동지同知 형님(온계공)은 그믐에 서울에 들어오시고 조카 복의 관은 29일에 도착하여, 성밖 남양南陽 집에 빈소를 설치하였다가 말이 도착하면 고향으로 운구할 것이다. 슬프고도 슬프구나.

나는 근래에 아주 편안한 것 같지만 어지럽고 열이 나는 증세가 조금씩 심해지는 것 같아 삼가고 조심할 뿐이다. 정월이나 2월 사이에는 고향으로 떠날 계획이다만, 비록 내가 가기 전이라도 내년 봄에는 기와 굽는 요를 만들지 않으면 안되니 미리 하인들에게 알려두는 것이 마땅할 것이다. 나머지 상세한 것은 앞의 편지에 적어 두었다. 7월

사복시정   궁중의 수레와 말에 관한 일을 맡은 관청의 실무 책임자.
남양   온계공이 서울에서 기거한 동네 이름.

청주의 배 부탁 편지 안했다

준에게 띄운다.

전날 마침 손님이 와 있었고 또 날이 저물었기 때문에 모든 일을 다 잘 할 수 없었으니 아쉽다. 내일 꼭 출발하려느냐? 근래에 일기를 보니 반드시 크게 더워질 것 같은데, 어떻게 길가는 고통을 견디겠느냐? 염려되고 염려되는구나.

또 길에서 쓸 양식을 조금도 보충하여 줄 수가 없으니 안타깝구나. 서울에 남겨둔 양식인즉 간비(加隱泌: 남자종)의 패자(牌字: 공식으로 보내는 편지) 안에 역시 가르쳐 두었으니 알고서 갔다.

충주에서 배를 구하기 위한 청탁 편지는, 앞서 너의 뜻을 보니 그렇게 절박한 것도 아니고, 또 행차가 내려갈 때는 반드시 번거로움이 많을 것 같지만 중첩되는 것은 아닌데도, 저들이 번거롭게 여김이 네가 말한 바와 같으니, 조금 덕을 보려다가 도리어 산덩이 같은 모욕을 당할 것 같기 때문에 지금 편지를 쓰지 않았으니 너는 반드시 나의 뜻을 알 것이다.

서울과 각처의 행차에 대한 편지는 잇산(芿叱山: 남자종)이 올라갈 때 부치려고 해서 지금은 적지 않았다.

영주의 원님께 드리는 감사의 뜻과 석수(石手: 돌 깨는 사람)에게 돌의 무게에 관한 일은 편지 써 보내니, 올려드려야 한다.

아몽阿蒙이 비로소 글을 읽을 줄 안다고 하니 매우 즐겁다. 『천자문』을 틈나는 대로 써서 보내려 하나 좋은 종이가 없으니 쉽게 찢어질까 두렵구나.

푸실에서 온 편지를 보낸다. 박현(朴賢: 미상) 등이 어제 왔다고 하는구나. 너의 외삼촌의 말에 의령에서 개자芥子를 구한다고 하는데, 너는 얻을 수 있지 않겠니? 이 때문에 박현의 종 등을 외내로 보낼 것인데 마침 돌아가는 사람이 있어 바로 돌려보내면서 내가 이 뜻을 알릴 뿐이다.

신섬(申暹:안동 사람. 생질서)의 편지 또한 보내고, 포脯 두 첩貼도 보낸다. 또 뱃길에 위험이 많을 것이니, 신중하고 신중하기를 바란다. 나머지는 앞에 한 말과 같다. 9월[외내로]

조카 복이 통주에서 병으로 죽다

준에게

최근에 너의 몸은 편하냐?

특히 어제 먼저 온 통사通使 일행이 서울에 들어왔다. 복宓은 통주(通州: 중국 요동의 지명)에 이르러 병으로 세상을 떠나고 말았으니, 놀랍고 애통함을 이길 수가 없구나. 돌아오는 길에서나 숙소에 머물 때는 병이 없었는데, 나올 때에 이르러서 땀이 나는 증세가 있어, 걸음걸이가 느렸지만 증세가 심하지 않아 마차를 타고 나와서 하루를 가서 통주에 이르러 기가 솟구치고 열이 나기 시작하여, 그날 밤 삼경(三更: 밤 11시부터 오전 1시까지의 사이)에 목숨을 구할 수 없는 지경에 이르렀다고 하는구나.

세상에 어찌 이와 같이 슬프고 견딜 수 없는 일이 또 있겠느냐? 그날이 바로 9월 초 10일이라. 죽은 자는 이미 그렇게 되었지만 이 때문에 형님이 너무 슬퍼하여 생병이 날까 두렵기만 하구나. 더욱더 근심스럽고도 조심스럽고, 비통하고도 비통하구나. 통사(通事: 통역관)의 말이, 그때에는 별탈 없이 오고 있었다고 하였는데…… 홍조弘祚˚와 박공朴公˚ 등 그 밖의 일행은 모두 무사하다고 하는구나.

예천과 영천에 부고를 돌리고, 충순忠順 형님(다섯째 형)께는 이미 앞서 상황을 알렸다. 그러므로 이제 다시 알리지 않아도 된다. 다행히 이 편지가 먼저 도착하게 된다면 형님께 미리 알리는 것도 괜찮을 것이다. 마음이 심란하구나!

　행차는 이 달 23, 24일에 서울로 들어오고, 홍조는 뒤떨어져 관을 호위하여 오는데, 다음달 초에 들어온다고 하는구나. 10월 6일

홍조　성은 신辛씨. 자는 이경而慶. 호는 이계伊溪. 본관은 영월 예천醴泉 고자평高子坪에 살았음. 신생의 생질. 자손이 없음.

박공　박세현(朴世賢, 1521−1594), 자는 공보公輔. 본관은 무안務安 영해寧海 원구元邱에 살았음. 무과武科 급제. 수군절도사水軍節度使를 지냄. 선생의 다섯째 형님 징澄의 사위.

형님 행차와 복의 관 의주 출발하다

준에게 답한다.

잇산(芿叱山: 남자종)과 의산(義山: 남자종)이 와서 너의 편지 두 통을 연이어 받았다. 오늘 이윤량李閏樑*이 서울에 도착하였음을 알게 되었다.

동지 형님*의 행차는 이번 달 15일에 의주義州를 출발하여 그믐이나 초하루경에 서울에 들어오고, 조카 복의 관은 14일에 먼저 출발하였으나 틀림없이 행차보다는 늦게 서울에 도착할 것이다. 그 관을, 형님께서는 여기에서 겨울을 지내게 하고 그의 아내*에게 내려 보내어, 곧 그 상여를 부여잡고서 고향으로 내려가게 하려고 하시니, 이러한 바람은 대단히 괴롭지만 아마도 어겨서는 안 될 것이다. 그러나 아직 그 시기는 정하지 않았다.

나는 평위전平胃煎을 복용하여 매우 효과가 좋아 회복되어 조금씩 음식을 먹는 것은 어렵지 않으니 아주 다행스럽구나. 그러나 열이 조금 있는 것같이 느껴졌기 때문에 근래에 잠시 약 먹는 것을 멈추었다. 세상을 떠난 조카의 일로 슬픔은 견디기 힘들지만 어찌 병든 몸을 생

이윤량   1516-1590, 자는 자구子構. 호는 행암杏巖, 농암聾巖의 아들, 이중량李仲樑의 동생.
동지 형님   온계공溫溪公.
그의 아내   이때 친정인 예천에 살고 있었는데, 자식이 없었으며 장지를 예천에 쓰려고 하였음.

각하지 않을 수야 있겠느냐? 너도 이와 같은 뜻을 알아 멀리 떨어져 있다고 해서 너무 걱정하지 말아라.

내가 관직을 박탈당한 후 조정의 의견이 모두 억울하게 죄를 입었다고 여기고 좌의정*이 듣고서 후회하며, 이에 잘못 듣고 임금께서 잘못 명령을 내리시도록 하였다고 여기고서, 죄를 빌면서 없었던 일로 되돌릴 것을 청하니, 관직에 다시 임용하라는 윤허가 내렸구나. 그러나 관직을 박탈당하였을 때는 내 마음이 편안하였는데 지금은 오히려 마음이 아주 편안하지 않구나. 또한 관직을 박탈당하였을 때는 마땅히 고향으로 내려가야 했지만 하인과 말이 없었다. 형님이 돌아오시기를 기다려야 했기 때문이다. 내려가는 것을 지연하며 머뭇거린데다가 갑자기 이와 같은 일이 있어 더 더욱 마음이 불안하구나. 지금은 관직에 다시 임용한다는 명을 이미 받았기 때문에 버리고 가기도 쉽지 않구나. 그러므로 올해 겨울은 형편상 내려가지 못하게 되었구나. 어찌 하고 어찌 하겠느냐? 그러나 내년 2월에는 반드시 내려갈 것이다.

남아 있는 희망은 네가 오직 너의 어머니의 기제사를 지낸 뒤 즉시 절에 올라가서, 힘차게 분발해서 공부하면서 한가하게 지내는 것을 경계하고 경계하는 바이다. 여기에서 그친다. 10월 하순

좌의정 이기李芑, 이때 퇴계는 홍문관 전한典翰 같은 벼슬을 하다가 파직되었다가 다시 사복시司僕寺 정正과 승문원承文院 참교參校로 임명되었음

온계 형님 댁에 소장된 『성리대전』의 빠진 책 조사

준에게 답한다.

요즘 네가 어떻게 지내고 있는지 걱정이 되고 걱정이 되는구나. 나는 별 일 없이 잘 지내고 있다. 다만 세상을 떠난 조카에 대한 비통한 마음이 아직 남아 있는데. 또 주촌周村* 이별시李別侍의 형수*의 부음을 들었다. 이 또한 집안의 상사와 재난 중의 하나이니, 놀랍고 슬픔을 이길 수가 없구나! 그 장례가 8월에 있다는 것을, 너는 그곳에서 듣지 못하지는 않았을텐데, 무슨 연유로 부음을 알리지 않았느냐? 상복을 입는 가까운 친척이 죽고 장례를 치르는 때에 이르러도 까마득히 서로 듣지 못하였다면 그것이 옳겠느냐?

조카 복의 관은 초 10일에 출발시키려고 한다. 박봉사朴奉事가 그 아내를 데리고 함께 내려가고, 조카 교嶠*가 호위하여 내려가야 할 것이다.

나머지 바라는 것은 부지런히 하고 부지런히 하며 게으름 피우지 말기를 바랄 뿐이다. 11월 4일

주촌   안동군 와룡면 주하리周下里 진성 이씨, 안동파安東派 선산공善山公 종택인 경류정慶流亭이 있음.

이별시의 형수   선생의 재종형 훈燻의 부인, 예안 김씨로, 통찬通贊 김홍金洪의 딸이다. 8월 21일 세상을 떠남.

교   1531-1596. 온계공의 셋째 아들. 자는 군미君美, 호는 원암遠巖. 벼슬은 현감에 이르렀음.

덧붙임　『독서만록讀書謾錄』은 여기에서 다시 찾았다. 온계溫溪의 형님 댁에『성리대전性理大全』의 빠진 책을 소장하고 있다는데, 겨우 8권이라는구나. 그 8권 중에 몇 권에서 몇 권까지 있는지, 그 빠진 것이 무슨 권인지, 네가 온계의 형님 댁에 갈 때 목록을 상세히 조사하여 보내도록 하여라.

　　중손(남자종)에게 말 먹이 콩 영수증을 잊어버리고 보내지 않았는데 지금에야 보낸다.

『독서만록』　선생이 41세 때 동호독서당東湖讀書堂에서 사가賜暇독서한 일기임.
『성리대전』　명明 영락永樂 13년에 호광胡廣 등이 어명으로 송宋나라 도학자道學者 120명의 성리학설을 70권으로 엮은 전집. 원서原書 아홉 종류는 주자朱子의 태극도설太極圖說 1권, 통서通書 2권. 장자張子의 서명西銘 1권, 정몽正蒙 2권, 소자邵子의 황극경세皇極經世 7권, 주자周子의 역학계몽易學啓蒙 4권, 기례家禮 4권, 채원정蔡元定의 율려신서律呂新書 2권, 채침蔡沈의 홍범황극내편洪範皇極內篇 2권이고, 류집類集으로는 이기理氣, 귀신鬼神, 성리性理, 도통道統, 성현聖賢 제유諸儒, 학學, 제자諸子, 역대군도歷代君道, 치도治道. 시詩. 문文 등 13종류이다.

처가에 얹혀 사는 건 좋지 않다

준에게 답한다.

네가 처가에 얹혀 사는 것은 본래 좋지 않다. 나로 인하여 너의 형편이 어렵기 때문에 몇 년 동안이나 그대로 있었던 것이다. 지금 너의 형세가 더욱 어려워졌으니 내가 어찌 할까, 어찌 할까? 그러나 선비가 가난한 것은 당연한 것으로 어찌 마음에 두겠느냐? 너의 아비는 평생 이로 인하여 많은 사람들의 비웃음을 받아 왔느니라. 하물며 너에게 있어서랴? 다만 굳세게 참고 순리대로 처리하여, 스스로 수양하고 하늘의 뜻을 기다리는 것이 마땅할 것이다.

내 이제 비록 직위가 회복되었다고 하나, 병으로 관직에 나아가는 것이 어려우며, 내년에는 귀향할 것이다. 이를 계기로 지방관으로 나가기를 요청하여, 만약 내가 원하는 대로 된다면, 너는 나를 따라 갈 수 있고, 그것이 원하는 대로 이루어지지 않는다면 가난하지만 부자가 함께 여생을 보내도록 하자. 이것이 나의 뜻이다.

내년 별시진사別試進士*는 3월 초 7일이고, 생원(生員: 소과의 경서 시험) 시는 초 9일로 시험 일자는 이미 정해졌는데, 학업을 그만두고 분주히 다닌 것이 올 가을과 겨울에는 유난히 심하였으니, 이보다 더 큰

별시진사　소과의 초장初場의 시부詩賦 시험.

걱정이 없구나. 너는 마땅히 마음을 단단히 먹고 보다 열심히 공부에 전념하여야 할 것이다. 나의 기대에 어긋나고 어긋나는 탄식을 부디 가슴에 남기지 않도록 하는 것이 옳을 것이다. 11, 12월중

46세·1546년·명종 원년

7월에 후취 부인 권씨權氏가 세상을 떠남, 퇴계退溪의 동암東巖*에 양진암養眞庵*
을 지음. 물 이름과 마을 이름을 겸한 퇴계의 원이름은 토계免溪였으나 그 지명
이 속되다 하여 퇴계退溪로 고치고, 호號로 삼았음.

동암   지금의 도산면 토계동의 상계上溪와 하계下溪 중간 지점에 있음. 이 경우의 암巖이란 흔히 바위
에 생긴 구멍을 뜻하는 경우가 많은데, 속세를 피하여 바위구멍에 들어가서 산다는 뜻으로 선비의
집을 비유하여 자주 사용함. 퇴계의 문집『속집』에 「동암에서 뜻을 말한다東巖言志」라는 제목의 시
가 있음.
양진암   『퇴계연보』에 다음과 같은 주석을 첨가하고 있다. "이보다 먼저 작은 집을 온계리 남쪽 지산
芝山 북쪽에 지었으나, 인가가 조밀하므로 아늑하고 고요하지 못하다 하여 이 해에 처음으로 퇴계 아
래의 두서너 마장 되는 곳에서 빌려 살면서, 동쪽 바위 옆에 작은 암자를 짓고, 이름하기를 양진암이
라 하였다..." 양진암 터에는 지금 표석을 세우고 뒷면에 퇴계의 「동암에서 뜻을 말한다」라는 시를
새겨 놓았음.

3월 사이에 내려간다

준에게

어제 풍산豐山의 안부를 묻는 일을, 하인 칠산七山에게 맡겨 풍산으로 내려 보냈다. 이미 편지와 명지名紙*를 아울러 보냈으나, 오히려 미진한 것이 있어 다시 이 편지를 쓴다. 만약 내가 내려가면 너의 아내를 만나보려고 한다. 계획은 엉성하고 시절도 흉년이니 무릇 일이 보잘 것없이 될 것을 알 만하다. 그래서 언제나 미루고 연기하여서는 안 될 것이다. 그러므로 갑작스레 계획한 것인데 3월 사이로 고향에 내려갈 것을 생각하고 있다.

훈도訓導*께는 전에 바쁜 일로 아직 별도로 편지를 드리지 못하였다. 그 부임 건은 다시 임금님의 비답批答을 내리시는 일에 관하여, 바야흐로 그렇게 되도록 도모하였으나 아직 이루어지지 않았을 뿐이니, 전하여 알려드리는 것이 좋을 것이다. 나머지 자세한 것은 앞의 편지에 썼다. 여기에서 그친다. 1월 4일

명지 과거시험 답안으로 쓸 종이.
훈도 준의 장인. 자字는 숙재叔材. 용궁 훈도를 지냄.

향시 응시하는 것에 대하여

준에게 답한다.

근래 네가 초 2일에 보낸 편지를 보고 근심 없이 잘 지내고 있음을 알았고, 그 전의 모든 편지는 모두 보고 답신을 하였다.

특히 네가 돌아갈 곳이 없어서 처가살이를 하며 어렵고 고생스럽다 하니, 매번 너의 편지를 보고 나면 며칠은 즐겁지가 않구나. 비록 그렇다 하더라도 너 스스로 살아가는 도리로서는 더욱 굳게 스스로를 지키며 분수를 편히 여기고 천명을 기다려야 할 것이다. 그러니 괴로워하거나 탄식하고 싫어하고 원망하는 마음이 뜻밖에 생겨, 잘못된 일을 하여 나무람을 듣게 되어서는 안 될 것이다. 나도 일찍이 처가살이의 어려움을 잘 알고 있지만 궁핍한 형세가 그렇게 하였을 뿐이었다. 아비가 가난하여 자식도 가난한 것이니 무엇이 이상할 것이 있겠느냐? 내가 내려갈 것이니 모든 일은 만나서 이야기하도록 하자.

무릇 내가 만약 관직에 나아가면 관리의 봉급이 아주 적지는 않을 것이니 마땅히 너를 데리고 올 것이다. 다만 지금은 관직에 나아갈 마음이 더욱 적어지니, 어찌 하고, 어찌 하리요!

눗손(訥叱孫: 남자종)의 일을 내 모르는 바가 아니지만 불러다가 일을 시키도록 하여라. 다만 이 하인들의 일 때문에 마침 다툼의 실마리가 생겼구나. 비록 그 종을 별급(別給: 특별히 줌)하였다고는 하지만 그 사실이 명확하지 않은데 어찌 너에게까지 전해 주었겠느냐?

앞서 일은 너의 말 때문에 고온(古溫: 여자종)의 딸을 아몽(阿蒙: 손자)에게 주었다. 지금 들으니 영천(榮川: 영주) 집에서 소송을 일으킨 사람이 이 여자하인을 잃어버린 데 대하여 말이 많다고 하니, 내가 대단히 후회가 되는데, 하물며 또 이 하인을 주겠느냐?

한갓 이것뿐만이 아니다. 무릇 형제들 사이에는 모든 일을 공평하게 한 후에야 집안의 법도가 허물어지지 않을 것이다. 공평하게 하지 않고도 그 마음이 편안할 수 있는 것은 사람으로서는 어려운 것이다. 네가 이것에 대하여 마땅히 돌이켜 생각하여 말하기를, "내 동생이 받은 노비를 보니 오히려 나보다 부족하구나. 내가 만일 더 받는다면 내 동생은 또 더 부족할 것이다"라고 해야 할 것이다. 형제는 한 몸이니, 한 몸이란 것은 역시 마땅히 마음도 하나이다. 내 동생의 부족함을 나의 부족함으로 여긴다면, 우애의 마음이 구름과 같이 일어나 다른 생각이 저절로 소멸되어 없어질 것이다.

또 다른 종들이 연고가 있다면 연동連同이 놈은 비록 사기가 심하지만, 그래도 데리고 갈 만한데 아직 입역(入役: 자기 집 종으로 삼음)시킬 수 없느냐?

향시鄕試*는 지난해 의성義城에서 치르기로 하였다고 하여, 그대로 되었으리라고 생각하였는데 지금은 창녕昌寧에서 치른다고 확정되었으니 네가 시험을 보러 가는데 어려움이 있지만 어찌 하겠느냐? 서울에서 시험을 보는 것이 매우 좋지만 다만 너의 아내가 온계로 오는 일을, 만일 원래의 계획대로 하여 너의 아내가 오는 때에 다른 곳에 있어

향시 지방에서 치르는 과거 예비시험.

서는 안 될 것이다. 이러한 일의 형세는 예측하기 어려우니 너는 모름지기 마땅함을 헤아려 행하도록 하여라.

중국 사신의 일행 선발先發이 21일 서울에 들어오고, 뒤에 출발한 일행이 지금 요동遼東을 출발하였다고 하니 두 사신의 일행이 모두 돌아간 후에 내려갈 것이다.

기와 굽는 요의 일과 산의 일 등 모든 일들이 모두 늦어졌으니 어찌할까? 또 시험 치러 가는데 타고 갈 말이 없으면 중손(仲孫: 남자종) 등이 말을 가지고 가니 그것을 받아서 타고 가는 것이 옳을 것이다. 나머지는 지난번에 쓴 편지에서 다 말하였다. 1월 13일

덧붙임　바늘과 분을 보내고, 또 오승목(五升木: 다섯 새의 무명, 품질이 중등품임) 3필을 지금 너에게 보내려고 하는데 차라리 서울에서 사용하기를 원한다면 여기에 잠시 둘 것이다. 그리 알아라.

내려가는 것을 알린다

준에게

□□가 기르는 말에 짐을 싣고 내려갈 수도 있을 것이니 얼룩말〔驪馬〕은 칠산(남자종) 편에 보내는 것이 편리하겠다. 그러나 그 때가 맞지 않고 만약 지금 딸려 보내 올 만한 사람이 없다면, 오로지 그 때문에 한 사람을 뽑아서 보낼 것까지는 없다. 이미 올려 보내지 않았고 네가 가는데 말이 없다면, 이 말이라도 타고 가는 것이 좋을 것이다. 다만 내가 갈 때는 오직 여윈 말 한 필이면 걱정할 것 없을 것 같고, 어쩔 수 없어 말을 빌려서 돌아가기는 어려울 것 같으니 그 형세가 어렵구나. 그러나 마을의 일이 점점 급해지는데 어찌 한 사람을 특별히 오라고 할 수 있겠느냐. 그러므로 위와 같이 말한 것이다.

훈도님의 조사(朝辭:임금께 부임 인사 올림) 건은 최근에 조정에 일이 많아, 때맞추어 나오지 않으니, 지금도 올려 보내지 못하니 안타깝구나. 그러나 새 감사의 부임 때문에 2월 안에 결정이 될지? 그 때에는 꼭 명심하고서 내려 보내겠다. 일이 바쁘고 어지러워 한결같지가 않구나. 너의 서모庶母에게는 편지를 부치지 않는다. 1월

장모의 부고를 받고도 달려가지 못하다

준에게

지금 풍산豊山 장모님의 부고訃告를 들으니 슬프고 놀라운 마음을 어찌할 줄 모르겠구나. 지난번 초상에도 가보지 못하여 마음이 항상 편안하지 않았는데, 이제 또 사신의 행차에 묶인 몸이 되어, 이미 부고를 받고도 달려가지 못하니 더욱 마음이 아프고 걱정된다. 잇산(남자종)은 곧바로 재촉하여 돌려보낸다. 중국의 사신은 이미 출발하였다고 하니, 나도 마땅히 출발할 생각이다.

너는 어느 곳으로 시험을 치러 갈 것인지 정하였느냐? 한손漢孫의 말에 짐을 싣고 시험을 치러 가려고 한다면 얼룩말은 잇산을 통해 올려 보내는 것이 좋을 것이다.

또한 일이 생기는 것이 뜻하지 않음이 이와 같구나. 내가 내려갈 것이지만, 지금의 이 일 역시 급하구나. 일전에 계획한 바가 일마다 뜻대로 되지 않을까 두렵구나. 매우 번민스럽구나. 그러나 지금 멀리서 일의 형세를 헤아리기도 어려우니 내려가서 사세를 보아가며 처리하여야겠구나. 나머지는 영해(寧海: 당시 경북의 고을 이름) 사람이 가져간 편지에 다 말하였다. 다 적지 못한다. 1, 2월 중

책을 점검하여 보라

준에게 답한다.

편지가 와서 위안이 된다. 나는 무사히 마을로 내려왔고, 병은 근래에 조금 나아지려고 하는 것 같다.

억수(億守: 남자종)의 집은 다 앓았고 눈 먼 딸아이도 또 잘 앓았으나, 지금은 계속 앓는 놈이 없다고 하지만 꼭 (그 병이) 끝난 것은 아닐 것이다. 은순(銀唇: 은어)이는 천신薦新을 할 수 있어 기쁘다.

날씨가 따뜻하니 너는 여기 올 수도 있으나, 누에 먹이는 일이 방금 한창이라 있을 곳이 없구나. 나도 또한 여기가 싫어 청량산에 가고자 하여 계획을 세웠으나 어제 들으니 암자에 병 기운이 많다고 해서 일시 정지하고 있다. 이비원(李庇遠: 이국량)과 오겸중(吳謙仲: 오인원)도 역시 산에 들어가려다가 병이 있다는 소리를 듣고 그만두었다.

너는 15일에 여기에 와서, 16일의 기제사를 조함안(曹咸安: 함안 군수 조효연, 사촌 매부)의 집에서 지내고, 그 길에 비원이들과 함께 용수사龍壽寺나 고산孤山 같은 데 가서 독서를 하는 것이 좋을 것이다.

근래 장서를 검사하여 보니 『논어』의 「선진」 편 한 권과 『맹자』의 「등문공」 편 한 권, 『연주시격聯珠詩格』의 마지막 한 권이 없는데, 네가 있는 곳에 있는 게 아니냐? 네가 가지고 있는 책에서 남김없이 그 책들이 있는지 없는지를 조사해 봄이 좋을 것이다. 5월 초순〔외내로〕

서울의 계모상에 대한 심려

준과 채에게

일이 이 지경에 이르니 놀랍고 애통하여 어찌 할 줄을 모르겠구나. 비단 내가 여기에 있고*, 너희들이 모두 가서 임종하지 못했다고 그러는 것이 아니라 영원히 이별하는 아픔은 무어라고 말할 수가 없구나. 너희들 모두가 초상에 달려감에 이러한 지독한 더위에 고생하여 병이나 생기지 않을까 두려운 마음을 어이 다 표현하리요! 어찌 하고 어찌해야 할지를 알 수가 없구나. 집안은 비로 쓸어낸 듯이 아무것도 없으니 초상을 당하여 궁색함을 알 만하다.

속히 일을 도모하여 출발할 날짜를 정하여 미리 알리는 것이 좋을 것이다. 나머지는 마음이 어지러워 두루 적지 못한다. 오직 신중하게 대처하기를 바라고 바랄 뿐이다. 7월

내가 여기에 있고　이때 퇴계 선생은 고향에 내려와서 있었는데 권씨 부인이 7월 2일 서소문에 있는 집에서 작고하게 되어 두 아들들로 하여금 서울로 올라가서 분상奔喪하고, 운구해서 내려오게 하고, 자신은 그대로 고향에 있으면서, 이 편지를 서울에 간 아들들에게 보낸 것임.

추수 전에 내려오라

준과 채에게

너희들이 천리 길을 가서 무더위에 분상(奔喪: 부모상에 달려감)을 하니, 몸과 마음에 별탈이 없느냐? 나의 몸은 여기에 있지만 마음은 너희 곁에 있어 잠시도 잊을 수가 없구나. 발인은 어느 때 하기로 하였느냐? 마땅히 신속히 처리하고 추수 전에는 내려오는 것이 좋을 것이다. 그리고 출발할 날짜를 미리 통보하면 말을 딸려 보낼 계획이다. 또한 배와 배를 모는 사람의 일 같은 것은 형님이 지휘하실 수가 있느냐? 아뢰고, 또한 그 가부를 알려다오. 충주, 청풍淸風, 단양 아래 지역은 내가 주선할 계획이다.

또한 (토지, 재산) 문서는 상자에만 담아 보낸다면 너무 허술하지 않겠느냐? 마땅히 봉한 것이 완전한지 완전하지 않은지 살펴보아 너희들이 더욱 잘 봉하여 가볍지 않더라도 잘 간수하여 직접 가지고 오는 것이 마땅할 것이다. 나머지는 별지와 지난번 편지에 상세히 적어두었다. 오늘은 바빠서 다 적지 못하겠구나.

발인 때에 하인을 더 보내야겠느냐? 이곳 역시 일들이 많고 하인이 모자라는구나. 황석(黃石: 남자종)이 서울에 도착하는 즉시 내려 보내는 것이 어떻겠느냐? 만약 발인 때 일을 시키려면 돌려보내지 말고, 뒤에 데리고 내려와도 괜찮다. 7월

배를 예정대로 탈 수 있을지

준과 채에게

데리고 갔던 사람들이 돌아와 준이 어려움을 면하고 도착하였음은 알았지만, 채는 비와 강물에 어떻게 갔는지 모르겠구나. 언제 서울에 들어갈지 매우 걱정이 되는구나.

또 28일에 발인하는지 않는지는 이제까지 소식을 듣지 못하였는데 어떻게 된 것이냐? 비 때문에 발인 날짜를 연기하였느냐? 출발할 날을 알 수가 없구나. 그러므로 말을 딸려 보낼 날자 역시 정하기가 어려워 더욱 걱정스럽구나!

마땅히 하인 하나를 시켜 먼저 달려와서 정황을 알린다면, 소식을 기다렸다가 말을 보낼 계획이다. 근래에 계속해서 내리는 비 때문에 강물이 불어나서 배가 물을 거슬러 가는 것이 계획된 일정과 같이 되지 않는 것이 안타깝기만 하구나.

또 너희들이 위험을 무릅쓰고 어려운 고생을 하니 병이 생길까 염려스러워 애가 타는 마음은 이루 다 말로 할 수가 없구나. 대개 서울에 있을 때나 도중이거나, 매사에 궁색할 것이니, 어떻게 벗어나리요?

이곳은 일은 많고 사람은 적어 계속할 수가 없구나. 사람을 시켜 알아보았지만 근심스럽고 근심스러워 탄식만 더할 뿐이다. 나 역시 중간까지 가보고 싶지만, 딸려 보낼 말 이외에 사람과 말이 모두 없어 뜻대로 하기 어려우니 어찌 할 것인가? 나머지 할 말은 중손(남자종)에게 일러 보낸다. 여기에서 그친다. 7월

계모상을 친모상같이

준과 채에게

초상에는 슬픔을 주로 하니 모든 일은 『가례家禮』를 참고로 하여, 시속에서 행하는 바를 마땅히 물어, 힘써 조심하고 다른 사람과 의논하여 나무람을 듣지 않도록 하는 것이 지극히 마땅하고 마땅할 것이다. 더구나 너희들은 모두 너희 어머니의 초상을 치르지 않았으니 이 초상이 바로 너희 어머니의 초상이라는 마음을 가지면 저절로 삼가지 않을 수 없을 것이다. 어떤 사람은 계모가 친모와 차이가 있다고 말하지만 이것은 대개 뜻을 알지 못하며 경솔하게 하는 말로써, 사람을 의義가 아닌 것에 빠지게 하는 것으로서 들어서는 안 될 것이다.

지금 서울의 사대부가 행하는 장례가 비록 다 예에 합당한 것은 아니지만, 그래도 보아 두어야 할 것이 많이 있다. 너희들이 만약 옛 법도에도 미치지 못하고, 또 오늘날에 다른 사람의 나무람을 듣는다면 그 무엇으로 몸을 바로 세우겠느냐? 다만 기력을 지나치게 사용하여 병이 나는 지경에 이르지는 않도록 하여라.

이 편지는 '가정윤리관리家庭倫理管理' 사상 매우 중요한 편지이다. 이때까지 계모를 하대한 습속을 개선하여 친모와 같은 복服을 입게 한 효시이다. 준·채공은 부친의 명에 의하여 친모 복을 입고 백지산柏枝山아래에서 시묘侍墓도 하였다. 선생이 예를 변화시킨 것 중의 하나이다. 이때부터 한국의 계모는 친모의 대우를 받았다. 권오봉, 『퇴계서집성 2』, p.55에서 인용.

한 마디 하건대 무릇 조문객이 오면 상주와 곡哭하는 하인은 모두 곡을 하면서 조문객을 맞이하고, 또한 발인할 때까지 곡하는 소리가 그쳐서는 안 될 것이다. 이것은 모두 오늘날 시속의 예에 합당한 것이다. 이와 같은 등등의 일은 다른 일에 미루어 생각하고, 사람들에게 물어보아 시행하여 부디 소홀히 하지 않도록 하여라. 7월

47세 · 1547년 · 명종 2년

고향에 있다가, 7월에 안동부사安東府使에 임명되었으나 부임하지 않았음. 8월
에 다시 홍문관 응교應敎가 되어 상경하여 연말까지 서울에 머물렀다.

도중에 열어 보아라

준에게

너의 이번 걸음은 온당하지 못한 듯하다. 내가 당초에 깊이 생각하지 않고 허락하였으나 지금 중지하게 하고자 하나 따라갈 말이 멀리서 왔고 또한 사당을 세운다는 일은 명분이 없지 않을 것이므로 한번 가 보게 했던 것이나 네가 의령에 가서 (원문 6자 빠짐)...... 곧 사당을 세우고 일이 끝나는 대로 2월 안으로 되돌아 올라오는 것이 좋을 것이다.

一. 도중이나 거기에 도착한 뒤에 몸가짐과 일 처리는 적절하게 하여 날마다 근신하고, 태만하여서는 안 된다. 항상 주자가 아드님께 훈계하신 교훈을 잊지 않는다면 아마도 실수를 하지는 않을 것이다. 이러한 뜻은 평소에도 힘써야 할 것인데 하물며 너와 같은 상주의 입장에서랴? 네가 『가례家禮』를 읽었으니 어찌 상주의 도리를 모르겠느냐. 제발 조심하여라.

一. 의령의 일은 본래 좋지 않다. 지금 만약 또 잘 처리하지 못한다면 비단 너만 의롭지 못한 데에 빠질 뿐만 아니라 나도 역시 부끄럽게 된다. 모름지기 사세를 잘 살펴서 적의하고 이치에 따라 말을 공손히

하고 표정을 부드럽게 하여 대처할 것이며 간절한 마음으로 요청해 보아라. 이와 같이 하여도 듣지 않고서 꼭 그것을 빼앗으려고 한다면 어찌 할 수가 있겠느냐? 그들이 하는 대로 맡겨두고 분한 마음을 품지도 말고 패악한 말도 하지 말며 그러한 것들을 버리기를 마치 풀과 지푸라기처럼 하여 자제된 도리를 잃지 않도록 하는 것이 좋을 것이다.

一. 읽고 있는『중용中庸』은 이미 읽은 곳은 완전히 읽어서 외우고, 읽지 않은 곳은 토가 달린 책을 구하거나 또는 다 읽은 친구에게 물어서 완전히 읽고 암송한 뒤에, 또『맹자孟子』를 읽어라.

잡된 사람들을 접하지 말고 늘 문을 닫고 혼자 앉아서 꼿꼿하게 책을 읽고 외우며 삼가 시간을 허비하지 말아라. 또 단계丹溪˚는 바로 길가에 있으니 손님들이 붐빌 터이니 더욱 불안하구나. 항상 거기에 있지는 말아라. 1월

단계　경남 산청군 단성에 있음. 둘째 아들 채가 입양해 있던 곳이기도 하고, 그곳에 있던 유씨柳氏 댁에 장가를 들기도 하였음.

임시로 육식을 허락한다

준에게 답한다

나는 온계溫溪의 빈소에 가서 빈소의 망전望奠*에 참여하였다가 너의 편지를 보고 곧 집으로 돌아왔다.

온백원(溫白元: 한약)은 원래 두 가지가 있기 때문에 두 주머니를 모두 봉해서 보내나, 모두 장마철을 지나서 약효가 없어질까 두렵다. 두 가지를 시험 삼아 사용해 봄이 좋을 것이다. 지금 살펴보니 너의 병 증세가 나아졌다 아파졌다 하니 지극히 염려스럽고 불안한 마음을 가눌 수 없구나.

특히 너는 가볍지 않은 병에 걸렸으니 비록 상복을 입었다고 하나 이미 얼마를 지났으니 소식素食을 고집할 일은 아니다.

하물며 학질은 본래 비장과 위장 때문에 생긴 병인데 사람들이 모두 말하기를 "천 가지, 만 가지 약보다도 술과 고기로 비장과 위장을 보호함만 못하다"고 하니 이 말이 정말 이치에 합당한지라 지금 말린 고기 포 몇 짝을 보내니 너는 임시변통으로 소식을 중지하고 나의 간절한 뜻을 어기지 말도록 하여라. 오늘부터 시작하여 즉시 고깃국을 먹어라. 모든 걱정스러운 일을 가슴에 걸어두지 말고 여러 가지로 몸을 보호하

망전 상중에 매달 음력 보름에 지내는 제사.

여 늙고 병든 아비의 마음을 위로하도록 하여라. 나머지는 바빠서 이만 쓴다. 15일

덧붙임　비록 소식을 중지하나 상복은 그대로 입고 있어도 무방할 것이다. 그러나 남과 함께 음식을 먹는 것은 불가하며, 혹 여러 사람들과 함께 음식을 먹을 일이 있더라도 곧 일어나 피해야 할 것이다. 이것은 거짓을 꾸미고 음식을 피해서 그러는 것이 아니라, 바로 스스로를 낮춤으로서 감히 다른 사람과 나란히 앉지 못한다는 뜻을 보임이니라. 대개 병 때문에 소식을 푸는 것은 부득이한 일이요, 임시변통일 뿐이다.

분발하여 힘써 부지런히 독서하여라

준과 채에게 답한다.

또 사퇴 수리가 지금에 이르도록 내려오지 않은 것은, 소문에 듣자하니 이조의 벼슬아치들이 아직 회의를 하지 않아 그 뜻을 윗사람에게 올리지 못해서라고 하는구나. 그러니 내가 여기에 앉아 있는 것도 이유가 없고, 물러나 앉아 있기도 매우 미안하여, 그래서 어쩔 수 없이 나아가 지금 (서울로 가기 위하여) 풍기豊基로 가고 있다. 도중에 파직罷職되었음을 들으면 (고향으로) 내려갈 것이고, 만약 서울의 관직에 임명된다면, 그대로 서울로 올라갈 계획이다. 비록 그렇다고는 하지만 내가 관직에 있는 것은 기약할 만한 것이 못되니, 집안의 가을일을 소홀히 하지 않도록 하여라.

또한 너희들은 학업은 절대로 내가 없다고 해서 게으름을 피우거나 그만두어서는 안 될 것이다. 거듭 마땅히 십분 분발하여 힘써 부지런히 공부하여 공을 이루기를 밤낮으로 바란다. 뜻 있는 선비를 보아라. 어찌 모두 부모 형제가 곁에서 보살피고 꾸짖은 후에야 공부를 하느냐? 너희들은 모두 가까이에서 본받을 만한 것을 본받도록 하여야 하나, 의지와 기상이 나태하고 게을러 세월을 유유히 보내고 있으니, 스스로를 버림이 어찌 이보다 더 심함이 있겠느냐!

옛 사람이 이르기를 나아가지 않으면 퇴보한다고 하였다. 너희들은

날로 나아갈 줄을 모르니 아마도 날로 퇴보하여 마침내는 쓸모 없는 사람이 되고 말까 두렵다. 9월 중순

평소에 뜻한 바를 저버리지 말라

준에게

너 혼자서 제사를 모시고 학업을 닦고, 널리 집안 일을 다스리자니 골몰할 때가 많으리라고 생각한다. 마땅히 옳은 것을 따르고, 순리대로 처신하되, 평소 뜻한 바와 항상 공부하는 것을 그만두지는 말아야 할 것이다. 만약 세속적인 일에 끌려 학업의 뜻을 그만두게 되면 마침내는 시골의 시대에 뒤떨어진 쓸모 없는 사람이 될 뿐이니, 경계하지 않을 수 있겠느냐?

나와 너의 동생은 다른 고초는 없다. 다만 나는 심신피로 등의 증세가 때때로 나타나니, 형세상 임금님을 경연經筵에서 모시고 강의하는 일도 오래 할 수 없을 것 같으니, 마땅히 형편을 보아 사직해야만 하겠다. 사람들이 나의 병이 이와 같음을 알고 있으니, 당연히 나의 사직을 특별히 뜻밖이라고 여기지는 않을 것이다. 9월 하순

48세 · 1548년 · 명종 3년

외직을 구하여 청송靑松부사가 되기를 원하였으나 단양丹陽 군수가 되었음. 2월 20일에 둘째 아들 채가 의령에서 죽었음. 형님 온계공이 충청감사로 임명되었기 때문에 10월에 풍기豊基 군수로 바꾸어 임명되었음.

며느리의 단양 행차에 관하여

준에게

내가 오늘 이미 서경(署經: 관리를 임명할 때 대관臺官과 간관諫官의 서명을 거쳐 임명하는 제도)을 받았는데 다른 사람의 별 얘기가 없었다. 사람들이 모두 내가 정말 병들었음을 알기 때문에 의심하거나 이상하게 여기지 않았으니 매우 다행한 일이다. 뒤따를 말이 도착하게 되면 18일에 서울을 출발하여 24일에는 관직에 임할 계획이다. 또한 너의 서모의 행차는 춘분春分 전에 올 수 있으면 오는 것이 좋겠고, 춘분 전에 도착할 수 없으면 5, 6일 뒤에 오는 것 또한 무방할 것 같다. 네 아내가 오는 일은 또한 모름지기 미리 외내〔처가〕에 아뢰도록 하고 나에게 알려주는 것이 좋겠다. 1월

덧붙임 다시 생각해 보니 너의 처가 이전에 초상과 소상 때여서 상복으로써 상사에 온 것이니 당연한 것이었다. 그러나 이번에 오는 것은 상사 때문에 오는 것이 아니라 신행(新行: 신부가 처음 시집에 오는 것)과 비슷한 것인데 그 명분과 일이 서로 맞지 않는구나. 또한 몸에는 비록 흰 옷을 입었으나 여행 장비에 가마 등 여러 가지 따르는 것들이 있으니 어찌 바꾸어 소박한 차림새로만 할 수 있겠느냐? 만약 여러 가지

여행할 때 쓰는 물건들이 모두 좋은 일에 사용되는 물건들이라면, 이 역시 대단히 미안한 일일 것이다. 이와 같은 나의 모든 생각이 어떠하고 어떠하냐? 너는 모름지기 이 편지를 가지고 외내로 직접 가서 숙재叔材*와 유지綏之*께 상의해보도록 하여라. 만약 여러 사람의 뜻이 모두 부당하다고 여기면, 잠시 5, 6달을 기다렸다가 가을에 탈상이 이루어지기를 기다려서 온다면 모든 일이 순조로울 것이다.

나의 처음 생각은 사람이 하는 일은 알 수가 없으므로 매번 연기하고 미루어도 생각에는 후회가 있는 까닭에 오라고 한 것이었다. 밤이 되어 깊이 생각해 보니 매우 마음에 걸리는 것이 많으니 어찌 하랴? 이 일은 나 혼자서 결정할 수는 없는 것이고, 반드시 그곳 어른들의 뜻을 물어보고 결정하는 것이 옳을 것이다. 만약 여러 가지 마음에 걸리는 일들을 덮어두고 올 수 있을 것 같으면 나 역시 오지 말라고 하지는 않을 것이다.

만약 온다면 또 한 가지 일이 있으니, 너의 서모와 각각 온다면 폐단이 있을 것 같구나. 만약 함께 온다면 영천에서 만나서 함께 오는 것이 좋을 것이다. 그러나 여관과 같은 곳에서 만나는 것은 역시 매우 경박하여 예의가 없는 것 같은데 너의 생각은 어떠하고 어떠하냐? 이것 또한 아뢰어서 의논하고 그 결과를 알리도록 하여라.

.

숙재 1498-1550, 금재琴梓의 자字, 본관은 봉화奉化. 집은 예안현 오천烏川 처가에서 살았음. 용궁龍宮과 예안의 훈도訓導를 지냄. 선생의 사돈, 아들 준寯의 장인. 김유金綏와 남매간이다.
유지 1491-1555, 김유金綏의 자字, 호는 탁청정濯淸亭, 본관은 광산光山, 오천에서 살았음. 운암雲巖 김연金緣의 아우, 진사進士.

내외가 단양으로 오는 일에 대하여

준에게

초 1일에 보낸 편지를 이미 보았다. 모든 일들이 그 편지 안에 다 적혀 있으나 아직도 답장을 받아보지 못하였으니 네가 올지 말지를 알지 못하겠구나. 나의 잔병은 아직 다 낫지 않았으나 다행히 심하지는 않다.

또 너의 서모와 여자종들의 말을 모는 하인은 마땅히 남자종을 시켜야 할 것이다. 그 외에 길을 안내하는 사람과 말의 뒤에서 사람들을 따라오면서 짐꾼들을 거느리는 사람들은 모두 남자종들을 시켜야 할 것이고, 그 수는 마땅히 너무 많지 않아야 할 것이다. 또 남자종과 여자종의 무리는 이르는 곳마다 조심하여 관리하도록 하여 멋대로 하는 짓이 없도록 할 것이며, 잘 타이르는 것이 좋을 것이다. 2월 4일

덧붙임 네가 만약 오게 되면 건騫*도 역시 소식을 하는 것이 마땅할 것이다. 다만 너의 처남 금군琴君*이 있어서 형편이 모두 소식만을 할

건 1527-1593, 다섯째 형 징澄의 둘째 아들. 자는 효장孝章. 호는 사봉思峰. 벼슬은 직장直長.
금군 준의 처남 금응협琴應夾. 응훈應壎 형제이다.

수 없으면 식사 때가 되어서 너는 모름지기 다른 곳에서 먹도록 하고 육식을 하는 사람과 같이 식사하는 것은 옳지 않다. 아녀자들도 모두 소식을 하도록 일러라.

관아로 데리고 온 갓금(加叱今)이라는 여자종이 있는데, 이 종은 근본이 정직하므로 처음에는 집안 일과 제사 일을 맡도록 할까 생각하였으나, 다시 생각해 보니 그 남편이 절도죄가 있는데다가, 수군에서 배를 타는 병역에 종사하고 있으므로 역시 매우 부적당하다. 관아에서 거느리고 있기보다는 그 남편에게 보내주는 것이 좋을 것 같다. 그래도 데리고 있어야 할지 너희들의 뜻은 어떠하냐? 이 뜻을 너만 알고 있고 하인들은 알지 못하게 하여라.

극비克非라는 여자종은 어리석고 고집이 세서 일을 맡길 수가 없구나. 그러나 갓금이를 이미 데리고 와 버렸으니 집 짓는 일과 제사 일 등을 해나가는데 마땅하게 맡길 사람이 없으니 부득불 이 여자종에게 맡겨야 할는지? 그러나 그녀가 오고 감에 삼가지 않는 점이 너무 심하니, 나는 그 죄를 다스린 다음에 붙잡아서 너에게 주고 여러 가지 일을 시키려 하는데 어떻겠느냐?

개덕介德, 연분燕粉, 조비趙非 같은 여자종은 모두 데리고 오는 것이 마땅하고 석진石眞이라는 여자종은 그곳에 머물게 하여 집 짓는 데 자질구레한 일, 방아 찧는 일 같은 것을 모두 시키도록 하여라.

대개 관아에서는 여종을 많이 거느릴 수 없는 까닭에 이 네 사람으로 그치고자 한다. 막비莫非라는 여자종은 의지할 곳이 없으므로 데리고 오는 것이 마땅하나, 식구를 늘릴 수 없는 까닭에 데리고 오지 말 것이니 모름지기 범금范金과 범운范雲 같은 여자종을 불러서 그들로 하여금 믿을 만한 백성 중에 부모가 있고 생업에 의지할 수 있는 자를 골라서 시집보내서 죽동竹洞*에서 살게 하면 더욱 좋을 것이다.

여러 가지 일은 말로는 다할 수 없으니 너희들 역시 자세히 헤아려서 적절하게 처리하도록 하여라.

네가 비록 온다고 하지만 금군과 더불어 모두 뒤떨어진다면 아무도 수행하지 못할 것이다. 또한 따라올 말에 여유가 있으면 건도 같이 오는 것이 좋을 것이다. 네가 말을 타고 올 수 있다면 내가 보내지 않을 터이니 너의 말을 타고 오도록 하여라. 그렇게 하면 돌아갈 때 역시 말을 딸려 보내는 폐단이 없을 것이다. 또한 집에서 쓰다 남은 소가죽이 있으면 함께 가지고 오너라.

一. 기와 굽는 일은 도道란 중이 본래 보잘것없는 데다 또 절간의 분규를 만났으니 오로지 그에게 의지하여 뒷바라지하게 할 수가 없으니, 우리집에서 그것을 맡아하는 것이 좋을 것이다. 전에 기와를 굽던 곳은 흙의 질이 좋지 않았다. 기동(基洞: 미상)은 흙이 좋고, 또한 죽동에 가까워서 기와를 운반하기가 좋을 것이다. 지금 기동으로 옮겨서 굽는 것도 좋겠지만 장작을 다 드러내어 운반하는 것이 어려울까 걱정이 될 뿐이다. 이것은 마땅히 하인들에게 물어서 처리하는 것이 옳을 것이다. 또 전에 굽던 기와는 흙을 반죽하는 것이 익숙하지 않고 날기와를 만드는 것이 정교하지를 않았다. 또 수키와가 너무 적었으니 이제 (원문 3자 빠짐)……이러한 것이다.

一. 신주를 모시는 장소는 하인의 집에서는 안될 것이다. 그래서 잠시 온계의 집 바깥방에 안치하였으면 한다. 또 한 가지 생각은 내가 한

축롱 내굴. 도산면 퇴계동의 일부. 현재 퇴계 후손이 종택宗宅 건너 동가東家 밖 금강대金剛臺를 돌아 나오면 골이 있으니 곧 죽동竹洞이다. 선생이 49세말 하동(霞洞: 하계)에서 여기로 와 머물려고 집을 짓다가 물이 적어 계상溪上으로 옮겼다. 준의 묘가 여기에 있다.

고을의 원이 되어 부모를 받들 형편이 되므로, 약간 변칙이지만 돌아가신 부모님의 신주를 여기로 모시고 와서 받드는 것도 안될 일은 아닌 것 같으니, 너의 두 어머니 또한 어른들 곁에 모셔도 될 것 같으니, 두 신주를 모두 관사에 안치하였으면 싶기도 하다. 그러나 이 일은 마땅히 물어서 참고하여 행해야 할 것이며, 갑자기 해서는 안 될 것이다.

一. 돌금이(乭金伊: 여자종)는 이미 내려갔느냐? 그 일은 너의 외삼촌 또한 나에게 알렸고, 그간의 일의 형세는 네가 말한 바와 같다. 그러나 또한 어찌 할 바가 없다. 나의 생각으로는 너무 심하지 않다면 그가 한 대로 따라야만 할 것이다.

一. 막금이(莫金伊: 여자종)의 일은 낸손(內隱孫: 여자종)이 이미 마치고 내려갔다. 비록 끝나지 않았다 하더라도, 서울 집에는 남은 물건이 없으니 할 일이 없을 것이다.

一. 이 군郡은 너무 작아서 돈과 곡식을 다만 (원문 1자 빠짐) 관리들이 조금 비축하여 두었다가 빌려주고 받은 돈으로 자금을 운용하였으나, 작년에는 기근이 들어서 빌린 것을 갚지 못하여 관청 일이 대단히 궁색하고 빈궁하구나. 백성은 굶주리나 살릴 길이 없으니 매우 근심스럽고, 백성들이 심한 병에 해를 입을까 근심스럽구나. 어찌 하고 어찌 하랴?

一. 네 아내의 행차에 관해서는 너의 처가의 뜻이 어떠냐? 더러 큰 가마도 있고 채색 장식한 가마가 있다고 하나 이러한 것을 타고 오는 것은 안 상주로서 법도에 어긋나는 일이니, 다만 완전히 검은색 옻칠을 한 가마를 타도록 하는 것이 무방할 것이다. 하물며 너의 처가 일찍이 나를 만나보았고, 지금 또 시어미가 없으니 우리 집안 사람과 처음 만난다 하더라도, 진실로 신행에 비할 것이 아니니, 어찌 큰 가마를 타야만 하겠느냐? 또한 흉년이 들고 나라에서 금하는 것이 대단히 엄하니 큰 가마는 더욱 적절치 않을 것이기 때문이다. 만약 네 처가의 뜻이 반드시 큰 가마를 태워 보내고자 한다면 완전히 검은 옻칠을 하고 채색과 장식이 없는 것을 택하는 것이 옳을 것이다. 대개 비단으로 수를 놓거나 붉은색이나 자주색, 금색 구슬 장식은 모두 써서는 안 될 것이다. 마땅히 잘 살펴서 분수에 어긋남이 없게 하여라.

一. 법에 군수가 사택에서 거느리는 종은 모두 다섯 명으로 정해져 있으며 종의 자식을 하나 더 추가하는 것도 또한 금지되어 있다. 지금 나의 남녀 하인은 6, 7명이 되니 국법에서 정하는 수보다 넘는구나. 너의 아내가 만약 다시 더 많은 여종을 거느리고 온다면 더욱 불가할 것이다. 처음에 올 때는 4, 5명을 거느릴 수 있지만 두 사람만을 남겨서 거느리고 나머지는 모두 돌려보내야 한다는 것을 미리 알게 하는 것이 좋을 것이다. 길쌈과 같은 일은 관아에 여종이 적지 아니하니, 하필 금하는 것을 어기면서까지 집안의 여종을 늘려야겠느냐. 만약 반드시 나의 뜻을 어기려 한다면 차라리 오지 말도록 하여라. 범중엄范仲淹이 며느리를 경계하는 말이 매우 엄하였으니 너는 마땅히 그것을 알아야 할 것이다.

범중엄 자는 희문希文, 시호는 문정文正. 북송의 정치가요, 우국의 선비였다. 산문 「악양루기岳陽樓記」가 유명하고, 문집으로 『범문정공집范文正公集』이 있다. 그 문집 부록의 「언행록」을 보면, 며느리가 시집을 오는데 비단 장막帳幕을 만들어 가지고 온다는 말을 듣고서, 자기 집의 검소한 가풍에 어긋난다고 하여 금지시켰다는 이야기가 있음.

온계에 세금 낼 쌀을 기준대로 바쳐라

준에게 답한다.

사람이 와서 편지를 보았다. 마을이 모두 평안함을 알게 되어 위안이 되는구나. 관아 역시 평안하다. 다만 나는 이전 증세 때문에 때때로 편안하지가 않구나. 몽아(蒙兒: 손자)가 콧병을 얻은 듯하더니 지금은 다 나았다.

기와를 굽는 것과 지붕을 덮는 일을 모두 중단해서는 안 될 것이다. 그러나 푸실의 병세가 저렇고, 드는 비용이 반드시 모자라고, 종자 뿌리는 것 역시 어렵다니, 대단히 걱정이 되는구나. 잠시 동안 비용을 빌리는 것에 대해서는 천천히 형세를 관망하여 처리하는 것이 좋을 것이다.

어제 문산(文山: 남자종)이 여기에 왔는데, 너의 외삼촌이 편지를 보내 오기를, 너의 아우는 짐을 실을 말을 빌리지 못하여 올 수 없다고 하더구나. 네가 혼자 모든 일을 처리해야 하는 것이 안타깝구나!

동산(動山: 남자종)의 이번 일은 비록 그 죄가 무겁지만, 어찌 죽도록 내버려두겠느냐? 다만 마땅히 두려움을 알게 하고 그 생명만은 살려야 할 것이다. 고을 원님 앞으로 내가 이미 진정하였으니, 원님이 어찌 마땅하게 다스리지 않겠느냐? 그러나 그 죄는 사실 대단히 무거워서 법대로 다스린다면 정말 어찌 할 수 없을 것이다.

전답의 세금으로 낼 쌀이, 형님의 편지 중에는 다만 4말 9되라고 하시고, 너의 편지에는 6말 6되 6홉이라고 하니, 어찌 하여 그렇게 서로 다르냐? 하인이 전하면서 그 숫자를 더하여서 한 말인데, 네가 본래 숫자로 생각한 것인가?

담제(禪祭: 대상을 지낸 그 다음 달에 지내는 제사)의 일로 억필(億弼: 남자종)을 풍산에 보내고 용손(남자종)에게 패자(牌字: 위임장)를 보내고 속히 쌀을 찧어서 동산과 굿비부(仇叱非夫: 남자종) 등에게 상납할 일을 지시하여라. 다만 그 숫자가 얼마나 될지 알 수가 없구나.

또한 온계의 여러 집에서는 세금 낼 쌀을 바치러 가는 사람이 어느 날을 정하여 간다고 하더냐? 마땅히 그 날짜와 그 되와 말의 숫자를 알아야 할 것이다. 용산(龍山: 용수산)으로 사람을 보내, 같은 날 출발하도록 하여라. 일시에 나라의 창고에 법대로 납부한다면 더욱 좋을 것이니 소홀히 하지 말도록 하여라.

모레 여기 관아에서 시제(時祭: 명절날 지내는 제사)를 행하려고 한다.

2월 26일

덧붙임 백지 1권 18장을 보낸다.

씨 뿌리는 일과 기와 굽는 일이 걱정이다

준에게

어제 사람이 돌아와서 너의 편지를 보고 두루 알게 되었다. 다만 잇따른 비로 인하여 파종과 기와 굽는 일이 모두 늦추어졌다고 하니 유감스럽고 유감스럽구나. 조만간 날이 맑게 개일 것이다. 모든 일은 어떠냐? 나는 비록 다른 탈은 없다만 늘 이 생각이 머리에 떠오르면 마음을 도려내는 것 같구나. 원기가 손상됨이 날로 심해지지만 또한 어찌 하랴? 힘써 스스로를 다스리고 억제할 뿐이다.

손이는 아직까지 오지 않으니 어떠한 연유인지 알지 못하겠구나. 괘씸하고 걱정이 되는구나. 기다리기가 어렵고도 어렵구나. 신감채(莘甘菜: 당귀) 네 묶음 보낸다. 또한 약 화제를 적은 책을 인편에 명심하고 부쳐 보내도록 하여라. 나머지는 마음이 어지러워 일일이 적지 못한다. 3월 22일

덧붙임 14일에 충주 판관判官(미상)이 병으로 죽었는데 교[조카]가 황급히 관속官屬을 따라서 수로水路로 상경하였다. 사람의 일이란 알 수 없음이 이와 같으니 탄식할 뿐이다.

한필을 받은 소의 뿔을 잘라라

준에게

근자에 손이(남자종)가 가져온 편지로 인하여 네가 눈병으로 심하게 고생하였다는 것을 알았다. 비록 조금 차도가 있다고는 하나, 그 이후에 더 차도가 있었는지 모르겠구나. 대단히 염려가 되고 염려가 되는구나.

너의 동생은 스스로 수명을 재촉하여, 그 명을 다하지 못하고 죽었으니, 이러한 화禍를 당하게 한 것은 내가 당초에 잘 대처하지 못한 까닭이라, 더욱 가슴이 찢어질 듯하여 할 말이 없구나!

나는 요즈음 곤란하고 위태로움을 심하게 느끼고 있으니 이 고을살이를 계속하지 못할까 걱정이 되는구나. 애써 참아가면서 근근히 나날을 넘기고 있을 따름이다.

네가 거기에 있으면서 제사를 받드는 일 이외에 기와를 굽는 요를 만드는 일, 농사 짓는 일 등으로 마음을 쓸 것이니, 생각해보니 근심과 궁색함이 많을 듯하구나.

또한 영천에서 곡식을 아직도 보내지 않았다니 더욱 걱정이 되고, 어떻게 처리해야 할지 모르겠구나. 전에는 장맛비를 걱정하였는데 근래에 날이 개었으니, 다시 기와를 굽고 파종을 하는 일을 섭어두어서는 안 될 것이다. 내가 가을에 돌아가는 계획은 이미 결정되었으니 위의 세 가지 일을 모두 소홀히 해서는 안 될 것이다.

　한필(漢弼: 남자종)이 소에 떠받혀 크게 다쳤다고 하니, 놀랍고 놀랍구나. 그 소의 성질이 나쁘기가 그와 같다면, 사람을 죽일까 두렵구나. 그 소를 죽이지 않는다면 마땅히 팔아야 할 것이다. 그러나 농사철에 다른 소를 갑자기 구하기 어려우니 참고 견뎌 보아라. 그러나 속히 하인들을 시켜 그 뿔을 톱으로 자르는 것이 옳을 것이다.

　전에 보낸 의방(醫方: 약 화제를 적은 책) 같은 책은 모두 받았을 것이다. 일전에 외내로 돌아가는 사람이 있어 신감채(辛甘菜:당귀)를 전하였는데 그 사람이 전하였는지 전하지 않았는지 궁금하구나. 이제 또 12묶음을 보낸다. 이지사(李知事: 농암 선생) 댁에 4묶음, 습독習讀* 댁 3묶음, 온혜溫惠의 비안댁(比安宅: 미상), 찰방 형님(察訪: 다섯째 형님) 각각 2묶음을 두루 전하여 인사를 드리고, 내가 근심스럽고 병중이라 각각 편지를 드리지 못하였다는 뜻을 말씀드리는 것이 마땅할 것이다. 3월 26일

　습독　농암聾巖의 동생 이현우李賢佑의 벼슬 이름.

손자에게 『효경』이나 『소학』을 가르칠 계획이다

준에게

근자에는 편하냐? 그곳에 비가 얼마나 왔느냐? 보리와 밀은 얼마나 거두어들였느냐? 황석 등은 이미 그곳으로 돌아갔느냐? 기와 씌우는 일은 아직 하지 않았느냐? 내가 있는 이곳은 이전과 별로 다름이 없다. 이제 너의 빨래한 옷을 가지고 갔던 사람이 돌아와서 모든 일을 다 알려주었다. 훈도訓導 형님˚에게 보내는 간단하게 준비한 물건과 양식은 별도로 사람을 보냈다.

덧붙임 몽아蒙兒는 『초구抄句』 읽기를 이미 오래 전에 마쳤다. 『효경 孝經』을 가르치고자 하니, 네가 전에 외내에 가지고 갔던 『효경』을 만약 빈소에 갖다 두었다면 모름지기 지금 가는 사람에게 부치는 것이 좋을 것이다. 만약 책이 외내에 있다면 부쳐 보내기 어려운 형세이니 『소학小學』을 가르칠 계획이다. 5월

훈도 형님 1483-1544. 둘째 형님 이름은 하河, 자는 청지淸之·경청景淸. 처가를 따라 예천醴 泉 금곡金谷에 살았다.

조카들이 시험 보는 데
법도에 어긋남이 없게 하라

준에게

삼복 더위에 비는 심하게 내리는데 너는 빈소를 지키면서 어떻게 지내느냐? 이곳 관아에는 모두 아무 일 없이 잘 지내고 있다.

어제 기제사에는 찰방察訪* 형님은 오시지 않았는데 필시 홍수로 물이 범람하여 오시지 못하고 머물러 계셨을 것으로 생각되는구나. 예천의 신참봉辛參奉 형님*께서 또한 그곳 누님이 학질에 걸렸기 때문에 오시지 못하였다. 오로지 나와 조카 건騫이 기제사를 거행하였다. 유달리 적막하게 되어 안타깝고 안타깝구나!

전해 듣기에 황석(남자종)이 의령과 단성丹城에서 돌아왔다는데 그곳의 안부는 어떠한지? 망아亡兒*장사 지내는 일은 어떻게 할 것이라고 하는지? 그 편지를 지금 여기서 보내는 사람 편에 부쳐라. 한창 농사철에 이르러 하인 두 사람을 멀리 보내 밭가는 일을 그만 둔다면, 논밭은 다 황폐해질 것이다. 또한 메밀 씨를 파종할 때이니, 황석이 여기까지 올 것은 없고 전할 말이 있으면, 편지만 보내어도 좋을 것이다.

찰방 다섯째 형인 징澄.
신참봉 자형인 신담辛聃.
망아 둘째 아들 채. 의령의 외종조부의 양손으로 있다가 죽었기 때문에 외가 쪽에서 장사를 주관하여 치렀음.

또한 그곳의 농사일은 어떠한지, 기와 덮는 일을 앞서 들으니 위의 종이 돌아오기를 기다린다고 하더구나. 그렇다면 지금 비록 돌아온다고 한들 풀을 베는 것이 더 급하니, 아마도 그것을 할 틈이 없어 모두 시커멓게 썩어버릴까 염려되니 어찌 하고 어찌 하겠느냐?

대상(大祥: 사람이 죽은 지 두 해 만에 지내는 제사)이 임박하였는데 제사상은 이곳에서 준비하여 보내도록 할 것이나, 쌀과 밀가루는 형편상 준비하기가 매우 어려우니 집안에서 모쪼록 준비할 수 있으면 보내지 않으려고 한다. 다만 비축한 것이 없을까 걱정이 되는구나. 어찌 할까! 부쳐올 편지에 상세하게 적어 보내는 것이 좋을 것이다. 신주神主를 처음에는 여기로 모셔 오려고 하였지만 다시 생각하니, 먼저 세상을 떠난 사람의 신주는 모셔오지 않고 뒤에 간 사람의 신주 하나만 모셔온다는 것은 옳지 않다고 생각되는구나. 두 신주를 함께 모셔온다면 이곳은 오래 머물 곳이 아니기 때문에 더더욱 마땅한 일이 아닌 것 같구나. 그러므로 잠시 동안 중손仲孫 집의 서쪽 방에 안치하는 것이 어떠하겠느냐?

임시로 여자 종 막덕을 보내려고 한다. 또한 내 삿갓과 신발 등의 물건이 모두 낡아서 바꾸지 않으면 안될 것이다. 남겨둔 좋은 무명 4, 5필이 있으면 지금 가는 사람에게 보내는 게 좋겠다. 채소류도 관아〔단양군청〕에는 또한 부족하여 관아에 전적으로 의존할 수 없음을 모름지기 알아야 할 것이다. 나머지는 일일이 말할 수가 없구나. 6월 14일

덧붙임 막덕을 20일경에 보내려고 한다. 동령(同令: 남사종)이는 빌려 입을 의관 보낼 것을 가지고 오는 것이 좋을 것이다. 완完과 여러

조카들이 이(충청) 도에서 거행하는 시험에 응시하려고 한다니 법을 어기려는 생각이 있어서는 안 된다는 것을 아울러 미리 일러두도록 하여라.

뗏목 옮기는 일에 관하여

준에게

황석이 와서 너의 편지를 보았다. 여기 군 사람 중 승부자(乘桴者: 뗏목을 엮어서 나르는 사람)는 먼 마을에 살고 있으니, 사람을 시켜 부르더라도 제 시간에 올 수 없을 것이다. 그러므로 황석을 먼저 보낸다. 군 사람은 내일 곧 보내려고 하니, 안동에서 타고 갈 사람은 미리 약속하여 기다리게 하였다가, 뗏목을 묶은 후 곧 내려가도록 하는 것이 옳을 것이다.

각 관아에 보내는 편지 역시 군 사람이 돌아갈 때 써서 보낼 것이다. 황석의 양식 3말을 관아에서 준비하여 보낸다. 다만 그 사이에 들으니 풀은 전혀 베지 않았고, 기와를 씌우는 일 등이 갈수록 늦어지고 지연된다고 하니 어찌 할꼬? 나머지 자세한 것은 돌아가는 하인에게 말해 놓겠다. (말가죽의 일은 황석이 알고 간다.) 7월 23일

추석 묘제 준비

준에게

너는 요사이 자고 먹고 지내는 것은 어떠하냐? 황석 등은 이미 뗏목을 타고 내려갔느냐? 안동 위쪽은 어떤 사람이 같이 타고 갔느냐? 뗏목은 위험한 것이라 마음이 항상 편안하지 않구나. 지붕을 덮는 것은 이미 다 마쳤느냐? 양식이 부족하다고 한 것은 어떻게 하였느냐? 영천의 환자(還上: 고을에서 빌린 곡식)는 받아 갔느냐? 새로 거두어들인 벼 역시 이미 타작을 하러 갔느냐? 두 가지 일 모두 끝마쳐야 할 것이다. 그렇지 않으면 살림이 궁핍해질 것이 뻔하니 어찌 하랴!

이러한 가운데 추석 묘제(墓祭: 산소에서 지내는 제사)가 가까이 다가오니, 더욱 염려가 되는구나. 아료미(衙料米: 고을 수령에게 지급하는 쌀) 쌀 대여섯 말을 되질하여 봉하여 두었다. 초 10일경에 보낼 것이니 유익하게 사용하도록 하여라. 나는 병이 생겨 휴가를 얻은 지 수십 일이 되어 가니, 곧 나아가서 근무해야 할 것이다. 돌아가는 것은 추수 후 9월 그믐쯤 될 것 같으니 그렇게 짐작하면 될 것이다. 남은 송이 24개를 보낸다. 이만 줄인다. 8월 2일

덧붙임 온계 사당 시제時祭는 오랫동안 거행하지 않아서 대단히 죄

송스럽구나. 완完이 돌아오기를 기다려 사당에 제사를 거행하는 것을 도와서 처리하게 하고자 한다. 그러므로 술과 쌀을 먼저 막삼(莫三: 남자종)이 있는 곳에 보내었으니 이 사람이 가져갈 것이다.

아우의 유산에 관여치 말라

준에게 띄운다.

맛동(末叱同)이가 와서 의령의 안부를 알게 되니 기쁘다. 그러나 단성댁(丹城宅: 죽은 아들의 처가)의 일은 편지에서는 말이 없어 맛동에게 물으니 "아직 처리한 게 없습니다"라고만 하는데, 이 뜻을 알 수 없구나. 그러니 금년 봄·여름 사이에도 그대로 두고 나누지 않으려는 것인데, 나는 추호도 그 사이에 끼여들지 않으려 하거늘, 하물며 너랴?

지금 온 언문 편지에 아뢴 것은 맛동이가 아뢰는 말과 같고, 옥돌똥(玉乭屎)이가 아뢰는 말도 무슨 일인지 모르겠구나. 비록 무슨 일로 묻거든 너는 마땅히 "이 뒤부터는 내가 알 바 아니니 마땅히 외삼촌께 물어보시오"라고만 하여라.

대저 너는 너의 죽은 동생 집의 일에 대해서는 꼭 비참해서 어찌할 수 없는 태도로 대하고, 그 아이가 남긴 물건에 대해서는 먼저 나서서 취득하려는 마음을 가져서는 안 되고, 어쩔 수 없이 가져야만 된다고 한 뒤에야 받는 것이 좋다.

앞서 듣자니 내가 그 아이의 선세(田稅)늘 대신 내야 하기 때문에 그 아이의 종 아무개로부터 몸값(身貢)을 받았다고 하더구나. 이 한 가지 일에만 그친다면 그래도 오히려 할 말이 있지만, 만약 다른 토지와 종들에 대해서도 이렇게 한다면, 곧 저 아이(彼:과부가 된 둘째 며느리)가 딴 데로 가기도 전에 네가 그 아이들의 재물을 먼저 차지하는 게 되니 옳다고 하겠느냐? 하물며 내가 있으니, 더욱이나 물어보지도 않고 선뜻 해서는 안 될 것이다.

또 구양공(歐陽公: 북송의 문호 구양수)의 시에 이르기를 "오늘날 추진하는 것은 무방하지만, 전날 그렇게 했다면 내 뜻과는 어긋났을 것이네(推在今日則無妨, 在前日則非吾意)"라고 하였는데, 네가 그렇게 한다면 미안하지 않겠느냐? 네 생각에 "이것은 대수롭지 않은 것이니 괜찮다"고 할 것이나, 일에는 큰 것과 작은 것이 있지만, 이치에는 큰 것과 작은 것에 차이가 없으니, 조그마한 실수가 크게 되기에, 더욱 함부로 해서는 안 된다.

앞서 공간(公簡: 허사렴)의 편지에 "그 혼사에 준 여러 가지 물건들을 찾아서 뒤에 보내겠습니다" 하였기에, 나는 답하기를 "이러한 물건들을 내가 차마 받을 수 있겠는가? 오직 준에게만 이야기하고 나에게는 이야기하지 말게나"라고 하였는데 지금 다시 생각해보니, 이 물건들인즉 네가 받아서 쓴다는 것도 차마 그렇게 할 수 없는 것이라, 그 곳에 그대로 놓아두었다가 뒷날 아무쪼록 죽은 아이의 일에 쓸 것이나, 혹 이장이나, 혹 재사를 짓는다든가 할 때에 사용하게 된다면 아마도 유감이 없을 듯하구나.

공자께서는 "이익을 얻을 것이 생기면 반드시 그것이 옳은 일인지를 생각하라(見得思意)"고 하셨고, 『예기』에는 이르기를 "재물을 보면 구차하게 얻으려 하지 말라(臨則無苟得)"라고 하였으며, 우리나라의 최영崔瑩의 아버지는 최영에게 경계하기를 "황금 보기를 흙같이 하라(視黃金如土塊)"고 하였으니, 이러한 말은 선비된 자가 일생 동안 지켜야만 할 것이다.

딴 일에서도 이러하거늘, 하물며 지친至親의 사생死生에 관련된 일에 있어서랴? 자주 이러한 말을 하려니, 말하기조차 편치 않구나. 지금 이 사람이 돌아간 뒤에 네가 그 나누지 않는 것을 보고서 다시 그 노비 등에 관여하는 일이 있을까 걱정이 되었기 때문에 자세히 이야기한 것이니, 너는 모쪼록 잘 생각함이 좋을 것이다.

의령에서 온 생강 뿌리 한 말을 보낸다. 9월

49세·1549년·명종 4년

풍기 군수로 있으면서 12월에 소수서원紹修書院에 현판과 서적을 하사할 것을
청하고 사직서를 올려 해임통지를 기다리지 않고 귀향함.

몽 어미의 행차는 초 4일이 좋겠다

준에게

어제 낸손(남자종) 편에 부친 편지는 보았느냐? 어제 외내에서 사람을 보내 와서 말하기를 몽의 어미蒙母 행차가 25일 떠나려 하였으나 그러면 아마도 경차관(敬差官 : 왕명을 받은 관리)의 행차와 서로 마주치게 될까 염려되니, 몽의 어미가 이곳에 오는 것은 다음달 초 4일로 미룬다고 하더구나.

경차관이 아직도 군에 들어오지 않았으나, 만약 24, 25일 사이에 이곳에 들어온다면 이 말이 과연 타당하다고 생각되는구나. 그러니 외내에서 말한 대로 초 4일로 미루어서 날짜를 정할 것이니 너는 초 1일이나 초 2일 사이에 이곳으로 오는 것이 좋겠구나. 8월 21일

목화 따는 일을 소홀히 하지 말라

준에게

근자에 소식을 듣지 못하여 염려스럽고 염려스럽구나. 너의 식구들이 가는 것은 초 4일로 정하였다. 초 2일에 너는 마땅히 여기로 와서 데리고 가는 것이 좋을 것이다.

억수(億守 : 남자종) 녀석은 때맞추어 돌아가지 않으니 창원昌原* 사람이 찾으러 온다고 하는구나. 부득이하여 여기에서 바로 보낼 계획하고 있다. 그에게 딸린 말 등의 일은 마땅히 여기에서 주어서 보내야 될 것이다.

유리산(流理山 : 남자종)과 그 여자 등을 데리고 가기 위하여 짐을 꾸리고 있으니, 초 2일에 네가 꼭 데리러 오는 것이 좋을 것이다. 그 놈은 생소하니 앙탈을 부릴 걱정이 있는지라 엄격하게 다루어서 거느리는 것이 좋을 것이다. 또한 목화를 따는 일은 절대로 소홀히 해서는 안 될 것이다.   8월 27일

창원　지금의 경남 창원인데, 이퇴계의 사촌누님 한 분이 출가한 곳이기도 하고, 또 그의 후실後室 부인을 데려온 곳이기도 한데, 여기서는 아마 전자를 말하는 것 같음.

덧붙임 그들이 가지고 가는 세숫대야와 새옹(沙用 : 작은 놋쇠솥) 등을 올 때 가지고 오는 것을 잊지 말아라. 목화는 긴히 쓸 곳이 있으니 먼저 딴 것은 모두 지금 가는 사람에게 딸려 보낸다.

푸실의 타작에 관하여

준에게 답한다.

사람이 돌아와서 네가 잘 돌아갔다고 하니 위로가 되는구나. 나는 어제 사직서를 올렸다. 다만 들으니 감사께서 거제도 등의 지역으로 가셔서, 인편이 가서 돌아오기까지는 시간이 꼬박 한 달이나 걸린다고 하는구나. 만약 사직서를 한번 올려서 받아들여지지 않아 다시 한 번 더 사직서를 올리는 데에 이르면, 형세가 빨리 돌아가기는 어려워질 것이다. 관아는 비어서 적막하고 밤에는 잠을 자도 편안하지 않으니 염려가 되고 염려가 되는구나.

푸실의 타작을 관리하는 일은 다시 생각하니 억필이라는 놈은 보잘것없이 어리석을 뿐만 아니라 사람에게 잘 속기까지 하고, 연동이라는 놈은 질투심이 강하여 모함하고 사기를 하나 연동에게 맡기는 것이 나을 것이다. 연동은 간계가 있어 맡기기에 어려우나 금년은 처음이니 그리 심하게 속이지는 않을 것 아니냐? 너의 생각은 어떠하냐?

9월 8일

덧붙임 고대하였는데 지금에야 잘 돌아갔음을 알았다. 또한 남쪽에 있는 친구의 편지를 받아보니 모두 잘 있다고 하여 대단히 위안이 되는구나.

감사 형님께서 오셔서 기제를 지낸다 한다

준에게

근자에 사람이 돌아와서 편지를 보고 모든 일을 전부 알게 되었다. 집 짓는 일을 멈추고 쉬는 것이 마땅할 것이다. 나의 증세는 전과 같구나. 그러나 사직서가 어찌 되었는지 알지 못하고 그 사람이 돌아오기를 기다려서 다시 올리고 곧 떠나려는 때에 어제 감사監司 형님*의 편지를 받았다. 다음달 초순에 충주에 오셨다가 13일에 이곳 군에 오셔서 기제忌祭를 지낸 뒤에 예안禮安으로 갈 계획이라고 말씀하시는구나. 이때를 당하여, 곧 바로 떠나자니 조금 미안한 것 같고, 그리하여 머물며 기다리다 보면 부득이 겨울을 지내야 할 것 같은 형세라, 바로 작년에 단양을 떠날 때의 일과 같으니 어찌 하고 어찌 하랴?

관아는 훤하게 비어 있고, 저녁과 밤에는 아무 사람도 없으니 병든 사람에게 있어서는 심히 부당하지만 누구에게 말을 할 수도 없구나. 15일에 쓰일 포 20쪽과 건어물 2마리 등 조금 보낸다. 이것 역시 죄송스러우나 한갓 관에서 비축한 것이 모자라서 그런 것만은 아니다. 여기에서 그친다. 9월 13일

감사 형님   온계공溫溪公, 충청도 감사로 재임.

온계에 가서 제사를 지내다

준에게 답한다.

어제 편지를 보고 모두 알았다. 보내 온 물건은 숫자에 맞게 다 받았다. 보통 무명 한 통이 있는데 네가 쓸 곳이 있다면 하인을 보내어 가져가서 쓰도록 하여라. 지금 그것을 보내고자 하나 혹시 여기에서 쓸 곳이 있을지 알지 못하여 두고 있을 뿐이다.

어제 온계에 가서 고산암(孤山庵 : 孤山齋, 지금은 高山齋)의 제사를 지내고, 오늘은 여기에서 제사를 지내려고 한다. 말암(末巖 : 영천 초곡의 뒷산)의 제사는 황석黃石이 때맞추어 오지 않아 언제 거행할지 알지 못하겠구나.

이곳에서 건강을 회복한 지 오래 되었고, 볼일도 있으니 네가 내일 일찍이 이곳으로 들어오는 것이 좋을 것이다. 대구 3마리와 알과 고지젓(대구의 이리로 담근 젓) 한 그릇을 큰집에 보내고 더불어 인사의 말씀을 전하도록 하여라. 백지 2권을 보내니 임시로 거처하는 집에 도배하는 데 쓰도록 하여라. 9월 1일

15일 뒤에 감사 형과 온계에 가다

준에게

너는 요사이 어떻게 지내며, 가을일은 얼마나 하였느냐? 너의 외숙부는 27일 여기에서 머물고 다음날 초곡(푸실)으로 돌아가셨다. 20일경에 의령에 내려갈 것이라고 하는구나. 그리고 9일과 10일 사이에는 말암에서 청풍묘제淸風墓祭*를 지낸다고 하더구나. 너는 마땅히 와서 뵙는 것이 좋을 것이다.

제사에 쓰일 물건은 여기에서 준비하여서 보낼 것이다. 나는 보름 뒤에 감사 형님과 함께 온계溫溪에 갈 생각이다. 그러나 지금은 겨울이라 관아에는 번거롭고 어지러운 일이 많아서 능히 감당하기 어려우니 염려스럽고 염려스럽구나! 10월 1일

덧붙임 너는 전혀 독서를 하지 않으니 한숨이 나고 유감스럽다. 허송세월을 많이 하는구나. 비록 여러 가지 일을 하고 있지만 어찌 독서를 하지 않을 수 있겠느냐? 장차 가을 추수 일을 마친 뒤에는 마땅히 여

청풍묘세 영천의 초곡(푸실)에 있는 퇴계 선생 처외조부 문경동(文敬수: 호는 滄溪)의 산소 제사. 문씨 집에 아들이 없었으므로 퇴계의 전취 처가인 허씨들이 외손봉사를 하였고, 퇴계 부인의 묘소도 외조부 곁에 있음.

기로 와서 겨울을 지내도록 하여라. 서원〔소수서원〕의 유생들이 적을 때는 또한 거기에 가서 독서할 수도 있을 것이다.

6월 기제는 여기서 지낼 것이다

준에게 답한다.

어제 풍산豊山에서 사람이 와서 외내의 부음을 전해들었다. 대단히 놀랍고 슬펐으나 믿어지지 않는구나. 바야흐로 사람을 보내 알아보려던 차에 풍손(豊孫: 남자종)이 마침 왔구나. 그곳이나 이곳이나 상고가 연이었으니 통탄스러워 말을 할 수가 없구나.

또한 듣기에 그 집안에 불안한 기운이 있어 일을 처리하는 데 어려움이 있을 것이라고 하는구나. 근심스럽고 애타는 마음이 더욱더 심하구나. 너도 비록 절실하게 생각되는 점이 있겠지만, 사위로서 그 일에 끼어들어서는 안 될 것이니 천만 경계하고 경계하여라. 갑자기 사람을 보내어 끝내 하인을 바꿀 계획이다. 네가 여기에 오는 것도 이러한 농사철을 당했으니 어찌 어렵지 않겠느냐? 억지로 해서는 안 될 것이다.

5월 기제忌祭는 아무쪼록 그곳에서 지내고, 6월은 이곳에서 거행할 계획이다. 전에 이미 알렸으니 알고 있으리라 믿는다. 여기에서 그친다.

채의 장사와 이장을 치르느라 고생이 많았다

준에게 답한다.

군 사람들이 돌아와서 편지를 받아 자세한 사정을 알게 되었다. 초상과 장사는 큰일인데 돈을 빌려 일을 처리하니 형편이 지극히 어려웠을 것이다. 그러나 다행히 외할머님의 따뜻한 보살핌과 너의 두 외삼촌의 힘에 의지하여 길에 버려지는 것만은 면하였구나. 슬픈 마음 말로 다 할 수 없구나.

그러나 받은 날이 마침 대한大寒 때라 매서운 바람과 눈으로 추위가 심하였을 것이다. 그러니 생각하건대 발인과, 무덤을 만드는 일이 너무 어려웠으리라고 생각된다. 일하는 사람들이 동상에 걸려 마음을 다해 일을 처리하지 못하였을까 걱정이 되는구나. 애통한 마음이 더욱더 심해지는구나. 산소에는 가까운데 집 같은 게 없어 호상護喪의 괴로움이 곱절이나 되었을 것이니 어찌 하고 어찌 할까? 초상을 당해서 겨우 장사지내 놓고 잇따라 [양조부님의] 이장을 하였으니, 분주하고 피로하며 상심하다가 걱정 끝에 병이 생겼으니 안타깝고 안타깝구나.

의령과 삼가, 산음에서 옛 친구의 급한 사정을 저버리지 아니하고 힘껏 도와주니 그 뜻에 감격할 따름이다. 마땅히 편지를 써서 사례하겠다. 이 사람*을 빨리 보내려고 하나 그렇게 되지 않아서 이 뒤에 감사의 인사를 할 계획이다.

산山을 가지고 다툰 일은 끝내 어찌 되었느냐? 타작이 고작 이 숫자에 그친 것은 소홀히 하였음을 알겠다. 초상과 제사에 쓸 것이 궁색하였을 것이라 어떻게 해야 할지 정말 어려웠겠구나. 네가 오기만 고대한다.

네가 23일에 출발하여 올라오려고 한다기에 사람 두 명을 정해서 급히 보낸다. 만약 빨리 간다면 도착할 것이다. 차가운 날씨에 해가 짧아 혹시 도착하지 못하고 중도에 길이 어긋날까 걱정스럽다.

제사 지낼 방에 깔 자리가 없다니 또한 가련하고 애통하구나. 더구나 나도 남은 자리도 없고 이 사람이 미처 그것을 보내어 주지도 않았으니 한스럽고 한스럽다. 짐 싣고 올 말을 보내려고 하였으나 급한 걸음에 말을 끌고 간다 한들 더욱 늦어질 것이니 이제 사람만 갈 것이다. 오직 길을 나서서 더욱 조심하여 올라올 것을 바랄 뿐이다.

덧붙임   잣떡 14쪽을 보내니, 외조모님과 외숙모님께 나누어 올려라.

이 사람[此人]   이 편지 끝부분에도 같은 말이 또 나오는데, 퇴계의 후실을 이야기하는 것 같기도 하나, 구체적으로 누구를 말하는지 모르겠음.

작산의 제사에 관하여

준에게

어제는 바람이 차가웠는데 어떻게 돌아갔느냐? 알아보니 병사의 행차가 단오절 전에는 오지 않기 때문에 초나흘의 작암鵲庵˙ 제사에는 내가 친히 가려고 한다. 너도 만약 올 수 있으면 오도록 하여라. 제사에 참석할 수 있으면 좋으나 만약 일이 있으면 꼭 올 것은 없다. 형님과 완完과 빙憑˙이 참석하러 오거든 편지를 써서 사람을 보내도록 하여라.

또한 사초(史草: 역사 기록의 초본)를 모두 찾아서 오도록 하여라. 만약 없으면 을사, 병오년 사이의 내 일기가, 혹은 역서(曆書:달력)나, 혹은 초책(草冊:초벌로 기록한 책)에 적혀 있을 것이니, 어지럽게 늘어놓은 책 중에서 모름지기 찾아내어 가지고 오는 것이 좋을 것이다. 그것(사초)을 이것에 의지하여 대강 다듬어 볼 수 있기 때문이다. 그러나 사초가 있다면 그렇게 할 필요가 있겠느냐? 나머지는 일일이 적지 않는다.

작암   안동군 와룡면 주촌周村 서쪽 작산鵲山, 속칭 가창산可倉山에 있는 재궁(齋宮: 무덤이나 사당 옆에 제사를 지내기 위하여 지은 집)이니, 즉 선생 증조부모의 재궁이다.

빙   1520-1592, 송재松齋의 맏손자. 자는 보경輔卿, 호는 만취晩翠. 벼슬은 첨정僉正.

꿀, 석이버섯, 감, 생강 등을 보낸다

준에게

맑은 꿀 두 되, 석이버섯 두 말, 감 오십 개를 보내니 받아서 쓰도록 하여라. 생강 한 봉지는 의령에서 보낸 것이니 반으로 나누어서 반은 쓰고, 그 나머지 반은 퇴계(退溪: 토계)로 보내도록 하여라. 또한 퇴계의 산역(山役: 산소 일)하는 일은 초순 때에 하도록 하여라. 초 5일이나 초 6일에 이곳으로 와서 제사를 지내고 가는 것이 좋을 것이다. 나머지는 바빠서 일일이 적지 않는다.

내가 돌아갈 계획이 확정되었다

준에게

억수(남자종)가 와서 이르기를 그 관청에서 아무 일 없이 처리하였다 한다. 또 장예원(掌隷院: 노예를 관리하는 정부기구)으로 가는 공문을 가지고 왔기에 잠시 머무르게 하고 내려 보낸다.

그러나 나의 고향으로 돌아갈 계획은 이미 결정이 되었다. 매번 귀향을 연기하다가 겨울철이 되면 안되기 때문이다. 그러므로 초 4일에 먼저 편지를 퇴계로 보낼 것이다. 하인들에게 내일 나의 옷을 빨게 하고 모레는 내가 귀향하는 일에 대하여 일러줄 테니, 너는 내일 이곳으로 오는 것이 좋겠구나.

앞서 보낸 목화는 받았다. 초1일

서원 모임에 관리 자제가 참석하는 것은 좋지 않다

준에게

들으니 퇴계 집의 병은 아직도 사그러지지 않았고, 잡곡의 종자를 지불하는 일을 어떻게 하였는지 걱정되는구나. 너의 외숙부 등이 내일 내려가고, 너는 그 다음날 푸실(초곡)로 내려간다 하더라도 늦은 것은 아닐 것이다.

들자하니 소백산小白山의 여러 사찰에는 병 기운이 많고, 부석사浮石寺 역시 그렇다고 하니 나는 유산(遊山 : 산으로 놀러 다님)하지 않고 내일 저녁 관아로 돌아갈 것이다. 너는 머물러 있다가 말을 듣고 내려가도록 하여라.

또 이곳 서원(書院 : 소수서원) 의 유사有司* 등이 내일 너를 청하여 음복飲福* 모임에 참석시키려 하기에 내가 거절하였으나 듣지 않는구나. 네가 잘못 생각하여 무방하다고 여겨 이곳에 참석할까 염려되는구나. 이 모임에는 향리의 연장자들 역시 참석할 것이니, 외지의 손님 자격으로 참석하는 것도 무방할 것이다. 그러나 너는 유생으로 서원에 들어온 서열에 의하여 초대받은 것이 아니라 다만 벼슬아치의 자제인 까

유사 어떠한 단체의 사무를 맡아 보는 직무.
음복 제사를 지내고 제물을 나누어 먹는 일.

닭에 초대받은 것이니 사문(斯文: 유교)의 모임에 참석하는 것은 매우 부끄러운 일이다. 오지 않는 것이 좋을 것이다. 16일

50세·1550년·명종5년

2월에 퇴계의 서쪽에 주거를 정함. 이보다 앞서 하명동(霞明洞 : 하계)에 집을 지었으나, 끝내지 못하고 죽동竹洞으로 옮겼으나, 지세가 협소하고 계곡에 물이 없어 다시 계상溪上으로 옮겨 한서암寒棲菴과 광영당光影塘을 이룩함(지금의 퇴계 후손들의 종택宗宅 서쪽 부근). 8월에 넷째 형님인 온계공이 귀양가던 길에 죽음.

병이 어떤지?

준에게 묻는다.

그저께 너의 편지를 보고서, 너의 병세가 의심스럽다는 것을 알았다. 염려스럽고 염려스럽구나! 어제는 어떠하였는지 알지 못하겠구나. 대개 너는 혈기가 본래 약한데다가 이전에 추운 곳에서 잠을 자게 해서 마음에 걸린다. 어찌 이것 때문에 그렇게 된 것이 아니겠느냐? 근자에는 비록 이곳에 온다 하여도 매우 요긴한 일은 없다.

잇산(하인)이 집에서 필시 문제를 일으킨 것 같은데 이곳에는 모름지기 오지 않도록 하여라. 부디 삼가고 조심하는 것이 마땅할 것이다.

우윤右尹 형님*이 조사를 받게 되었다고 하는데 그 결말을 알 수가 없으니 지금 매우 근심스럽다. 어제 이미 사람을 서울로 보내어 알아보도록 하였다. 그러나 되돌아올 날이 멀게만 느껴지니 어찌 하랴!

8월 초 1일 새벽

우윤 형님 넷째 형님인 온계溫溪. 바로 직전에 충청감사를 여임한 후 당시 한성부 우윤으로 있었는데, 반대파들의 모함을 받아 감사 재직시 죄인을 잘못 다루었다는 혐의로 파직당하고 이어 모진 고문을 받은 뒤 귀양길에서 고문의 후유증으로 죽게 됨.

형님의 조사받는 일과 형수씨의 행차

준에게

너는 그저께는 어떻게 지냈는지? 전에 비록 조금 나아졌다 하나 날짜를 헤아려 와야 하는지 마음을 놓을 수 없구나.

우윤 형님이 조사받는 일은 사헌부에서 충청 감영의 관리를 잡아다 묻고, 감영의 관리는 또 유신(維新: 충주)의 아전들을 조사하여 아전들이 잡혀갔다고 하는데 그 결말을 알 수가 없으니 걱정이 되는구나. 유신의 사람들이 모두 이르기를 감사와는 관련이 없다고 하니, 아마도 이것은 간사한 관리가 꾸민 일이라 형님이 사면될 수 있을 듯하니 조금은 위안이 되는구나.

형수님의 행차는 물이 넘쳐서 김천(金遷: 충주 가까이 있는 역)에서 4, 5일 머물렀다가, 어저께 겨우 황강역(黃江驛: 충북 제원군 한수면 황강리)에 이르렀다는구나. 그러나 황강의 국도 또한 물이 넘쳐서 식량이 매우 모자라고, 급히 보낸 식량도 아직 도착하지 않았다고 하니 고생스럽게 행차하시는 것을 알 수 있구나. 어찌 하랴? 하인 한손漢孫으로 하여금 달려가 중도에서 살펴보고 오라고 했더니 전하는 바가 위와 같구나.

가구이(加仇伊: 안동의 지명)의 박충찬(朴忠贊: 미상) 숙모 댁에 '문안드리는 일로 이 하인을 보내며 아울러 너의 안부를 묻는다. 8월 초 5일

마음대로 하는 종은 엄하게 다스리라

준에게 답한다.

오늘 들으니 좌수座首*의 병환이 차도가 있다고 하니 대단히 기쁘구나. 오늘 너의 병세는 어떠냐? 매우 걱정이 되고 걱정이 되는구나. 영천에 가는 것은 20일 후에 곧 가도록 하고 늦추어서는 안 될 것이다. 그러나 모름지기 기력을 헤아려 억지로 해서는 안 될 것이다.

옹기 두 개는 부원(掊元: 미상)이 가져다준 것이니 받아두도록 하여라. 나머지는 일일이 적지 않겠다. 같은날

덧붙임　석금(石今: 남자종)은 목화를 가지고 마음대로 이익을 챙기고, 분수에 넘치게 마음대로 하니, 엄하게 다스리는 것이 좋을 것이다.

좌수　금재琴梓가 그때 좌수(座首: 지방의 주 부·군·현에 두었던 향청鄕廳의 우두머리)로 있었다.

김충의 댁 장사에 문상하지 못하였구나

준에게 답한다.

너는 요 며칠 어떻게 지내고 있느냐? 훈도(訓導: 준의 장인)님의 병환은 벌써 회복되셨을 것으로 생각된다.

장사는 초나흗날부터 빈소와 여막을 차리고 그 다음날 토지 신에게 제사를 지냈다 하나 일은 많고 힘은 약하니 어찌 하랴? 어찌 하랴?

종 억필이 휴가를 받아 집으로 돌아가는 길에 겸하여 김충의金忠義*의 집에 문안인사를 드리게 하였으니, 너도 편지를 쓰도록 하는 것이 좋을 것 같구나. 그 집 장사도 지나가지는 않았는지?

나도 환란 중에 있고 너도 또한 학질을 앓고 있었구나. 그런데 의령宜寧에서조차 한 사람도 장사 일을 도우러 오지 않았고, 나와 너 그리고 영천의 친족들도 모두 가지 못했구나. 장사에도 못 갔을 뿐 아니라 하인도 보내지도 못했으니 심히 몰인정하게 되었구나. 부끄럽고 안타까움이 얼마나 심한지!

나의 편지는 봉하지 않고 부치니 살펴본 후 겉봉에 그 사람의 자(字: 애칭)를 써서 봉하여 부치는 것이 좋을 것이다. 국림國霖이라는 자字를

김충의 이름은 진震, 자는 국림國霖 또는 중기仲起, 본관은 의성義城, 벼슬은 충의위忠義衛, 선생의 동서.

다른 것으로 바꾼 뒤에 나는 매번 그 바뀐 자字를 잊어버리니 우습기도 하고 부끄럽기도 하구나.

문경의 신참봉에게도 편지를 보내는데 김낙춘金樂春 씨의 집에 왕래하는 사람 편에 명심하고 보내도록 하고 혹시라도 잃어버리지 않도록 해야 할 것이다. 이 집의 장사에 또한 하인을 보내어 조문하지 못하였고 만사를 지어달라고 하였으나 아직 지어 보내지 못했으니 모두 한스럽기 때문에 편지로 그러한 뜻을 밝혔을 뿐이다. 의령에서 돌아와야 될 사람이 지금까지도 오지 않으니 이상한 일이구나. 8월 초6일 저녁[외내로]

덧붙임　전에 말한 사철砂鐵을 지금 바꿀 수 있느냐? 다섯 세 무명 한 필에 곡식 몇 섬을 주면 되느냐? 형편이 된다면 바꾸어서 내년에 여러 용도에 대비하도록 하여라.

김낙춘　자는 태화泰和. 호는 백인당百忍堂, 본관은 순천順天. 안동安東에 살았으며, 만년에 문경 용양동에 영류정映流亭을 지어 은거함. 사마시司馬試에 합격, 선생 문인임.

고성의 전답을 외숙부가 사고 싶다고 한다

준에게 띄운다.

훈도님의 증세는 지금 어떠하냐? 오랫동안 차도가 없어 걱정스럽고 걱정스럽구나. 병세는 예전과 같은지 차도가 좀 있는지 궁금하구나.

한손은 오늘에야 비로소 왔구나. 의령에 보낼 편지 여러 통과 물건을 함께 보낸다.

다만 의령에서 장사지내는 일은, 예전에 얻어 놓은 산은 사람들이 방해해서 쓰지 못하고 다른 곳은 아직 정하지 못하였다고 하니 안타깝고 안타깝기만 하구나.

고성(固城: 퇴계 처가의 원 고향)의 (우리의) 전답을 너의 외숙부가 사고 싶다고 말은 하였으나 그 값을 보내지 않아서 이말李末*도 어쩔 수 없었다고 말하는구나.

한손과 공간公簡*이 하인으로 보낸 종이 길동무하여 오는 길에 김중기(金仲起: 퇴계의 동서)에게 들러 편지를 받아 왔기 때문에 아울러 보낸다.

중기가 장례에 참석하기 위하여 왔을 때 용궁龍宮의 배를 이끄는 일

이말　퇴계의 장인인 허찬許瓚의 서녀의 남편[庶女婿]이다.
공간　퇴계의 처남 허사렴許士廉의 자字이다.

꾼을 중기의 하인들이 창졸지간에 때렸는데, 마침 그 사람은 다른 병이 있어 피를 쏟으며 죽어 버렸다고 하는구나. 그 일꾼의 친족들이 들이닥쳤다고 하니 이것 역시 놀랄 만한 일이다.

한손과 같이 온 하인이 병을 얻은 까닭에 머물러 있게 할 수도 없으니 차도가 있기를 기다려 어떻게 하여야 하겠구나. 의령에서도 있기가 지극히 곤란해서 왔겠지만 그러나 외내에 들렀다가 오지를 않았으니 이것 또한 용렬한 것이다.

14일에 너는 비록 고산孤山 에 오겠지만 제사에 참석하지 않아도 될 것이다. 만약 기운이 없어 힘이 들면 모름지기 억지로 오지 말도록 하여라. 만약 영천에 갈 사람이 있거든 연동이(하인)가 타작을 끝내는 즉시 들어오게 하도록 함이 좋을 것이다. 너도 또한 한번 가서 창고를 잠가야 되지만 너의 건강이 좋지 못하니 제사와 더불어 두 차례나 왕래하는 것은 어려운 것이 되겠구나. 9월 11일 초저녁[외내로]

덧붙임 지금 들으니 고산의 중이 죽었다고 하기에 민생원閔生員 의 집으로 가고자 한다.

고산 온계의 동북쪽, 퇴계의 어머니 김씨의 신소가 있음.
민생원 민시원閔蓍元이다. 처가살이로 온혜溫惠에 와서 한때 살았다. 퇴계 선생의 맏형의 사위.

장사에 인사하지 못하였다

준에게 답한다.

훈도님의 증세는 비록 오래 동안 차도가 없었으나 아주 조금씩이나마 밥을 드신다고 하니, 이는 오랜 병고 끝에 차도가 있는 것이라 기쁘고 위안이 되는구나. 충의忠義 댁의 초상 때에는 장례를 치르기 전에 때맞추어 가보지 못하였다. 비록 병으로 인하여 가지 못하였지만 서신을 통하여 내 마음을 전하였으니 이것이야말로 참으로 다행한 일이다.

대개 나는 항상 나의 병으로 인하여 사람으로서 사람들 사이에 지켜야 할 예의를 매번 지키지 못하는구나. 최근에 큰 변고〔둘째 아들 채와 온계 형님의 죽음 등〕를 당하였을 때 나의 병 때문에 유명을 달리해도 가보지 못했으니 한스럽기 짝이 없구나. 나 자신을 되돌아볼 때마다 자책감이 들 뿐 되돌릴 길이 없구나. 너도 마침 병을 얻어 분수를 다하지 못하는 고통 역시 나와 같구나. 저 충의 댁의 초상은 그 가운데 하나일 뿐이다. 너는 나의 뜻을 알지 않으면 안될 것이다. 그런 까닭에 이 말을 하는 것이다.

연곡燕谷˙의 장례 일은 네가 병 때문에 그 일을 감독할 수 없을 것이다. 그러나 한번 가보지 않으면 안될 것이다. 14일에는 곧 바로 고산암孤山菴으로 오너라. 내일 기제를 지내고 제비실의 일하는 곳으로 가서 영嶸 등을 만나 보고 그곳에서 좀 머물다가 외내로 돌아오는 것이 좋을 것이다. 한손 등이 올 때는 반드시 그곳을 거쳐서 들어올 것이다.

만약 고성固城 전답의 값을 가지고 오거든 전부를 그냥 그곳에 두었다가 밭을 살 때에 쓰는 것이 좋을 것이다. 이곳에 가져온다면 헛되이 사용할 뿐만 아니라, 그 때문에 도둑이 붐빌까 두렵구나. 집에 든든한 자물쇠가 없기 때문이다.

감사監司가 보내준 소찬에 쓰이는 물건〔素物〕 여러 가지를 대충 보낸다.

너는 병난 뒤부터 책 읽는 것을 전부 그만두었느냐? 일간에 조금 기력이 생기면 정도에 맞추어 책을 읽고, 기력이 손상하는 데 이르지 않는다면 무방할 것이다. 9월 12일[외내로]

연곡 제비실. 온혜溫惠에서 의일동宜一洞으로 가는 골인데, 온계공溫溪公의 묘가 북연곡北燕谷에 있다. 오늘날은 의일동을 제비실이라 하고, 여기는 소꼴이라 한다.

온계 형님의 장지를 제비실로 결정한 이유

준에게 답한다.

장지는 제비실로 정하여졌다. 형수님과 영嚳 등의 뜻이 모두 이 산을 원하는 까닭에 그렇게 하기로 정하였다. 그러니 건지동葦芝洞의 산소도 마땅히 옮겨야 할 것이다. 그러나 기력은 허하며 추위가 겁나기 때문에, 그때에 두 곳에 다 가서 보지는 못할 것이다.

숙재(叔材 : 준의 장인)가 큰 병에 걸렸으나 차도가 있다고 하니 다행스러운 뜻을 어제 네가 갈 때 미처 일러두지 못한 것이 아쉽구나! 같은 날 저녁[내외로]

언문 편지는 단계에서 왔다는구나

준에게 답한다.

어제 두 통의 편지를 모두 보았다. 훈도님의 병세가 회복되어 가고 있다고 하나 조금 나아진다고 소홀히 해서는 안 될 것이며, 모름지기 마음을 괴롭게 하고 걱정해서는 안 될 것이며, 조심스럽게 병의 차도가 있기를 기다리시는 것이 좋을 것이다.

연수(延守: 남자종)가 오늘 아침에 도착해서 그곳에서 보낸 편지 두 통을 너에게 보낸다. (둘째 며느리의) 언문 편지는 단계丹溪에서 왔다고 하는구나. 곡식을 타작하는 일을 다 알게 되었다.

나는 가래와 기침으로 몸이 허약하나 다른 것은 전과 같을 뿐이다. 빈소에는 오랫동안 가보지 못하였다. 보름에는 가서 제사에 참석하고 자 한다. 9월 13일

덧붙임   오늘 너의 고통은 어떠하냐? 듣자하니 열흘 동안 심하게 아팠다고 하니 걱정스럽고 안타깝구나! 앞서 김유지(金綏之: 준의 처외삼촌)가 승려에게 뜸을 시험해보고자 하였는데 그 효과는 어떠하였느냐? 만약 효능이 있었다면 너 역시 뜸을 떠보는 것도 좋을 섯이나.

훈도님의 증세가 어떠하신지

준에게

요즈음 괴로워 한가하지가 못하니 편지를 못 보낸 지도 며칠이 되었구나. 훈도님의 증세가 어떠한지 알지 못하였더니 전해 듣자니 지금은 이미 큰 차도가 있다고 하나, 오히려 자주 소식을 전하지 않으니 기쁨과 걱정이 서로 엇갈리는구나.

너의 병세는 또한 어떠냐? 전에 이르기를 한기가 나고 열이 있다고 하더니 그 후에도 여전히 그러한 증세가 계속되느냐? 음식을 먹는 것은 전과 같으냐? 자세히 일러주기를 바라고 바란다.

오늘 듣자니 고을 원님께서 돌아가셨다고 하니 놀란 마음을 이루 다 표현할 수가 없구나.

하인 억필에게 이엄(耳掩: 귀 덮는 모자)을 사는 일 때문에 서울로 올려 보내려고 한다. 내일 아침에 떠나는데 너에게 가서 작별인사를 드리게 하였으니 그렇게 알아라.

나는 가래와 기침으로 고생하여 마르고 힘이 없다. 나머지는 전과 같을 뿐이다.

산소 자리를 볼 사람이 아직도 오지 않았다면 장사가 너무 늦어질 것이니 매우 걱정이 되는구나. 나머지 일은 한글 편지에 적혀 있다.

9월 28일[내외로]

증세를 자세히 적어 보내어라

준에게

좌수(座首: 준의 장인)님의 병세가 지금은 얼마나 회복이 되었느냐? 조금 전에 너의 편지를 보니 걱정됨을 금할 수가 없구나. 증세를 자세히 적어 보내라. 걱정되고 또 걱정된다.

나는 조금씩 차도가 있다. 그러나 마음과 기운을 너무 소모하여 약해지고, 몸이 차서 가래와 기침 등의 병이 떨어지지 않을 따름이다.

두 생원(준의 처남들)이 모두 일찍이 편지를 보내와서 오늘 답신을 써서 부치니 전하여라.

너의 일상생활과 병이 근심스럽다. 10월 초 10일

진개는 우리 종의 남편이라는 것을 알려라

준에게 답한다.

어제 편지가 와서 좌수님의 증세가 근래 며칠 동안에는 고통이 매우 심하였으나 이제 조금씩 차도가 있어 회복되어 가는 것을 알았다. 놀랍고도 대단히 기쁘구나.

지금 들으니 진개秦玠의 그 일이 해결되었다고 하니 다행이구나. 그러나 원님께서 진개가 사실은 우리집 종년의 남편이 아닌데 그렇다고 둘러대고 죄를 면하려고 하는 놈이라고 의심하셨다고 하는구나. 진개가 우리집 종의 남편이라는 것을 누가 알지 못하겠느냐? 그러나 이때를 당하여서 감히 내 이름으로 관부에 번번이 알릴 수 없었기 때문에 편지를 쓰지 않았다. 네 친구 중에 누군가 편지를 써서 다시 관부에 그 사실을 알리는 것도 무방할 것 같다. 또한 진개가 진실로 바라는 것은 그 년의 가족으로서 몸을 의탁하고 정해진 급료를 받게 된다면 더욱 좋겠다고 하는 것을 아울러 일러두어라.

또 할말이 있지만 나머지는 가는 사람 편에 듣도록 하여라. 12일

덧붙임 의령에서 온 편지와 나의 회답을 봉하지 않고 같이 부친다. 편지를 본 다음에 봉하여서 보내도록 하여라.

장인의 상고 조문

준에게

이틀 사이에 연이어 두 건의 부고를 들었으니, 세상에 어찌 이와 같이 참혹한 일이 있을 수 있겠느냐? 놀랍고 슬픈 마음을 금하지 못하겠구나.

너는 병든 몸으로 두 곳을 분주하게 다녀야 하니 어찌 지탱하고 감당할 수 있겠느냐? 부디 스스로 보중해야 할 것이며 보통사람들과 비교하지 말고 다른 병이 생길까 조심하여라.

또한 들으니 그 마을은 이전에 전염병이 있었다고 하니, 이것은 더욱 큰 병이라. 어찌 하랴! 그러나 다만 조심하고 삼갈 뿐 지나치게 두려워하고 겁내지는 말고 두루 여러 가지 일을 미연에 방지하는 것이 좋을 것이다.

집안에는 다른 물건은 없어 다만 흰 종이 두 묶음을 올려 보낸다. 바빠서 여가가 없구나. 일일이 적지 않는다. 10월 15일

덧붙임 마을이 편안하지 않은데, 성복(成服: 초상이 나서 사흘이나 닷새 후에 상복을 처음 입는 일)하는 일을 어찌되었는지도 아울러 알려나오.

머물렀다가 제사를 지내고 오너라

준에게

동지가 오니 날씨가 매우 차구나. 병이 난 몸으로 어떻게 돌아갔느냐? 털옷을 보내니 입고 추위를 막아 병으로부터 몸을 지키는 것이 좋을 것이다.

나는 오늘 아침에 가묘(家廟: 집안의 사당)에 갔다가 돌아오는 길이다. 추운 것이 두려워 웅크리고 들어앉아 있었더니 오히려 다른 병을 면하였으니 운이 좋을 따름이다.

거기 가거든 모든 일을 한 갑절 더 상세하게 처리하고 소용되는 숫자를 일일이 적어 보내라. 수압(受押: 서명을 받음)하고 내어주어 뒷날의 계획에 참고가 되게 하라는 것은 앞서도 내가 너에게 했던 말이다. 지난해 쓴 무명은 불분명하고, 장난을 친 점이 많이 보이기 때문에 이렇게 말하는 것이다.

특히 너는 이번 겨울에 각처에서 장례를 치르고 제사를 준비하는 일이 있는데다가, 또한 한 달 안에 두 번이나 그곳을 왕래하였으니 전혀 병으로부터 몸을 지키는 방법이 아니었구나. 만약에 제주祭酒가 있으면 제육祭肉 등을 조금 준비하여서 초 9일 사이에 그대로 남겨 두었다가 기전을 드리게 하고 오는 것이 어떠냐? 너는 만약 평상시라면 비록 한 달에 세 번을 왕래하더라도 내가 뭐라고 하겠느냐마는, 병을 조심하는 것에 방해가 될까 두려운 바이다. 모름지기 적당하게 대처해야 할 것이다.

말동(末同: 종)은 언제 내려 보낼 것이냐? 각처에 나누어서 보낼 만사挽詞*를 다 짓지 못하였으면 모름지기 서경(筮卿: 민시원)의 거처에 사람을 보내어 내가 만사의 글을 다 마치기를 간절히 바란다고 전하여, 글을 받으면 이곳으로 오너라. 편지를 받아서 내려가는 일에 대해 어김이 없도록 일러두는 것이 좋을 것이다.

내가 우연히 생각해보니 김린(金獜: 미상)의 집 토지는 둔벌(芚伐: 미상)에 있는데, 그곳에서 나온 곡식을 담는 섬[穀石: 짚으로 만들어 곡식 15말을 담음] 짚단과 어찌 서로 바꾸려고 하지 않을는지? 모름지기 믿을 만한 하인을 시켜 그 댁에 가서 의사를 물어보아라. 만약에 하고자 하면 약속한 날에 정한 수량을 받아서 오는 것이 좋을 것이다. 짚단을 바꾸는 것은 또한 긴요한 일이니 소홀히 하지 말아야 할 것이다. 대임(大任: 금축)의 봉화 농장에서 나는 짚단 또한 바꿀 수 있겠느냐? 김린 댁에서 원하지 않으면 대임에게 물어보는 것도 또한 좋을 것이다. 11월 5일

만사 죽은 이를 애도하는 글, 만사挽詞, 만장挽章

영천의 상사를 애도한다

준에게 답한다.

어제 온계로부터 편지가 왔다. 들으니 영천에서는 마침내 병석에서 일어나지 못하였다고 한다. 어찌 그 가문의 화가 이다지 심하단 말이냐? 상중에 또 이 지경에 이르니 더욱 마음이 아프다. 참봉은 와서 보았느냐? 조문 편지를 적어 보내는데 인편이 있으면 만장을 부쳐 보내는 것이 좋을 것이다.

또한 고산에서 독서를 하는데 상주하는 중이 비록 몇 안된다고 하나 오랜 기간이 아니니 무슨 불편함이 있겠느냐? 그러나 여러 사람들이 딴 곳을 버리고 이곳에 오려고 하는 것이 나 때문이 아닐까마는, 나는 병들고 게을러서 스스로도 책을 읽지 못하니 더욱 다른 사람에게 유익할 수가 없다.

근래에 청송의 신언申漹*이 먼 곳에서 용수사龍壽寺로 와 도보로 왕래를 하는데, 내가 그것이 헛된 수고이며 무익함을 알고 보내버렸다. 또한 금난수琴蘭秀*가 와서 하인 명복의 집에 기거하면서 간절하게 요

신언   1530-1599, 자는 언호彦浩, 호는 고산高山. 청송에 살았으며, 아우 연演과 함께 퇴계선생에게 수학하였음.
용수사   안동시 도산면 온혜 마을 곁에 있는 절.
금난수   1530-1605, 자는 문원聞遠, 호는 성성재惺惺齋. 예안에 살았으며, 퇴계의 문인이 되었음.

청하는 까닭에 비록 거절은 할 수는 없었지만, 내가 병을 치료하는 데 방해가 되고, 그에게 있어서도 학문에 배움이 없으니, 장차 꼭 집으로 돌려보낼 것이다.

또한 내가 과거 준비 공부를 할 때에도 그것에 오히려 생소하였는데 하물며 오늘날에 있어서이겠는가? 내가 여러 사람들과 너로 하여금 영천의 과거시험 준비장에 가게 하려는 것도 그곳에는 안목이 밝은 여러 선생님들이 있고, 또한 도움이 되는 친구들이 많기 때문이다. 그러니 여러 친구들과 더불어 의논하여 처리하여라.

소동파의 글은 벌써 뽑아 베끼고 점까지 찍어두었으나 지금 비를 만날까 두려워 보내지 않는다. 11월 15일

51세 · 1551년 · 명종 6년

청명날 한서암을 시내의 북쪽으로 옮겼다. 처음에는 시내의 북쪽에 지었
는데 집이 지나치게 크다고 보아 시내의 동북쪽에다 소당小堂을 지어 거
처하였다.

희청 형님이 돌아가셨다

준에게

어제 종이 산개(山芥: 야생겨자)를 전하는 편에 네가 외내로 돌아갔음을 알았다.

특히 어제 호연浩然°이 조카 빙에게 부친 편지를 보았는데 "일족이 모이는 일을 집에 경축연을 열 일이 많은 까닭에 연기하여 정하자"고 말하였다고 하는구나. 또한 "이러한 뜻을 퇴계退溪로 통지하였다"고 말하였으나 나는 그 편지를 보지 못한 까닭에 하인을 시켜 그 여부를 알아보려 한다. 만약 실제로 연기하였으면 근간에는 분명히 행하지 않을 것이다. 그렇기 때문에 24일에 서촌(西村: 온계)의 빈소에 가보려고 한다. 종이 돌아올 때 가지고 오는 호연이 나에게 답한 편지를 네가 모름지기 열어본다면 그 친족 모임의 연기되었음을 알 수 있을 것이니, 내가 반드시 서촌으로 갈 것인지를 알 수 있을 것이다. 또 그날 일찍이 갔다가 돌아올 계획이다.

마라馬羅의 재종형 희청希淸° 씨가 작년 말에 돌아가신 것을 온계의 여러 친척들이 그때에 모두 들었으나 나만이 홀로 부고를 듣지 못하

호연 1492-1561. 이연李演의 자字. 선산공善山公 정禎의 현손이며 안동파의 종손이다. 부친은 호군(護軍, 이조 때 오위五衛의 정사품 무관 벼슬). 훈(壎, 1492-1561). 벼슬은 훈도, 경류정을 지었다. 선생의 재종질.

였다. 어제 처음 들었는데, 너에게도 또한 시복緦服*을 입는 친척이 되는지라 듣지 못하였을까 하여 말할 따름이다.

조윤구가 온 지 이미 3, 4일이 되었는데 어제와 그저께 청음석淸吟石*에 모여서 이야기하였는데 서로가 기쁘고 흡족하였다. 완完도 또한 와서 보았는데 네가 있지 않았던 것이 섭섭할 따름이다.

25, 26일 사이에 서울로 갈 것이라고 하는데 가기 전에 한 번 와서 보는 것이 좋을 것이다. 1월 20일

희청 ?-1550. 선생의 종조부 흥양공興陽公의 둘째 아들 호壕의 맏아들이니 선생과는 육촌이다. 풍산의 마라(馬羅: 마래)에 살았으며 충순위를 지냈다. 아들 원회元晦가 선생 문하에 수업하였다.

시복 시마복緦麻服의 준말로 3개월 동안 입는 상복의 종류.

청음석 온계에서 토계로 갈라져 들어가는 강변에 있는 바위인데, 여기서 삼촌 송재가 조카들에게 주는 시를 지었기 때문에 '맑게 읊조렸다[淸吟]'는 뜻으로 퇴계가 이름붙였음.

농사 거두는 일

준에게 답한다.

편지가 와서 모든 것을 알았다. 잠시 왔다가 곧 가야 한다니, 네가 이곳에 오기를 바라지 않는 것이 아니라, 네가 일을 처리하는 데 여가가 없는 것을 알기 때문에 오지 못하게 한 것이다. 영천에 갔던 일이 여의치 못한 것이 또한 당연한 일이구나. 억필은 그저께 영천으로 가서 아직까지 돌아오지 않았는지, 연동의 병이 나았는지 알지 못하겠다.

여기와 영천의 곡식을 거두어들이는 것은 모두 종들에게 맡겼으니 농사를 실농한 가운데도 또다시 실농한 꼴이니 안타까움을 어찌하랴?

판자板子에 관한 일은 감사監司에게 가는 편지를 앞서 들으니 안동의 공조 아전에게 보내어 공문서를 가지고 가는 사람으로 하여금 가지고 가서 올리라고 하였다고 하였는데, 그 사람이 돌아왔는지 알 수 없구나. 모름지기 감사가 환급(還給:물건을 되돌려주는 것)을 허락하기를 기다린 후에 판자를 흘려 내려 보낼 수 있는 까닭에 기다리기가 어렵구나. 인편이 있거든 (허)생원의 말을 안동의 관리에게 물어보는 것이 옳을 것이다.

나는 내일 제사지내는 일로 온계에 갈 것이다. 2월 16일 저녁 등불 아래서[외내로]

조카 주와 밭을 바꾸는 일

다시 준에게

편지가 와서 다 알게 되었다. 의령의 괴상한 기운이 대단하다지만 전염병은 아닌 것 같다. 그 고을 원님의 처사는 안타깝구나.

조카 주宙의 논은 내가 일찍이 바꾸지 않겠다고 말하였는데, 이 조카가 스스로 바꾸고자 하는 뜻이 간절하여 나의 허락 여부를 헤아리지 않고 중간에 완강하게 바꾸고자 하니, 생각이 없음을 알 수 있구나. 동령(同令: 남자종)이 돌아오면 위임장을 보낼 것이다.

기제사는 고산에서 지내나 너는 여러 날 동안 분주하였고, 또 여기에 와서 나날을 보내는 것도 편치 않을 것이니 오지 않아도 좋다. 영천의 거접居接*은 이와 같이 연기되었으니 반드시 단오端午 후에야 모임을 가질 것이다. 그러나 모름지기 듣고 보는 것을 잘 살펴서 다른 사람보다 뒤지지 말아야 할 것이다.

비록 작품을 뒤에 보낸다고 하더라도 우스운 일은 사실은 『운부(韻府: 운부군옥, 한문 문자 사전)』에 있으나 어느 글자 밑에 나온다고 기록해 두지 않았으니 뒤에 마땅히 찾아서 보여줄 것이다. 그러나 만약 자세히 알 수 없다면 반드시 이 제목으로 글을 지을 것은 없다.

거접 선비들이 모여서 과거 준비를 하는 것.

현의 교관이 농암 선생과 고을 원님을 초청하여서 부내 강변에 술자리를 마련하려고 하여 어제 친히 와서 간절히 요청하므로 지금 부득불 거기로 가야 하기 때문에 급히 적는다. 2월

덧붙임 흰 종이 두 권과 부채 세 자루를 보내니 한 자루는 아몽에게 주어라.

거접에 참가하라

준에게

어제 호연浩然의 편지를 받았다. "선조의 묘 곁에 안장한 사람을 23일에 이미 땅을 파서 관을 옮겼다"고 하더구나. 선조님 영혼을 기쁘게 해 드리게 되었구나. 한때나마 모욕을 당하여 분하더니 기쁘게 되었다. 그 산소에 이러한 사실을 보고하는 제사를 지내는 일을 늦추어서는 안 될 것이다. 아마도 혹시 술이 없는 집이 있을 것 같아서 갑자기 준비할 수 없는 까닭에 다음달 17일에 모여서 제사를 올리기로 하였다. 어제 회문(回文: 돌려보는 통지문)이 왔는데 그때에 내가 별 일이 없으면 마땅히 가고 싶은 생각이 간절하나 딴 일이 있어서 내가 갈 수 없으면 너라도 마땅히 대신 가야 할 것이니 미리 알고 있어라.

영천 사람이 어제 저녁에 겨우 네 바리를 싣고 왔다. 그 나머지는 뒤에 가져온다고 핑계대는구나. 김송(金松: 영천 사람) 역시 한 바리도 보내지 않았는데 끝내 보내지 않을까 염려되고 여기서는 사람과 가축이 다 곤궁하고 일에 어려움이 많으니 어찌 할꼬!

장수희張壽禧*가 사는 곳에 거접 기간을 확정하게 되면 통보하여 줄

장수희　1515-1585, 자는 우옹祐翁, 호는 과재果齋, 본관은 인동, 영주 금광金光에 살았음. 6살 때부터 선생에게 수학, 선생의 처이종이다.

것을 편지로 부탁하여 놓았다. 통보가 오면 곧바로 가는 것이 좋을 것이다.

기와를 나르고 기와를 덮는 일 등 큰 일은 모두 며칠 사이에 다 하여야 하니, 밥 먹을 틈도 쉴 틈도 없으니 우습구나. 2월 27일

네 장인의 빈소에 들르겠다

준에게

산소를 보는 일이 이미 끝났거든 곧 절로 올라가서 독서하는 것이 옳을 것이다. 만약 사람이 할 도리와 남과 교제하기를 다하기를 기다린 뒤에 전적으로 독서를 일로 삼으려고 한다면 날이 거듭 지나더라도 하루도 그러한 날을 얻을 수가 없을 것이다. 네가 생각하기에 삼춘(三春: 봄의 석달) 90일 가운데 며칠 간 절에서 독서를 하였으며, 며칠 간 사람이 할 도리에 골몰하였느냐? 네가 읽은 바가 몇 권의 책인지도 알지 못하겠고, 지은 바는 다만 시와 부 각 일편에 그칠 따름이다. 본래 아름답지 않은 바탕으로써 옛 습관을 고치기를 기다리지만, 지리멸렬하기가 이와 같으니 어찌 변화되기를 기다릴 수 있겠는가?

지금 안덕(安德: 청송군 안덕면)의 유생 신언(申漹)이 와서 용수사(龍壽寺)에 거처하고 있다. 그와 약속한 친구가 오지 않아 외롭고 쓸쓸하게 혼자서 거처하고 있다. 친구끼리 서로 도와 학문을 닦고 수양에 힘쓰기를 깊이 바란다고 말하니 이는 반드시 뜻이 있는 사람이다. 네가 만약 어탄사(魚呑寺: 운암산에 있음)에서 친구가 없으면 어찌 이와 같은 도움이 되는 친구와 사귀지 않으리요? 그와 같지 않아서 어탄사에 좋은 친구가 없더라도 어찌 혼자서 남아 열심히 공부에 집중할 수 없겠는가?

나는 글피에 금음지(今音地: 미상) 등의 장소에 가서 머물겠다. 다음

날 17일에는 선조의 산소에 절을 드리고 일가 사람들과 이야기를 나
눈 뒤에 저녁이 늦어진다면 중간의 어떤 곳에서 자고, 18일에는 오천
의 선허(先墟: 앞사람들의 유적지)에 도착해서 빈소의 영전에 배례한 다
음 유지(綏之: 김유)와 만나 앞서 약속을 지킬 생각이다.

그날 지사(知事: 동지중추부사, 농암 선생)가 악공들을 데리고 온다고
하시니, 하루 사이에 조상弔喪과 연회가 있으니 대단히 마음이 편하지
않구나. 어찌 하리요? 다만 일이 우연히 겹쳐서 사양하고자 한즉 괴이
하게 여길까 두려워 처신하기가 매우 어렵다. 그러므로 어쩔 수 없이
계획을 앞에서 말한 것과 같이 잡았다.

특히 근래 주자의 편지를 보았는데 문상할 때에 술과 음식 대접을 받
는 것은 예절이 아닌 것으로 되어 있다. 하물며 본가와 빈소에서 모두
민간의 금기 때문에 이러한 궤전(几奠: 제물을 갖추어 신에게 제사를 지냄)
의 예절을 없애버린다면 나도 또한 영전에 한잔의 술도 드릴 수 없을
것이다. 그런데 어찌 다시 손님에게 음식을 차리는 예가 있을 수가 있
겠는가? 반드시 대접을 받을 수 없다는 뜻이니, 본가에서는 나를 위하
여 물 한잔도 준비하지 않는 것이 옳으니라. 3월 14일

영천 거접에 꼭 참가하라

다시 준에게

혼자 알아서 어탄사에 갔다니 매우 잘한 것이다. 다만 여러 수재들의 문회文會가 무슨 까닭으로 이렇게 연기되었느냐? 근래에 보니 비원(庇遠: 李國樑)이 영천[영주]에서 와서 말하기를 영천에서 거접하는 일은 김정헌金廷憲*의 무리들이 이미 색장色掌*이 되어 바야흐로 경영하고 있으나, 그 날짜는 정하지는 않았다고 하는데 그러나 반드시 월초경에는 거접이 시작될 것이라고 하는구나. 모름지기 여러 사람이 장우張祐와 김정헌 등에게 편지를 보내어 그 시작하는 날짜를 알게 되거든 곧 바로 가는 것이 좋을 것이다.

너는 다음달 초 7일에 풍산으로 갈 일이 있으니 만약 여러 사람들이 먼저 가게 되면 미리 편지를 하여 너의 이름을 거접의 명단에 올려서 기다리도록 하는 것이 옳을 것이다. 실수가 없도록 하여라. 소동파蘇東坡의 글을 뽑아 적은 대로 돌려보내고 시와 부賦의 제목도 내어 보낸다.

또한 의령의 여자종의 일은 과연 얽혀서 복잡하구나. 만약 너의 생

김정헌 1516-1575, 자는 공도公度, 호는 눌암訥巖, 본관은 안동, 봉화에서 살았음, 사마시에 합격.

색장 성균관, 향교, 사학四學 등에 기거하던 유생의 한 임원.

각대로 한다면 옳을 것 같기도 하나 또 걱정되는구나. 다만 결박하여 추궁한다고 해서 바르게 말하지는 않을 것이고, 만약에 매질을 한다면 굶주리고 피로한 나머지 죽을지 모르니, 더욱 그래서는 안 될 것이다. 이와 같다면 도망갔다가 왔는지 안 왔는지 알 길이 없을 것이다.

또한 영천으로 보낸 옴동(吾쯤同: 남자종)이 있다면 고을 원님에게 고하여 감옥에 가두고, 공간(公簡: 허사렴) 등의 하인으로 하여금 그들이 옥중에서 잘 지내도록 하고 잡아가기를 기다리는 것이 옳을 것이다. 만약 옴동이가 김천(金遷: 충주의 나루터)으로 돌아가거나 공연히 영천 집의 종들에게 맡긴다면 잃어버리는 피해가 있을 것이니 또한 그렇게 할 수도 없구나. 이러한 곡절이 있으니 어떻게 처리할지 실로 어렵구나. 어찌 하랴? 모름지기 마땅함을 쫓아서 잘 처리하여야 할 것이고 함부로 의심하여 때려서도 안 될 것이다. 4월

풍산의 제물이 보잘것없었다

준에게 답한다.

현사(玄沙: 예안군 내에 있는 절)에 들어간 것은 매우 잘했다. 그렇지만 영천의 거접도 또한 더욱 놓쳐서는 안 된다. 옥지(玉只: 종)에 관한 일은 잘 알게 되었다. 풍산에 다만 술과 과실만 올린 것은 과연 너무 보잘것없구나.

다만 용손(남자종)이란 놈은 내가 안동으로 돌아 갈 때에 그 틈을 타고 와서 다만 곡식은 4섬만 바칠 것이라고 하고, 다시 남겨 둘 것이 없다고 하니 몰래 착복한 것이라, 비록 그놈에게 따지고자 하나 형세로 보아 그렇게도 할 수가 없구나. 그러나 집안의 쓸 물건이 다른 곳에서 나올 곳이 없으니, 민망하구나.

이러한 가운데 무릇 모든 일들이 어찌 뜻과 같기만 하겠는가? 비록 떡을 갖추지 못하였다 하더라도 어쩔 수 없는 일이겠지. 나도 또한 술과 과일을 보내려고 하나 종들이 틈이 없어 그렇게 할 수 없을까 두렵다.

면화 심는 것은 비록 도둑을 맞을까 걱정되나, 이것은 매우 보잘것 없고 사소한 것이니, 공부하는 사람이 어찌 이 때문에 마음에 두고 분주해서야 되겠느냐? 4월

길동무가 없더라도 영천 거접에 참가하라

준에게

어제 왔다가 곧장 돌아가 잘 모를 일이 많구나. 영천 거접居接의 일은 엽동(汝邑同:남자종)이 네가 어떻게 할는지 모르겠다고 말하는구나. 만약 25일에 모임을 정했다면 너는 모름지기 그날의 모임에 가야 할 것이고 빠져서는 안 될 것이다. 어제 보니 네가 반드시 여러 친구들과 함께 가고자 하니 이것은 네가 원대한 뜻이 없는 한 단면이다.

나는 계미년(1523년, 23세)에 서울로 가서 성균관에 들어갔는데 외로이 길동무도 없었고, 말이 지치고 하인을 여의었는데도 물길과 육로를 뚫고 나아갔으나, 오히려 처자에 대한 그리움조차 없었다. 그 걸음이 비록 꼭 유익한 것은 아니었다고 할지라도 뜻을 세운 선비의 뜻은 마땅히 이와 같아야 할 뿐이다.

또한 너는 이비원(李庇遠: 이국량)의 일을 보지 못하였느냐? 집은 겨우 네 벽뿐이고 처자는 굶주려서 집안 일을 오직 말 안 듣는 종에게만 맡길 수도 없었다는 것이 분명하였다. 그렇지만 부친의 명을 어길 수가 없고 원대한 계획도 멈출 수가 없었기 때문에 결연히 서울로 올라갔다. 이러한 사람이 너의 생각과 같았다면 어찌 능히 그렇게 할 수 있었겠는가? 지금 너는 하루 만에 가는 길에도 길동무를 구하고자 하여 시일을 늦추고 있구나. 비록 내가 너에게 진실하고 간절하게 이야기하지만 그래도 결심을 하지 못하니 어찌 된 일이냐? 네가 지은 글은 그래도 크게 나쁘지는 않은 것 같아서 나는 기뻐서 잠을 이루지 못하니 너는 스스로 포기해서는 안 된다. 더더욱 힘을 써라.

정초지(正草紙:고급 종이) 15장을 보낸다. 건어포 등의 물건도 보내니 갈 때 가져가는 것이 좋을 것이다. 4월 23일

거접에 가서 유의할 일

준에게

어제 여러 사람들이 화답하여 지은 글들을 보았다. 모두 대개 광언(狂言:상규에 벗어나는 말들)이 실려져 있는지라 다행스러움과 부끄러움이 교차하는구나. 김언우(金彦遇: 이름은 부필, 호는 후조당)는 화답하지 않았으니 한번 봐 주었다니 더욱 미안하고 미안하구나. 봉정사鳳停寺의 거접에서 지은 글에 대한 평을 다 마쳐서 보낸 것과 아울러 네가 가지고 갈 것 34장을 동봉한 것을 금군琴君* 들의 빈소에 맡겨 두고 가면 내가 마땅히 그곳에서 오는 중으로 하여금 빈소로 가서 찾아가게 할 생각이다. 수경秀卿*을 비롯한 여러 사람들의 초고를 함께 보내는 것이 좋을 것이다. 왜냐하면 그 편지에 답장을 하지 않으면 안되기 때문이니 소홀히 하지 말아라.

거접에 임한 이후에는 모든 일에 부디 경계하고 삼가도록 하여라. 공부하는 데 근면하고 독실함이 으뜸이니 경망되게 법도를 저버리고 소리내어 다투는 일이나 몰래 남에게 술과 음식을 빼앗아 먹는 일 등

금군 들 아들 준의 처남들인 금응협琴應夾. 자는 협지夾之, 호는 일휴당日休堂과 금응훈琴應壎. 자는 훈지壎之, 호는 면진재勉進齋 형제.
수경 김팔원金八元의 아들, 호는 지산芝山. 용궁현감龍宮縣監. 계모를 모시기 위해 전근轉勤, 죽은 후는 시묘侍墓하다. 선생의 문인.

은 삼가, 모름지기 피하는 것이 좋을 것이다. 그러나 남들에게 술과 음식을 몰래 내라는 요청을 받았을 때는 꺼리는 뜻이나 곤란한 기색을 보여서는 안 될 것이다.

푸실(초곡)에 쓰고 남은 것이 있으면 도리에 맞게 조처하는 것이 옳을 것이다. 그곳의 차하기(上下記: 지불 명세서)를 네가 알기를 원할 것 같아서 보낸다.

박중보朴重甫*의 집 대상은 6월 어느 날인지 알지 못하겠구나. 그곳에 도착하여 들어서 알게 되면 편지로 알려다오.

금대임琴大任과 황사간(黃司諫: 황준량)에게 곧 가서 인사하지 않으면 안되며, 내가 그리워하는 뜻을 간곡하게 전하도록 하여라. 4월 25일 새벽[외내로]

박중보   1517-1588, 이름은 승임承任, 호는 철진鐵津, 소고嘯皐, 본관은 반남으로 영천 한정(초곡)에 살았음. 형珩의 아들로 문과에 올라 대사간을 지냈다.

안동의 공도회에 참가하려는지?

준에게 답한다.

어제 너의 초사흗날의 편지를 보았다. 무사히 공부하고 있다니 위로가 된다. 지은 글이 등수에 들지 못한 것은 네가 탄식하고 안타까워 하겠지만, 그러나 이것은 네가 평일에 놀고 게을렀던 결과이니, 이것 또한 무엇을 나무라겠는가? 다만 마땅히 가일층 공부에 힘써 진보할 것을 도모하여야 할 것이며, 스스로 자신을 잃고 붓을 꺾어버려서는 안될 것이다.

내가 지금 너에게 규모가 큰 거접에 참가하기를 바라는 까닭은 진실로 네 자신의 단점을 알고 다른 사람의 장점을 취하여, 정와지견(井蛙之見: 우물안 개구리와 같이 견문이 좁은 것)을 깨닫고, 요시지기*(遼豕之譏: 요동의 돼지라는 조롱을 받는 것)를 면하도록 하기 위함이다. 하물며 나의 재주가 과연 우수하다면 비록 낮은 등수에 들더라도 무방하지만, 나의 재주가 열등하다면 다행히 높은 등수에 들더라도 또한 기뻐할 것이 없다는, 이러한 마음으로 노력을 해야 할 것이다.

또한 거접居接에 모이는 여러 선비들이 얼마나 되며, 몇 달을 계획

요시지기 요동 사람들이 검은 돼지만 보다가 우연히 흰 돼지가 태어난 것을 아주 자랑스럽게 여겼다는 고사에서, 아무것도 아닌 것을 대단하게 여긴다는 비유로 사용됨.

하고 있느냐? 양식은 넉넉하고 소금과 간장은 스스로 준비하여야 하느냐? 혹시 관官에서 지급하여 주는 것이냐? 나머지 물건을 관에서 준다면 양식은 반드시 스스로 준비하여야 할 것이나, 푸실에는 비축한 양식이 없다고 하는데 어찌 이에 관한 언급이 없느냐?

지금 쌀 몇 말을 보내려고 하였더니 마침 이때에 보낼 양식이 없다고 하는구나. 내 생각에 반드시 푸실에 아직도 남은 것이 조금 있어 가져갈 수 있으리라고 여기기 때문에 지금 잠시 그만두고 있을 따름이니 모든 일은 상세하게 알리는 것이 좋을 것이다.

푸실에는 여러 가지 용도로 계획하고 있는 이외에, 그밖에 마땅히 5, 6석이 더 있을 것인데 어찌 남은 것이 없다고 하는 것인지, 시험삼아 한번 뒤져보고 찾아내어 사용함이 좋을 것이다. 그 편지를 즉시 외내로 보낼 것이다.

물어서 알아본 바로는 너는 남의 집에 머물고 있다고 하는데 그것이 맞느냐? 그렇지 않느냐? 그 집에 함께 머물고 있는 사람이 몇 사람이나 되느냐?

너의 나이는 곧 서른이 되어 가는데 비로소 여러 사람과 더불어 거접을 하게 되었으니 이미 당장(堂長 : 서원의 반장)을 맡을 나이에 속하여, 나이가 적고 기운이 팔팔한 사람들과는 하는 일과 신분이 같지 않으니, 절대로 망령된 일을 하지 말아라.

같이 공부하는 사람 중에 불행하게도 남을 나쁘게 인도하여 여럿을 망치고 온 집안까지도 망하게 하는 것을 즐겨하는 사람이 있을 것이니 삼가 그 무리에 빠져들지 말고, 정신없이 그런 자들과 함께 어울리지 않도록 하여라. 또 그 가운데는 유익한 친구도 있어 정중하고 간절하게 충고해 주거든 그런 사람과 비슷하게 될 것을 생각하여서 함부로 경박하게 행동하여 관계를 끊어서는 안 될 것이다.

안동의 공도회(公都會: 지방에서 감사가 실시하던 과거)에 반드시 많은 사람들이 갈 것이고 너 역시 가서 보아야 하는데 하인과 말은 푸실에서 준비할 수 있느냐? 5월 7일[영천 여름 학교로]

덧붙임 말린 문어와 말린 노루 고기포를 보낸다.

시는 등수에 들 수 있지만

준에게 답한다.

연수(連壽: 남자종)가 와서 편지를 보았다. 네가 외내에 왔다가 안동으로 향하고 있음을 알았다.

또한 네가 지은 시와 부 가운데 「동향사桐鄕祠」는 실제의 등수에 들 수 있지만 그 밖의 것은 등수에 들 수 없을 것 같구나. 그러나 촉각(燭刻:정해진 시각) 안에 이러한 문장을 짓는 것이 이 정도에 이르기도 또한 쉽지는 않을 것이다.

「호기부浩氣賦」는 내용이 너무 어수선한데, 원래 호기浩氣가 무엇인지 알지 못하니, 이것은 네가 평상시에 책을 많이 읽지 않았고 읽어도 자세히 읽지 않았던 소치이니, 스스로 경계하여 반성하고 고칠 것을 도모하여야만 할 것이다.

양식과 물건을 보내려고 하나 16일에 그곳에서부터 곧바로 영천으로 돌아갈 것인가? 집에 왔다가 가면 너무 바쁠 것인가? 모든 일을 상세하게 알려오지 않음은 어떻게 된 것이냐? 거기서 거접한 지가 오래되었는데 얼마 전에 또한 물어보았으나 대답하지 않았기에 다시 묻는 것이며, 영천에서 쓰고 남은 것이 아직도 있을 것이나 네가 자세히 살펴볼 틈이 없었기 때문에 하는 말이다. 만약 외내로 돌아온다면 여기에 올 수도 있을 것이다. 지금은 일일이 적지 못한다.

15일과 16일이 기일(忌日 : (증조부의) 제사 전날과 제사 당일)인데 잊어 버릴 수도 있을 것 같으니 모름지기 마음에 새겨서 그때 가서 재계하 여라. 5월 14일[외내로]

공도회에 참가하게 되어 반갑다

준에게 답한다.

네가 안동의 공도회에 참가할 수 있게 되었다는 것을 들으니 좋아서 나막신이 벗겨져 달아남도 깨닫지 못하겠구나.

내가 너를 책망하는 까닭은 열심히 하면 얻지 못할 것이 없다는 이치 때문에 그런 것이라. 가야 할지 말아야 할지는 끝내 헤아려 보았어야 할 것이었으나 너는 불평만 하였다고 하니 걱정스럽고 걱정스러웠구나. 다만 너의 작은 병은 걱정이 되니 조리하지 않으면 안된다. 오늘은 꼭 여기에 오지 말고 조리해서 회복된 것을 기다린 뒤에 오는 것이 좋을 것이다.

또한 몸을 풀고 무사하다니 매우 기쁘고 기쁘구나. 아들이 아니어서 조금 섭섭하기는 하지만 딸 또한 어찌 없어야 되겠는가. 그러나 어미와 어린 것이 모두 건강하다니 다행스럽구나.

건騫의 아내가 뜻밖에 이러한 일을 당하였구나. 놀라고 슬퍼서 말을 할 수가 없구나. 건도 그때 집에 있었으나 지금 바야흐로 피해 나갔다고 하나 또한 대단히 염려스럽지만 어찌 하랴? 나머지는 일일이 적지 못한다. 7월 16일 저녁 등불 아래서

덧붙임   장원은 누가 되었으며 근처의 어떤 사람이 합격하였느냐?

문서는 불태워 버려라

준에게 부친다.

하인 둘과 여행 도구를 보낸다. 숫자를 맞추어서 거두어들이도록 하여라. 그러나 햇빛이 매우 따갑고 먼 길을 가는 것이라 실로 어렵고 고생스러울 것이다. 마땅히 뜻을 굳게 하여 고생을 참아야 한다. 더욱 신중하게 몸을 보호하여 만약 불어난 물을 만나면 절대로 길을 재촉하지 말고 위험한 곳을 지나가지 않는 것이 좋을 것이다.

그곳에 이르거든 이전에 경계한 바와 같이 남이 잘 하는 것을 보면 그와 같이 할 것을 생각하고, 남이 잘못하는 것을 보거든 나도 그렇게 되지 않을까 두려워하고, 얻음과 잃음에 있어서는 다만 자기 자신을 책망할 뿐이요, 하찮은 것을 계교하여 남과 다투지 말아야 한다.

의령에 이르러서는 일을 처리하는 데 더욱 모름지기 나의 뜻을 어기지 말아야 한다. 그 문기(文記: 땅이나 집문서)를 반드시 여러 사람 앞에서 불태워 없애버리고 초연하게 처리하고, 연연해서 집착하거나 인색하여 아끼는 뜻을 나타내지 말아야 한다. 만약 그렇게 하지 않는다면 한갓 이익이 없을 뿐만 아니라, 도리어 다른 사람들이 경시하고 천박하게 여겨 비웃음을 사게 될 것이다.

의령에서도 역시 공부하고 익히는 것을 잊지 말도록 하여라. 종들을 대하는 데 조금 쉴 수 있도록 해 주어라. 7월 보름경에 꼭 떠나오는 것을 어기지 않도록 하여라. 시험 보는 일이 멀지 않았는데 수험준비를 못하고 분주하게 돌아다니니 정말 안타까우나 형편이 부득이하니, 어디 가든 나의 이런 뜻을 잊지 말고 계속해서 공부하여라.

의령에서 온 편지와 물건을 같이 부친다. 옴동(남자종)이 특별히 왔다고 하는구나.

영천의 만장挽章* 두 폭과 보낼 물건을 금군(금응협 형제)에게 부탁하여 빨리 전하는 것이 좋을 것이다. 「반구정시伴鷗亭詩」는 네가 비록 올라가서 보지는 않았지만 어릴 때에 일찍이 그곳을 지나간 적이 있는데, 정말로 경치가 좋은 곳이고, 정자의 이름 또한 좋으니, 어찌 한마디 언급하지 않을 수 있겠느냐만, 너무 경솔한 것이 아니냐?

전에 온 중국 편지지에 다시 글씨를 써 보내니 모두 잃어버리지 않도록 하여라.

무릇 내가 다 말하지 못한 바는 네가 심사숙고하여 처리하도록 하여 늙고 병든 아비를 걱정시키지 말도록 하여라. 5월 25일[외내로]

만장　죽은 사람을 조상하기 위하여 쓴 글

이렇게 속히 거접을 파하였느냐?

다시 준에게

제사 등의 일로 부득이 해서 절에서 내려올 수밖에 없었다고 하겠으나, 그 뒤에도 시험 날짜가 아직도 멀었는데 이렇게 속히 거접을 파하였느냐?

공부하는 날은 적고 세속 일은 많아서 얻었던 것도 곧 잊어버리니 비유하자면 칼 가는 사람이 칼날이 겨우 날램을 보자마자, 가는 것을 치우고 마구 써 당장에 무디어지게 하는 것과 같으니, 어찌 옳다고 하겠는가?

더위를 먹고 식욕이 없다고 하니 네가 이전부터 그랬는데 지금 조금 나아진다고 하나 모름지기 조심해서 건강을 보존해야 한다.

의령에서 보낸 편지가 왔는데 모든 것이 안온한 것을 알게 되니 매우 기쁘다. 그러나 그 일은 아직도 결말이 나지 않았고 그래서 또 말이 많으니 부끄럽구나. 들으니 네가 (장인의) 빈소의 삭망 제사*를 지내는데 이와 같이 군색하다니 어떻게 하리요? 여기서도 도와줄 길이 없으니, 부질없이 걱정만 될 뿐이다.

초이튿날 기제는 집에서 간략하게 지낼 작정인데 네가 초하룻날 삭

삭망 제사   초하룻날과 보름날에 지내는 제사

망을 지낸 뒤에 올 수가 있겠느냐? 기력을 헤아려 보고 결정하는 것이 좋을 것이고 억지로 와서 병이 더해지게 해서는 안 될 것이다. 6월 27일 아침

서울로 가서 과거시험을 치른다면

다시 준에게

시험을 치러 가는 일에 대하여 편지로 부내(분천)에 물어보니 대성大成*과 가허架虛*가 답을 한 바가 이러저러한데 이 뜻을 너도 아느냐? 이른바 교생업유校生業儒* 중에 이름과 본관이 다 적혀 있는지, 자세히 조사하여 보지 않았다니, 그것을 어떻게 해야 할 것인가? 앞서 비록 호적에 적혀 있지도 않고 유안(儒案:유생들의 명부)에 적히지도 않았던 사람들이라고 할지라도 지금 업유안(業儒案:과거 준비하는 유생들의 명부)에 의거하여 도목都目에 적는다면 너의 이름도 적어 보내지 않았겠느냐?

그렇다면 이곳에서도 시험을 칠 수 있을 것이다. 내일 아침 일찍 출발하여 현에 들어가 도목 초안을 살펴보되 만약 과연 기록되어 있으면 서울로 가지 말고 여기에서 시험을 보는 것이 어떠하겠느냐? 대성 등의 편지를 함께 보내니 자세히 살펴보고 돈서惇叙* 등과 의논하는 것이 좋을 것이다. 비록 그러하지만 예안에서 예조의 행이(行移: 내려온 공문)

대성 이문량李文樑의 자字. 호는 송균松筠, 벽오碧梧. 농암의 둘째 아들. 벼슬은 평릉찰방. 선생이 균옹筠翁이라 쓴 데가 많다.
가허 이희량李希樑의 자. 호는 호암虎巖. 농암의 셋째 아들.
교생업유 향교의 학생으로 유학을 본업으로 하는 사람.

를 보지 못하고 그렇게 하였다면 비록 기록하여 보냈다 하더라도 믿을 것이 못된다. 아울러 이러한 뜻을 다 알았으면 살펴 헤아려 처리하되 소홀히 하지 말도록 하여라.

대저 서울로 시험치러 간다면 일을 쉽게 도모할 것으로 생각되지만, 물에 길이 막혀 제때에 도착하지 못할 것이다. 그러므로 이곳에서 시험을 치를지의 여부를 잘 살펴서 처리해야 할 것을 나에게 통지해야 할 것이다. [7월]3일 저녁

덧붙임 서울로 가서 시험을 치른다면 돌아오는 길에 단양丹陽에 들러 서울에서 온 책을 모쪼록 가져오는 것이 또한 어떠하겠느냐? 형편이 어려우면 억지로 할 필요는 없다.

어제 이 편지를 쓰고 아울러 부내에서 온 편지를 개손(介孫: 남자종)을 시켜 들려 보냈는데 길에서 연수 등을 만나 돌아왔구나. 그러므로 이제 함께 보낸다.

돈서   1531-1599, 김부윤金富倫의 자字, 호는 설월당雪月堂, 본관은 광산. 예안 오천에 살았음. 벼슬은 현감. 선생의 『언행차록言行箚錄』을 지음.

시험을 여기서 친다니 좋게 되었다

준에게

빗물에 길이 막힐까 하는 근심이 없지 않았는데, 여러 사람들이 도와 준 바가 이와 같아서 서울에 가지 않고 이곳에서 응시해도 좋게 되었다는구나. 그러나 호적이 없어서 끝내 장애가 있을까 걱정이구나. 그렇지만 또한 어찌 하리요? 의령에 갈 때 가지고 갈 여러 물건은 내일 아침 연수를 시켜 가져가게 하여라. 4일 아침

덧붙임 동당(東堂: 과거시험장)에 제때에 도착하지 못할 듯하여 안타깝지만 어찌 할 수가 없구나!

너의 장인의 묘지문은 언우군도 쓸 만하다

준에게

보내온 묘지墓誌의 비석에 새길 글의 초고를 펴보니 슬프구나. 만약 달리 쓸 말이 없다면 단지 『가례家禮』에 따르도록 하겠는데, 보내온 초고에는 더하고 뺄 것이 없는 것 같구나. 그러나 두고 다시 살펴보아야 할 것이다.

만약 묘지를 새길 돌을 나에게 보내온다면 내가 어떻게 사양하겠는가마는 언우군과 같은 사람들도 다 그것을 쓸 만하니 하필 내가 써야 하겠느냐? 나머지는 비문의 초고를 돌려주는 날 상세히 말할 것이다. 이만 줄인다. 같은날

덧붙임 사철沙鐵은 이 뒤에 사람을 보내어서 가져올 것이다.

네 장인의 산소 일꾼들에게 술 한 동이를 보낸다

준에게

마골(馬骨: 삼에서 껍질을 벗기고 남은 흰 속 알맹이 줄기) 한 짐과 일꾼들에게 줄 술 한 동이를 보내니 알려 전해주는 것이 좋겠다. [9월] 14일 [지례知禮*로]

덧붙임 안동과 영천 두 관청의 일꾼들이 벌써 와서 일하고 있느냐?

지례 예안현 서쪽에 있는 마을 이름인데, 준의 장인인 금재가 1551년에 죽어 이 마을에 장
사지냈음. 이 편지에 나오는 일꾼들은 그 장사에 동원되어 일을 해준 것으로 보임. 이 편지
앞뒤에 나오는 묘지명 이야기도 모두 이 장사에 관련된 것임.

종기가 나서 묘지문을 정서할 수 없다

준에게

나의 오른쪽 옆구리 아래에 처음에는 콩알만한 종기가 났는데 그러려니 하고 그냥 내버려두었다. 19일 청송부사가 지나는 길에 찾아와서 같이 술을 마신 후 밤알처럼 커졌는데 아프지도 않고 곪지도 않는구나. 여러 가지 방법으로 치료도 하고 쑥뜸을 하였더니 조금 줄어든 것 같더니, 어제부터 다시 굵어지는 것 같고 거기에 붉은 부스럼이 배 잎사귀만큼 커져버렸다. 밤이 오니 또 조금 줄어든 것 같다만, 때때로 조금씩 아프니. 아마도 여기에서 고름이 나와 오래갈지 빨리 끝날지, 아플지 덜 아플지 요량을 할 수가 없구나.

전에 스님의 말을 들으니 지석(誌石: 묘지 문을 새길 돌)을 다시 만들어 보내려 한다고 하니, 비록 지석이 오더라도 병의 차도가 있기 전에는 어찌 힘을 다해 정서를 할 수가 있겠느냐?

지금 날은 이미 급박한데 일에 미치지 못할까 걱정이 되는구나. 그러므로 이러한 까닭을 알린다. 언우군이 비록 오지 않았다 하더라도, 상주喪主의 글씨도 또한 쓸 만하다. 추후에 땅을 파서 묻는 것이 미안하니 차라리 장사 때에 예절대로 하는 것이 마음이 편할 것이다.

침을 놓아 종기를 터트리고자 하나 침놓을 사람을 앉아서 기다릴 수가 없구나. 저절로 없어지거나 저절로 고름이 나서 다 낫기를 기다리는 것은 많은 시간이 필요할 것이다. 그 증세가 본래 대단히 심한 것은 아니니 놀라 걱정하지는 말아라. [9월] 25일 이른 아침

덧붙임　묘지문에 '우거예안현오천리(寓居禮安縣烏川里 : 임시로 예안현 오천리에 살았다)'* 여덟 글자는 마땅히 '봉화현인(奉化縣人 : 봉화현 사람)'의 아래 '모조모공(某朝某公 : 어느 임금 때 누구)'의 위에 있어야 한다.

묘지문　이 글은 퇴계 선생이 지은 것으로『퇴계선생문집』권 47, p.3, '통사랑 예안훈도 금재공 묘지通仕郎禮安訓導琴梓公墓識'에 수록되어 있는데, '寓居禮安縣烏川里' 여덟 자는『문집』에는 '寓居禮安烏川里'로 일곱 자로 되어 있다.

52세·1552년·명종 7년

봄에는 고향에 머물렀으나, 4월에 홍문관교리를 받아 상경하여 경연 강의에 참가하기도 하고, 7월에 대신의 청으로 성균관의 대사성에 임명되었으나, 11월에 병으로 사임하여 상호군이란 명예직을 받고 물러남.

의령에서 온 물건을 보낸다

준에게

어제 저녁에 어떻게 갔느냐?

의령에서 보내온 물건은 황석이 말한 대로 보내었다. 그 물건의 목록은 별지에 적혀 있다. 그 중 조그마한 선물들은 모두 곧장 전해드린다고 하는구나. 거기서 온 편지도 이곳으로 왔기 때문에 다시 (너에게) 보낸다. 또 이곳에서 보낸 물건도 별지에 있다.

남판교南判校 님께 네가 꼭 가서 뵙지 않으면 안 된다. 그러므로 나도 편지로나마 문안을 드리지 않을 수가 없구나. 지금 편지를 보내니 모름지기 직접 편지를 가지고 가서 드리는 것이 좋겠구나. 오늘 비가 오니 가는 길이 너무 험난할까 걱정되는구나. 제발 힘써 노력하고 삼가 경계하고 경계하도록 하여라. 1월[외내로]

조목과 함께 길 떠나는 것이 좋겠다

준에게

6일날 조목趙穆 등도 떠난다고 하니 그날 출발하는 것이 좋겠구나. 늦손이 올지 오지 않을지 모르겠구나. 그러므로 수운(守雲:남자종)을 예비로 기다리게 하도록 하여라. 철손은 오늘 의인宜仁*을 거쳐 배를 타고 둘러갔으니 내일이면 그곳에 도착할 것이다.

몽아가 학질이 나았다고 하니 매우 기쁘고 기쁘구나. 근래에 꼭 여기에 오도록 하여라. 이만 줄인다. 1월 28일[외내로]

덧붙임　김생원의 증세는 염려할 만큼 심했는데 지금 차도가 있다고 하니 기쁘구나. 내일 하인을 시켜서 편지를 가지고 가게 할 것이므로 지금은 다른 편지를 적지 않는다.

의인　도산서원 남쪽 강 건너 시사단 맞은편에 있었던 마을이다.

과거 보러 길 떠남에 여러 가지를 당부한다

준에게

아침에 떠나는 것이 어떻겠느냐? 일은 황급한데 비가 더욱 심하게 내리니 길을 가는데 어려움이 많았으리라 생각되며 시간 내에 이르지 못하는 폐가 있을까 두려우니 대단히 염려가 되는구나. 그러나 급히 쫓아가다가 뜻밖의 변을 당하기보다는 시간에 미치지 못하는 것이 낫다. 옛말에 이르기를 "귀한 집 자식은 툭 튀어나온 모서리에 앉지 않는다"라고 하였다. 모서리조차 오히려 위험하다고 하여서 앉지를 않았는데 하물며 큰물을 무릅쓰고 건너겠느냐? 제발 이것을 경계로 삼도록 하여라.

수운이는 앙탈을 부리려 하므로 억지로 보내었다. 덕만(德萬: 남자 종)을 바꾸어 거느리고 가는 일을 두루 헤아렸느냐?

도중에 하인이 병이 난다면 매우 불리하니 갈 때에 모름지기 바꾸어 인솔하고 가는 것이 좋을 것이다. 기타 여행 장비도 대부분 소홀하니 어떻게 멀리 갈 수가 있겠느냐? 그런 것은 가난한 선비들에게 항상 있는 일이다. 나의 지난날의 일로서 관찰해 보면 너는 그래도 좀 나은 편이니 모름지기 언짢게 여기지는 말아라.

남판교 님께 보낸 편지는 네가 본 후에 심가 봉해서 전해 올려라. 나머지는 경계하고 삼가도록 하여라. 더 이상 말하지 않겠다. 2월 6일

덧붙임 홍조弘祚와 박봉사에게 바빠서 아직 편지를 하지 못했다고 전하도록 하여라.

귀향길의 노고를 위로한다

준에게

뱃길을 갈 때는 어떠하였느냐? 며칠 날 땅에 올랐느냐? 하인과 말이 서로 어긋나지는 않았느냐? 아마도 궁색함이 많았으리라 걱정되는구나.

나는 이전과 마찬가지로 관직에 임하고 있다만, 아직 집을 옮기지 못하여 말이 (출퇴근의) 먼길을 힘들어 하지만 달리 병든 몸을 쉬게 할 수가 없으니 어찌 할까?

너희 서모의 행차는 18일에 어김없이 출발할 것이니 아마도 추수 전에 하인과 말이 고향으로 돌아갈 것이다.

그런데 만약 배 한 채를 얻지 못한다면 부디 짐을 실은 배는 타지 말고 모쪼록 뭍을 따라가는 것이 좋을 것인데……

병은 이와 같이 많으니 속히 돌아가야 할 터이지만 일의 형세에 얽매여 불가한 줄은 알면서도 억지로 겨울을 지낼 계획을 세워야 하니 정말 한탄스럽구나.

공간이 떠날 날짜는 아직 정하지 않았는데 이웃과 토지의 경계로 다투어 이웃사람이 한성부에 소송하여 그 형세가 빨리 내려갈 수 있을 섯 같지는 않고, 또 어떻게 끝이 날지 모르겠구나.

너는 『시경詩經』을 아직 다 읽지 않았는데, 또 분주히 다니니 학업을 폐하게 될까 두렵구나. 세상일은 점점 어려워져 남자가 몸을 감추기도 쉽지 않구나. 근래 조정의 논의를 들으니 조정 관료의 자제로 귀속된 곳이 없는 자는 모두 군에 입대시킨다고 하니 네가 면할 것을 기약할 수 있겠느냐? 만약 면할 수 없다면 업유(業儒: 과거 예비시험 합격자)로 이름을 올려놓는 것이 좋을 것이다. 그러니 경서 한 가지와 사서 한 가지를 고강(考講: 암송 시험)하여 예방하도록 명심하여라. 여러 조카들에게도 또한 이렇게 알려주어라. 이만 줄인다. 7월 27일[퇴계로]

덧붙임 서당의 꽃과 대나무는 모름지기 잘 보호하여 상하지 않도록 하여라. 지난해 풀을 벨 때 서당 앞 시냇버들을 베어버린 것이 아깝구나. 그날 만약 굳게 금하지 않았더라면 작년보다 더 심하지 않았을까 싶다. 그렇게 알아라.

홍조가 판자를 떼내려 보낸 일에 대하여, 황석이를 내려 보내어 도와달라는 뜻을 벌써 이야기하였다. 그러나 그 후에는 아무 말이 없어서 어떻게 하고 있는지를 모르겠구나.

지금 서울에도 일이 많아서 황석이를 형편상 딴 곳으로 보내기는 어렵구나. 홍조가 내 말만을 믿고 딴 방도를 취하지 않고 있다가, 때를 당하여 보내라고 한다면 저버릴 수가 없을 것이니, 모름지기 철손이를 보내어 힘을 합하여 강 아래로 내려보내는 것이 좋겠구나.

성균관 근처에 집을 못 구해 옛 집에 그냥 있다

준에게

떠난 후 행차의 속도는 빠른지 더딘지 건강이 좋은지 나쁜지 듣지를 못하였다. 황강黃江과 단양에서 비를 만났으리라 생각되는데 지체되지는 않았느냐? 걱정을 금할 수가 없구나.

나는 성균관 근처로 집을 옮기려고 하였지만 거처할 만한 곳을 찾지 못하여 지금 옛날 살던 집에 그대로 살고 있다. 농가의 가을일도 바쁜데 서울 걸음까지 하려 하니 걱정이 많을 것 같지만 마땅함을 따라서 잘 처리하도록 하여라. 또한 건騫의 일이 있어 아무도 오지 못할까 걱정이니 어찌 할까? 다시 자주 알리겠다. 이만 적는다. 8월 1일[퇴계로]

덧붙임 금손(金孫: 종)은 그의 아내가 늙어서 논농사를 지을 수 없다고 하는구나. 내년에는 배오지[白雲地]* 전답을 부치겠다고 하니 그 청을 들어주는 것이 좋겠구나. 호적에 대부분 종의 아들이 들어갔으니 반드시 뒷날 폐단이 있을 것이다. 꼭 필요하지 않고 버려도 될 놈은 호적에서 제거하여라.

배오지 도산면 단천 위에 있는 지명.

추수에 관하여

준에게

잇산이 내려간 후 소식을 듣지 못하여 네가 별 탈 없이 있는지 모르겠구나. 하인과 말은 무사히 내려갔느냐? 나와 서울에 있는 여러 조카의 집은 모두 여전하다. 추수는 지금 벌써 시작하였느냐? 그곳의 일은 네가 있기에 꼭 할 말이 없다만, 물어보았더니 연동이 병이 심하여 몸을 움직이지 못한다고 하는구나. 그렇다면 영천의 타작은 어떻게 하겠느냐? 네가 모름지기 형편에 따라 잘 처리하되 나의 말을 기다릴 필요는 없을 것이다.

이곳의 씀씀이는 궁색한 것 같다만, 짐을 실을 말을 얻기도 어렵다. 또 억필이도 목화를 다 딴 후에야 배와 말에 바꾸어 실어가면서 영남 땅에서 와야만 하기에, 그전에 배와 말로 서울까지 운반하는 것은 퍽 어려울 것으로 생각되는구나. 억지로 그렇게 할 것까지는 없다.

허생원(許生員 : 許士廉)의 행차는 무사히 갔느냐? 산소를 옮기는 일에 대해서는 두 가지 생각을 가지고 있는 것 같은데 어떻게 결정되었는지 알지 못하겠으니 물어보고 알려다오.

책에 좀은 슬지 않았느냐? 올해는 햇볕을 쐬지 않았다고 하니 비록 늦었더라도 햇볕에 쐬었다가 갈무리하는 것이 좋을 것이다. 지사(농암 선생) 댁의 『회록당집懷麓堂集(명나라 이동양의 문집)』 1권이 우리집에 와 있는데 아직 돌려드리지 못하였으니 명심하여 돌려드리도록 하여라.

나머지 상세한 것은 범석(范石: 남자종)에게 듣도록 하여라. 다 적지 못한다. 여가가 있으면 부지런히 책을 읽도록 하여라. 9월 7일[퇴계로]

덧붙임 근래 홍문관에서 올린 차자箚子에 김순고金舜皐*, 김수문金秀文* 등의 죄는 김충렬金忠烈* 등과 같다고 하여, 김순고 등을 잡아오는 일에 금부도사禁府都事가 떠난 지 이미 오래되었으니 끝내 큰 죄를 받을 것이다. 이 뜻을 홍문관 차자와 함께 김생원 댁에 통지하는 것이 좋겠구나.

다만 범석이 만약 달리 면하기 어렵다면 반인伴人으로 처리함이 어떨는지?

김순고   1489-1574, 무신으로 1552년 함경도 병사로서 경흥과 임거도 사이에 진을 설치한 것이 문제가 되어 강계로 유배감.

김수문   ?-1568, 무신으로서 왜구 격퇴에 많은 공을 세웠으며, 제주목사, 한성판윤, 편안도 병마절도사 등을 역임.

김충렬   1503-1560, 문신이었으나 제주목사로서 1552년 왜구 100여 명을 사로잡아서 처형하는 것이 명나라 사람들을 죽인 것이라고 잘못 전해서 처벌을 받았으나, 뒤에 진상이 밝혀져 오위장이 되었음.

경상도 향시에 응하라

준에게 답한다.

그리워하던 끝에 김봉사(金奉事: 미상)를 통하여 편지를 전해 받아 네가 별 탈 없다니 매우 기쁘구나. 또 온계도 편안하다니 기쁘구나.

세 하인이 학질을 않고 있는데 바야흐로 가을일은 급하니 추수는 어떻게 하려고 하느냐? 하물며 연동이도 병을 앓으니 두 곳을 모두 처리하기 어려울 것이다. 대단히 염려가 되지만 어떻게 하겠느냐? 일찍이 이와 같은 사정을 알았더라면 억필을 잠시 올려 보내지 말고 머물게 하여 한 곳의 타작이 끝나는 것을 본 후에 배와 말로 짐을 실어 보내도록 하였어도 좋았을 것이다. 지금 20일 이후에 꼭 올려 보낼 것이라고 하나, 이미 출발하였다면 어쩔 수 없는 일이니 안타깝구나. 만약 아직 출발하지 않았다면 이 편지에 따라 하는 것이 좋겠구나.

서울 집의 쓸쓸이는 과연 궁색하지만, 말을 보내는 일이 매우 어려울 것으로 생각하였기 때문에, 녹전祿前˚에는 짐을 보내지 말 것을 지난번 편지에 이미 알렸는데 너는 알고 있겠지? 이곳은 형편에 따라 지낼 것이니 근심하지 말아라.

녹전 앞뒤의 문맥으로 보아서, 아마 관리들에게 지급할 봉급용 곡식을 지방으로부터 배로 실어 나르는 녹전祿轉이 있기 전이라는 뜻과 같이 보임. 그 때문에 길이 막히기 때문에 그때를 피하라고 한 것 같음.

내년 봄에 친경별시親耕別試*를 실시하는데 무신년의 예에 따라 오는 11월 7일에 초시初試를 친다는 것이 이미 재가되었다는 이 소식을 전한다.

그러나 네가 서울에 오는 것은 매우 어려울 것이다. 그곳에서 시험을 보는 것이 좋겠구나. 그렇더라도 본도의 도회(都會: 초시)도 멀지 않은 날짜에 정해질 것인즉, 피곤한 말로서 어떻게 갔다왔다 할 것인지 깊이 걱정이 되는구나.

또한 산소를 옮기는 일이 어떻게 되었는지 모르겠구나. 더욱 걱정된다. 그러나 형편으로 헤아려 보면 불가할 것 같다. 할 것이라면 이곳으로 속히 통보해다오. 어찌 조치함이 없어서야 되겠느냐?

반인伴人에 관한 일을 병조에 문의하여 보니, 모름지기 본 고향 관아에서 복무할 것도 없고 불러서 올려 보내는 것이 좋으며 비치한 서류를 옮겨줄 것이라고 하는구나. 순이와 범석도 면하기 어렵다면 불러서 올려 보낼 일을 할 수가 있다면 하도록 하여라.

신참봉 형님의 장례일에는 내가 가보지 못하니 네가 가서 보는 것이 매우 좋겠구나.

시제를 행했다니 기쁘지만 8월에 지내지 못한 것이 미진할 따름이다.

좌수座首*를 바꾸어 임명하는 일은 온 고을 사람들이 모두 알고 있으니 지금 어찌 혼란스럽게 정지할 수 있겠느냐? 하물며 군적軍籍은

친경별시 임금님의 밭가는 행사에 맞춘 과거시험.
좌수 악질 관리를 규찰하고, 향풍鄕風을 바로 잡기 위하여 조직된 지방 자치 기구인 유향소留鄕所의 집행 책임자. 향회鄕會에서 선출하며 서울에서 벼슬하고 있는 그 고을 출신들의 모임인 경재소京在所의 대표[堂上]가 임명하였음.

유향소留鄉所에서는 처리할 수 없는 것이니 어찌 꼭 그렇게 될 수 있겠느냐? 그러므로 우의현(禹義賢 : 미상)에게 차첩(差帖 : 임명장)을 만들어 보낸다.

억필이 근래 올라오는 즉시 내려 보내도록 하마. 네가 시험을 치를 때 데리고 가는 것이 좋겠구나. 이만 그친다. 9월 29일[퇴계로]

덧붙임 너는 전에는 더러 시험을 보러 가지 않기도 하였다. 그러나 지금 같은 때에 선비라고 이름하면서 (고시 준비생이라는 명목으로 병역을 면제 받고서) 시험치러 가지 않는다는 것은 불안한 일이다. 만약 아주 어려운 일이 없다면 가서 시험을 보아야만 한다. 하물며 초장初場의 부賦*시험에도 희망이 있고, 차장次場의 책策*도 오히려 이룰 수 있을 것이다. 다만 시험치는 날이 마침 너의(생모의) 제삿날이니 안타깝지만, 또 이 기제사〔忌祭〕에 네가 없으면 아몽을 시켜 잠시 행하는 것도 괜찮을 것이다. 시절제사〔時祭〕는 내가 이곳에서 차려서 지낼 계획이니 미리 알고 있거라.

백영伯榮이 보내는 금응협琴應夾 씨를 위하여 만든 구두는 기한이 정해진 일이기 때문에 속히 전해 드리도록 하여라.

부 운문과 산문이 결합된 글.
책 정책 결정에 대한 의견을 적는 글.

종기의 뿌리가 빠졌으니 근심 말라

준에게

추위를 무릅쓰고 일을 감독하느라 잘 있는지 모르겠구나!

내 병의 증세는 어제 종기의 뿌리가 비로소 빠졌지만, 종기가 아직 아물지는 않았구나. 또 때때로 어깨와 등 사이에서 열이 있으며 조금 아픈 듯도 하여 마음놓을 수 없으니 매우 걱정스러운 마음이다. 어제는 기죽혈騎竹穴을 뜨더니 오늘은 편안하게 느껴지지만 그래도 마음이 놓이지 않는구나.

발인하는 날이 다가오나 말을 타고 갔다가 딴 병이 덧나지나 않을지? 마땅히 며칠간 조리하고 상태를 지켜보아 처신할 계획이다. 향정(香亭: 미상)에 보낼 만사挽詞는 감정을 다스릴 수가 없어서 겨우 절구 4장을 엮었는데, 편지지를 보내니 한 폭마다 두 수씩 적는 것이 좋을 것이다.

상여를 끄는 사람들을 동원하는 일은 생원이 이미 계획하고 있느냐? 전날 네가 말한 바가 있기 때문에 편지를 관청으로 보내려 하나 별도로 도모하는 바가 있다면, 이것을 제출할 필요는 없다. 다 적지 못한다. 10월 3일

추수 걱정과 이사언의 죽음에 대하여

준에게 답한다

영籌의 종이 가져간 편지를 곧 보았을 것이다. 지금 외내 사람이 가지고 온 편지를 받아 보니 무사하다니 기쁘구나! 다만 하인들의 병이 그와 같으니, 가을 추수가 급한데 궁색함이 반드시 많을 것이다. 또 영천의 타작은 누가 감독할 것인지 몰라 멀리서 걱정이 되는구나. 또 하물며 별시에 다녀오는데 피곤할 것이고 말도 더욱 어려울 것이니 어떻게 할지 걱정이구나!

또 억필이 지금까지 오지 않으니 틀림없이 그 놈이 미련하여 빨리 출발하지 않았기 때문일 것이다. 그러나 이곳은 벌써 봉록을 받을 날이 되었으니 근심할 것이 없다. 다만 이 놈이 서울에 도착하였다가 돌아간 뒤에 네가 거느리고 가야 하니, 이렇다면 너무 늦지 않게 하여라.

이직장李直長 사언士彦* 씨는 이 달 초 2일날 어지럼증으로 갑자기 별세하였는데, 자제와 하인들이 모두 흩어져서 김백영이 힘을 다해 초상을 치렀는데, 겨우 친구와 병조판서의 부의로 관을 덮었다. 이후의 발인 등의 일을 어떻게 할지? 사람의 일이 이와 같으니 객지에서 벼슬한다는 것이 더 뜻이 없구나.

이사언　찰방. 주촌周村의 선생 족친. 직장은 각 관서의 비품 출납을 담당하는 종 7품의 하급 직 관리.

습독(習讀: 미상)님께 위문의 편지를 아직 보내지 못하였으니, 아뢰어 두는 것이 좋을 것이다. 나머지는 언문편지와 지난번 편지에다 이야기하였으니 일일이 말하지 않겠다. 10월 6일

덧붙임 부내, 온계 등의 편지를 속히 전해 올리도록 하여라. 지체하지 말아라.

과거시험을 앞두고 이질을 앓는다니 걱정이다

준에게

일찍이 너의 편지를 보니 이질을 앓는다고 하더구나. 출발하는 날은 벌써 다가오는데 이 추운 때에 먼 길을 가야 하니 지극히 염려가 되는구나! 지금 출발하였는지 아니하였는지 모르겠구나. 깊이 염려가 되고 염려가 되는구나. 차도가 있어 회복된 뒤에 출발하는 것이 좋을 것 같구나. 만일 조금도 차도가 없는데 무리하여 길을 나섰다가 병이 덧난다면 어찌 몸을 보존하는 방법이겠느냐? 오는 사람 편에 속히 그 결과를 알려주는 것이 좋을 것이다.

공간이 서울에 오려고 한다더니 끝내는 오지 않았으니, 틀림없이 아래 지방으로 되돌아간 듯하니, 어떻게 된 것인지 모르겠구나. 그것 역시 아울러 알려주면 좋겠구나.

산소를 옮기는 일은 잠시 멈추려고 하나, 석물(石物: 묘지에 놓는 돌)을 하고자 하여 "감사님 등 여러 분들에게 일꾼을 청하는 편지를 적어 보내주신다면 좋겠습니다"고 하였으나, 그러나 그 때를 언제로 잡았는지 안 잡았는지는 알지 못하기 때문에 편지를 하지 못했을 뿐이다.

이곳에는 아직도 방(榜: 과거 합격자 발표)이 나오지 않았으니 어떤 사람이 붙고 떨어졌는지 알 수가 없다. 네가 반드시 집에 있을지 어떨지 몰라서 이만 쓴다. 10월

덧붙임　편지지가 부족하니 그곳에서 종이를 사서 뒤에 오는 사람 편
에 대여섯 권을 보내도록 하여라.

청도로 과거시험을 보러 간다고 들었다

준에게

네가 민물고기를 잘못 먹고 배탈이 났다는 말을 처음 듣고 시험치러 가지 않으리라고 생각하였다. 뒤이어 마침내 청도로 시험치러 갔다는 것을 들었다. 틀림없이 그곳에서 그대로 의령으로 갔다면 언제나 되돌아올지 멀리서 짐작할 수가 없구나. 늘 너의 몸이 그다지 건강하지 않다는 것을 알기에 이 추운 겨울에 큰 눈까지 오는데 먼 길을 나섰다 하니 달리 병이 나지 않을까 걱정이 되는 마음을 이기지 못하겠구나.

의령의 여러 집안의 안부는 어떠하더냐? 공간은 무슨 까닭으로 시험에 응시하지 않았느냐? 서울에서 치른 시험에서 집안의 자제들과 고향 사람들이 모두 합격하지 못하였는데, 향시에 가서 치르는 것과 어디가 더 유리할지 알지 못하겠으니, 역시 마음이 쓰이는구나.

너는 늘 학문을 게을리하여, 요행을 바라기는 어려울 것이다. 다만 무사히 집으로 돌아가기만 한다면 다행일 것이다. 병적兵籍에 관한 일을 당초에는 대충 처리하더니, 지금 경차관(敬差官: 특명 어사)이 내려 갔으니 반드시 대단히 엄중하게 할 것이다. 또 말하기를 유생들 중에 고강考講 시험에 합격하지 못한 사람은 하나도 남겨두지 않을 뿐만 아니라 음자제蔭子弟°도 고려하지 않고, 모두 군에 입대시킨다고 하는구나. 어떻게 하겠는가? 다만 들으니 일찍이 합격했던 자°를 시권(試券:

시험 답안지)만 보고서 병역을 면제해준다고 하니 너는 면제받을 수도 있을 것 같다. 그러니 강(講: 암기시험)할 책을 모름지기 밤낮을 가리지 말고 푹 읽어서 (만일에) 대비하는 것이 좋을 것이다.

외내 큰댁의 학질 증세는 지금은 어떠하냐? 염려가 되고 염려가 되는구나!

네가 고사장에서 시험칠 때 착용할 이엄耳掩은 마침 과거시험 기간이라 값이 너무 오르고, 또 좋은 가죽도 없어 막동(莫同: 종)이에게 늘 그것을 독촉했지만 아직도 사오지 못했구나. 조금만 기다리기 바란다.

나는 지난달 보름께 사직서를 올려서 이 달 3일에 상호군(上護軍: 군대의 명예직)으로 바뀌어졌다. 바깥 출입을 하지 않고 집안에 드러누워 조리를 하니 비로소 제 자리를 얻은 것 같구나. 이제부터 점차로 내년 봄에 돌아갈 계획을 할 것이지만, 그때 그렇게 될지 않을지 몰라서 미리 걱정이 되는구나. 옷차림도 전혀 준비가 없고, 말도 또한 쓰러지려고 하고, 돌아갈 여비도 변통할 길이 막연하구나.

의령에서는 타작을 하지 않았다는데, 장사에 쓰이는 비용은 봄이 오면 목화를 팔아서 쓸 생각임을 벌써 의령에 통보하였다. 정월 초순 안으로 모름지기 억필이를 의령으로 보내어 무명을 사고 아울러 은부(銀夫: 남자종)의 신공(身貢:몸값으로 바치는 포목)을 받아서 은부와 함께 그 무명을 가지고 서울로 직접 오도록 할 것을 억필이에게 미리 일러두고 어기지 말도록 하는 것이 좋을 것이다.

대저 서울 집에서는 쓸 일은 많고 물자는 귀하여, 일마다 궁색함이 많으니 우습구나. 전에 타작한 수량을 보니 많지 않고, 고향집에서도

음자제 고관의 자제로 벼슬을 받는 것.
일찍이 합격했던 자 준이 이 앞서 다른 어떤 필기시험에는 합격했던 것으로 보인다.

부족할 것 같으니 근심스럽구나.

수곡재사樹谷齋舍˚ 일은 금년에 꼭 낙성은 못할 것이라 하더라도 그 기와를 오랫동안 들여놓지 못했으니 지극히 불안하구나. 정월 안으로 꼭 숫자를 계산하여 들여놓을 것을 미리 여러 분들에게 아뢰는 것이 좋을 것이다. 나머지는 겸중謙仲이 편에 듣거라. 이만 줄인다. 11월

덧붙임 내일 시제를 행하는데 많은 점이 소홀할 것이다. 경차관 이수철李壽鐵˚은 일찍이 만나본 적이 없는 사람인데, 나 또한 병으로 외출을 할 수가 없기 때문에, 우리 현의 일을 잘 부탁드리지 못하고 보낸 것이 안타깝구나.

수곡재사 온혜 뒤에 있는 선생의 조부모·부모의 재사.
이수철 생졸 미상, 자는 강백剛伯, 본관은 전주, 명종 2년(1547) 알성시 갑과에 장원 급제, 함경도병사를 지냈다. 이전 해에 병조정랑으로서 경상도로 출장을 와서 군적을 정리하였음.

의령으로 먼길 여행한 노고를 위로한다

준에게

네가 남쪽으로 떠난 후 소식을 전혀 듣지 못하였는데 추위를 무릅쓰고 먼 길을 가고 있으니 나는 걱정이 되어 밤잠을 이룰 수가 없구나. 근래에 공간의 노비가 영천에서 서울로 와서 말하기를, 공간을 따라서 의령에 갔다가 돌아왔다고 하며, 네가 의령에 잘 도착하였다고 하더구나.

또 동짓달 25일에 예안으로 돌아가려 한다고 하니 돌아가는 길은 편안하였느냐? 지금까지 소식을 듣지 못하니 근심을 그만둘 수가 없구나.

경외시京外試*에서 모두 합격하지 못한 것은 바로 너희들이 게으른 결과이지만, 개탄스러움을 금할 수가 없구나. 너희들도 또한 그런 느낌이 있느냐?

의령의 큰집과 작은집은 편안하더냐? 외내의 담제禫祭에는 네가 반드시 식구들을 다 데리고 갔을 터인데 벌써 퇴계로 돌아왔느냐? 둘언(豆乙彦: 남자종)이 죽었다고 하니 놀랍고 가련하구나! 무슨 병이라고 하더냐? 세 하인들의 학질은 지금은 어떠하냐? 만약 차도가 없다

경외시   서울을 제외한 지방에서 치르는 시험.

면 내년 농사는 말할 수가 없겠구나.

나는 지난달 3일에 성균관의 자리에서 옮겨서, 상호군이 되어 지금은 오히려 한가하게 지내니 다행인 것 같다. 그러나 서울은 큰 눈이 내려 몹시 춥고, 땔감이 아주 귀하게 되어 약한 몸으로 추위에 떨고 건강을 지키는 것이 매우 어려워 하루가 한해를 보내는 것 같구나! 봄이 오면 꼭 돌아가고자 한다만 휴가를 얻지 못할까 두려워 미리 근심이 되는구나.

네 이엄耳掩은 값이 비싸다고 핑계대고 막동이가 질질 끌기만 하고 바로 구해 오지 않는구나. 시험을 친 후에도 또 겨울이 깊어져 모피들이 아주 적거나 전혀 좋은 물건이 없어서 사러가서도 좋은 물건을 구하지 못할 것이기에 끝내 다시 임영수林永守로 하여금 간신히 조금 나은 것을 구하게 하여 만들어서 보낸다. 네가 몹시 기다릴 것을 알고 있는데 이렇게 늦어졌으며, 또 그렇게 좋은 것도 아니니 안타깝구나. 그러나 일반적으로 착용하는 물건에 대하여 꼭 좋은 것을 구하는 것이야말로 큰 병통이니 이 정도라도 무방할 것이다. 그렇게 알아라. 다만 세 필 반을 주었고 나머지 반 필은 남겨 두었다.

달력 한 부를 아울러 보낸다. 새해를 지낸 뒤에 억필을 의령으로 보내어 타작한 곡식으로 목화를 사서 서울로 올려 보내는 일을 이전에 편지로 알렸으니 너도 알고 있으리라 생각된다. 정월 보름 전에 보낼 것을 소홀히 하지 말도록 하여라. 내 장복章服*이 아직 준비되지 않아 옷 한 벌을 여기에서 만들고 싶고, 또 말을 사고자 하기 때문에 이런 말을 하는 것이다.

장복 딴 옷과 구별하기 쉽게 하기 위하여 기호나 무늬를 놓은 옷.

손환(孫丸: 남자종) 등이 근래에 내려가고자 하여 다시 편지를 부친다. 밤이 깊어 기력이 피곤하여 대강 쓰고 이만 줄인다. 12월

덧붙임 군적의 일은 반드시 소란스러울 것으로 생각되는구나. 어찌하리요!

담제 지냈으면 퇴계로 오너라

준에게 답한다.

편지를 받아보고 비로소 의령에서 돌아왔음을 알았다. 심한 추위에 먼길을 병 없이 집으로 돌아왔다고 하니 얼마나 기쁜지!

의령의 큰집, 작은집이 편안하다니 역시 매우 기쁘구나. 다만 외내와 큰집의 학질이 아직 완쾌되지 않았다고 하니 마음을 놓을 수가 없구나. 너의 집 식구들이 이미 담제를 지냈으니 퇴계로 돌아가는 것이 좋겠구나. 그러나 형편이 그렇지 못하다면 또한 어찌 할 수 없겠지. 외내에 잠시 머물면서 형편을 보아 집으로 돌아가는 것이 마땅할 것이다.

그 혼인이 이루어진다면 매우 좋겠다만, 예천의 과부께서 실망하실 것을 생각하니 불쌍하구나. 그러나 형수님의 뜻이 이와 같으신 것도 곧 하늘의 뜻이라 어찌 하겠느냐!

세 하인의 학질이 모두 차도가 없다고 하는구나. 식구는 많으나 부릴 사람은 없으니 큰일이로구나. 억필이는 서울에 올 필요가 없고 집에서 머물게 하면서 일을 시키는 것이 좋겠구나.

의령에서 산 목화를 보내지 않았는데, 억필이가 다만 은부로 하여금 보내게 한 것으로 벌써 그렇게 시킨 것이냐? 그렇다면 폐단을 줄일 것 같아 좋기는 하다만, 은부는 사람됨이 넘쳐흘러서 반드시 가져오는데 조심하지 않을 것인데 어떻게 하랴? 갑자기 의지할 곳이 없는 것은 아니지만 어찌 쫓아버릴 수 있겠느냐? 그놈을 그대로 (우리 주변에) 두는 것도 괜찮을 것 같구나. 둘언이 병으로 죽었다는 것을 처음 듣고, 지금에야 인사의 잘못이 없지 않았다는 것을 깨닫겠구나. 가여운 마음을 금할 수가 없구나.

　순이와 유산 등의 일은 말할 수조차 없구나. 순이를 만약 나의 반인 伴人˙으로 정해 준다면 병조 안(案:계획)의 법에도 맞는 일이어서 매우 좋을 것이다. 그러나 성주(城主:원님)께서 만약 허가하지 않는다면 어떻게 하겠느냐? 유산은 소나 말도 없고 농토도 없으니, 사목(事目:법)에 이러한 사람에 대해서는 규정이 없다고 하는구나. 이렇기 때문에 발괄(白活:관에 하소연함)하 것이 좋을 것이다. 그러나 우리 고을에 군대에 가야 할 장정이 없다고 하니 어찌 다 면할 수 있겠느냐? 염려되는 것은 이들이 견디지 못하고 도망간다면 호수戶首˙의 근심거리가 될까봐서이다. 만약 남아 있는 자들이 다 병역을 면하지 못한다면 더욱 막대한 피해가 될 것이니 어찌 할 것인가?

　의령에서 오는 무명 15필은 잠시 사놓은 무명이 올 때까지 기다렸다가 한꺼번에 올려 보내는 것이 좋겠구나. 화비畫婢˙의 공목貢木˙은 집에 쓸 곳이 있으니 반드시 올려 보낼 필요는 없고 잠시 거기 두도록 하여라. (아우의) 이장을 급히 하면 반드시 구차스러운 것이 많을 것이니 그것(무명을 보내는 것)을 그만두는 것이 좋을 것 같구나. 석회도 미리 준비하는 것이 좋을 것이다.

반인　중앙의 관청이나 고관이 부리는 군인.
호수　종까지 포함한 한 호구의 주인.
화비　암호를 적는 나무.
공목　종이 몸값으로 바치는 무명.

은정의 일은 지나치게 심한 것 같구나. 근래에 손환 등이 내려갈 때 편지 성송(成送:글을 관청에 보냄)할 것이니 모름지기 사람을 시켜 잡아가서 죄를 논하게 한 후 그대로 머무르게 하면서 노역을 시키도록 하고, 신석과 연수는 병이 깊은데, 방역(放役:노예 신분을 면제함)되기를 원하는 자 중에 한 사람을 방역해주는 것도 좋을 것이다.

책과 종이와 산 꿩은 보낸 대로 받았다. 황모필 한 자루를 보내고 또 황모무심대독필黃毛無心大禿筆* 한 자루는 아몽에게 보내니 큰 글씨를 쓰게 하는 것이 좋을 것이다. 이 아이는 가는 글자만 쓰니 매우 좋지 않다. 나머지는 지난번 편지에 상세하게 이야기하였으므로 여기에서 그친다.

덧붙임 너의 서모庶母는 마침 일이 있어서 언문으로 답을 하지 못한다. 손환 등이 돌아갈 때 답장을 할 것이라고 하는구나. 오겸중吳謙仲* 과 김낙춘金樂春* 등이 돌아갈 때 부친 편지와 보낸 물건은 받았느냐? 언우군 등이 다 시험에 떨어졌다고 하니 한탄스럽구나. 나를 대신하여 안부하도록 하여라.

황모무심대독필 끝이 뾰족하지 않은 굵은 붓.
오겸중 1521-1606, 이름은 수영守盈, 호는 춘당春塘, 부친은 언의彦毅, 본관은 고창, 예안에서 살았다. 필법이 정묘하고 글씨를 잘 써서 선성삼필의 한 사람, 선생의 문인이다.
김낙춘 1525-1586, 자는 태화泰和, 호는 백인당百忍堂, 본관은 순천, 안동에 살았음. 만년에는 문경 용양동에서 영유정을 짓고 즐겼다.

53세 · 1553년 · 명종 8년

4월에 다시 대사성으로 임명되어 사학四學 학생들에게 통문을 돌려 유시諭示하고 성균관 유생들에게 강의함.

손자의 교육

준에게

　나라에 물건을 바치러 왔던 관리가 서울로 올라온 뒤에는 다시 너의 편지를 얻어 보지 못하니 편안한지 어떤지 알 길 없어 아득하게 생각되는구나. 손환 등이 돌아갈 때 부친 나의 편지는 받아 보았느냐? 외내 큰집의 병환은 지금은 어떤지 매우 근심이 되는구나.

　금년의 서울 추위는 너무 심하구나. 그러나 아직도 한직을 맡아 겨우 병든 몸을 지탱하고 있을 따름이다. 한식 전에 산소에 가토하는 휴가를 받아서 내려가려고 하나 친경(親耕:임금님이 몸소 밭을 가는 것)큰 행사를 치르기도 전에 내려가기는 죄송하고 그 뒤에 내려 갈 계획 역시 꼭 성사될지 여부를 알 수 없으니 벌써 답답해지는구나.

　그곳의 농사 등은 다만 종들에게만 맡겨 둘 수 없으니 너는 봄에 서울에 올라오지 않는 것이 좋겠구나. 그런데 그 종들의 학질이 아직도 차도가 없느냐? 의령에서 보내준 무명이 언제쯤 올지 알지 못하겠구나. 앞서 온 5승목(五升木: 중급 정도의 무명)은 현감의 식구를 데리러 오는 말이 서울에 올 때에 올려 보내려면 이방(吏房: 고을 아전의 우두머리)이나 교수(敎授: 고을의 교육 책임자)에게 보내는 것이 어떠할지? 만약 믿을 수 없다면 범석(남자종)의 말이 올라올 때 힘을 합하여 한꺼번에 올려 보내도 좋을 것이다.

외내의 혼사는 확정하였느냐? 너의 집이 거기에 있으니 일을 돌봐주는 것이 형세상 정말 부득이 할 것이나 퇴계의 집에도 모든 일이 허술하니 어찌 하리요? 딴 것보다는 불을 조심하고 항상 소홀히 하지 말아라.

단목(丹木: 한약제) 두 근 두 봉지와 은어 3꾸러미를 내려 보낸다. 새 달력 1부를 보낸다. 전에도 1부를 보냈는데 그것은 금군〔琴應夾〕에게 주도록 하여라.

시절 제사는 이곳에서 지낼 작정이나 나머지 제사는 지난번의 편지에서 말한 바와 같이 미리 알리고 지내도록 하여라. 온계에 가서 시절 제사를 지내는 일을 잊지 말도록 하여라.

화비畵婢의 몸값 무명은 왔기 때문에 받았다. 그러나 순이(順伊: 남자종)를 반인伴人으로 하는 일은 성사가 되지 못하였으니, 사적으로 반인으로 삼았던 진성陳省이를 빨리 보내는 것이 좋을 것이다. 유리산(流里山: 남자종)은 어떻게 처리하였느냐? 만약 면할 수 없다면 오로지 주인의 걱정이 될 것임은 말할 것도 없다. 그러나 집안의 사람마다 면하기를 청한다면 고을의 여론이 두렵고, 원님께서도 또한 반드시 찬성하시지 않을 것이니 억지로 도피하려 하지 않음이 좋을 것이다. 막지莫只의 집을 사는 일은 그 주인이 듣고서 옮겨 짓는 어려움을 알지 못하고 함부로 좋아하기만 하니 가소롭구나. 기와를 들여오는 일에 대해서는 여러 분들의 의견이 어떠하느냐? 내 생각으로는 금년 봄에 그렇게 하지 않으면 안될 것으로 여긴다.

충순 형수(다섯째 형수)님의 장사는 어떻게 지내는지 멀리서 염려되는구나. 나머지는 돌아가는 사람 편에 듣도록 하여라. 다 적지는 못하겠구나.

네가 비록 일이 많지만 책 읽는 것을 게을리 해서는 안 될 것이다. 요컨대 공부는 계속해서 외우는 것과 문장을 짓는 것 두 가지를 한꺼번에 해 나가야 효과가 있을 것이다. 금군과 외내의 여러 김씨 자제들이 모두 다 착실하니 너는 모름지기 그들과 서로 의지하고 도움을 받도록 하는 것이 좋을 것이다. 1월 10일[퇴계로]

덧붙임 아몽阿蒙은 책을 읽는데 깊이 읽지 않아서 한 번 보고는 곧 잊어버리니 끝내 무슨 도움이 있겠느냐? 반드시 앞서 배운 것을 잇달아 읽어야 될 것이다.

요즈음은 벼슬하기가 지극히 어려운데 너는 아무것도 못할 것 같아서 걱정이 되지 않느냐?

농사에 관한 일

준에게

명복命福 등이 돌아갈 때 부친 편지를 벌써 보았을 것이다. 요즈음은 어떻게 지내는지 모르겠구나. 외내와 큰집의 병환은 지금은 어떠하냐? 부질없이 멀리서 근심만 깊어가는구나.

너는 이미 식구들을 다 데리고 퇴계로 왔느냐? 듣자니 남녀 하인들이 다 태만하여 일을 하지 않아 걱정이 많다고 하는데 그 중에서 특히 게으름을 부리는 하인들을 가려 종아리를 때려 경고를 하는 것이 좋을 것이다. 또 밭에 인분을 뿌릴 도구를 하나도 준비하지 않았다고 하니 보리를 키울 일이 어려울 것이니 어찌 하랴!

김중기金仲起에게 보내는 나의 편지를 보냈느냐?

은정이는 비록 퇴계에서 앙역(仰役:종노릇함)을 원하지 않는다 하더라도, 만약 의령으로 돌려보내는 일은 오히려 잠시 보류하는 것이 좋을 것이다. 만약 이전과 같이 숨고 피한다면 잘 달래고, 그 형을 잡아다가 다스릴 계획도 어떨지 잘 생각해 보아라. 다음 편지에 그 하인이 하는 행동을 자세히 알려주고 아울러 그 하인의 형의 이름도 알려다오. 그 이름을 잊어버렸기 때문이다.

유산이와 억수 등은 (병역을) 다 면하지 않았느냐? 다 면하기를 원한다면 매우 미안하니 모름지기 다른 예에 의거하여 처리하는 것이 좋을 것이다. 그러나 그 일의 끝이 반드시 큰 걱정거리가 될 것이나 그래도 어떻게 할 수도 없다.

공보와 건 등이 25일경 내려가려고 하고 금손이는 선상選上*을 다 바치지 못했기 때문에 도망갈지도 모른다고 하나 그럴지 안 그럴지 알 수 없구나. 대강 줄인다. 1월 20일

덧붙임　안동부사 김개金鎧*는 조정 여론이 지방 수령으로 두는 것이 적합하지 않다 하여 바꾸게 되었는데 무인武人인 가선대부 송맹경宋孟璟*이 되었다는구나.

선상　지방 군현의 종으로써 서울로 뽑혀 올라와서 고관의 심부름을 하는 자를 '선상노'라고 부르는데, 뒤에 가서 그들은 고관들에게 고포雇布라고 하여 일정량의 베를 상납하는 풍습이 생겼음.

김개　1504-1559, 자는 방보邦寶, 호는 독송정獨松亭, 본관은 광산. 청환직淸宦職을 두루 거치고 대사간, 대사헌, 한성판윤. 형조판서에 올랐다. 기대승 등이 정암 일파를 현자로 추대할 때 비방하여 배척당하여 시흥에 내려가 있다가 분사憤死했다고 함. 이때 청렴한 관리로 뽑혀 안동부사가 되었으나, 그를 한 지방관으로 두기는 아깝다는 여론이 생겨 황해감사로 승진되어 삼.

송맹경　충청수사水使, 의주목사 등을 역임하였으나 청렴하지는 못했던 것으로 『실록』에 보임.

하인의 종군에 관한 일

준에게 답한다.

억동(億同: 남자종)이 등이 편지를 가지고 와서 네가 별 탈 없다니 기쁘구나. 그러나 외내 큰집의 병환이 해를 지나도 별 차도가 없다고 하니 걱정스러운 마음을 억누를 수가 없구나. 너의 식구들이 거기에 가서 있으니 퇴계의 집 일이 더욱 어긋날 것 같으나 형편이 그러하니 어찌 하겠느냐?

혼사를 이미 정한 것은 잘 했다만 사람의 일은 미리 짐작할 수 없는 것이라 납채納采를 한 뒤에 여러 달 동안 혼례를 치르지 않는다면 미안한 일이 아니겠느냐? 그러나 네가 어떻게 할 수는 없을 것이다.

군대를 수색하는 소란스러움이 이 지경에 이르렀으니, 이 때문에 사족士族들이 다 할 일을 놓게 될 것이니 적은 일이 아니구나. 어찌 하랴? 그러나 숨기는 죄는 더욱 두려울 것이다.

질동(叱同: 남자종)이 등 도피하지 않은 놈들에게 잘 타일러서 도망 가지 말고 남들이 하는 대로 하라고 하는 것이 마땅할 것이다. 범석凡石이는 일찍이 수군에서 도망한 것도 몰랐는데 지금 들으니 놀랍구나. 지금 벌써 내려갔으며 다시는 여기는 오지 않을 것이니 또한 고향집에 받아들여서도 안 될 것이다. 내 생각으로는 면의 아전들이 함께 붙잡아서 관에 고하고 영월(寧越: 배 만드는 곳이 있음)로 압송한다면 뒤탈을

막을 수 있을 것이니 모름지기 절대로 소홀히 하지 말도록 하여라. 만일 잡히지 않더라도 절대로 다시 집안에 들어오는 것을 허락해서는 안 될 것이다.

순이順伊와 진성陣省이 왔구나. 그들을 병조에 넘기지 않은 일을 고을 관리들이 만약 반인伴人으로서 보아넘기지 않았다면, 또한 도감都監에도 보고하지 않을 것인즉 병조에 넘기지 않아도 될 것이다. 만약 보고 된다면 반드시 이후에 탈로 나서 난처한 일이 생길 것은 말할 것도 없으니 이러한 뜻을 몰래 담당 아전에게 물어보고 나에게 알려주는 것이 좋을 것이고, 나도 마땅히 형세를 보아서 처리할 것이다. 은정의 일은 지나치지만 보낸 편지대로 처리하도록 하여라.

기와를 옮겨 오는 일과 재사(齋舍 : 산소를 관리하는 집)에 관한 일은 잘 알았다. 사당을 짓는 일은 너의 뜻도 합당하다만 예법에 의거하면 아버지는 살아 있다면 어머니의 신주는 먼저 사당으로 들어갈 수가 없으니 잠시 동안 다른 곳에 안치하여 두었다가 뒤에 함께 들어가는 것이 옳다고 하는구나. 사당이 있는 사람조차 먼저 들어가는 것을 허락하지 않는데 사당이 없는 자야 하필 분주하게 사당을 지을 필요가 있겠느냐? 그렇기 때문에 내 생각은 신주가 잠시 동안 그 방에 있어도 무방할 것 같으나 몽아 등의 방이 없구나. 금년 가을에 대청을 짓기도 어려우니 잠시 동안 신주방에 서쪽으로 온돌방 하나와 마루 하나 두 칸을 붙여서 짓는 것이 좋을 것이다. 이 두 칸에 재목을 베어서 쓸 수 있으면 베고 힘이 미치지 않는다면 억지로 하지는 말아라.

번년凡年의 일은 신접新接한 비복들로서 아직도 거처할 곳이 없는데, 이미 어디서나 살고 있는 자들을 하필 옮겨 오도록 하겠느냐? 황석 등을 출역(出役:종으로 부리지 않고 쫓아냄)하려는 계획은 너무 심하니 절대로 동요하지 않게 하여라.

『춘추』를 곧 완간할 것 같다고도 하는구나. 나도 또한 절실하고 절실하게 사고 싶지만 마침 값나가는 물건이 없을 뿐이다.

다만 2, 3월경에 돌아갈 것을 곰곰이 계획하고 있지만 확정하지는 못하였다. 그러니 내가 비록 돌아가지 못하더라도 네가 올라오지는 않도록 하여라.

의령에서 뒤에 보내온 무명은 몇 필이 되느냐? 그 중에 3필은 재사齋舍 짓는 데 보내고 또 4필은 집에 남겨두었다가 품팔이하는 사람들에게 줄 비용으로 사용하도록 하여라. 그 나머지는 올려 보내는 것이 좋을 것이다. 나머지는 금손이 가지고 가는 편지에 적어 놓았다. 이만 그친다. 1월 26일[퇴계로]

덧붙임 누런 염소털 붓 몇 자루를 보내니 염소 붓을 몽아에게 주도록 하여라.

하향할 생각

준에게 답한다.

억필 등이 어제 저녁에 들어와서 편지를 보고 두루 알게 되었다. 너의 몸이 안온하고 너의 종들이 또한 무사히 돌아 왔다니 매우 기쁘다.

특히 나의 행차는 다시 오는 윤달 열흘에서 보름 사이로 연기되었다는 뜻을 일찍이 부내의 이형량(李亨樑: 농암의 조카)의 매부의 종이 내려갈 때에 너에게 부친 편지에 일러두었으나 지금 보니 24일에 따라 움직일 말을 보낸다는 말이 있으니 그 편지가 아직도 너에게 전달되지 않았다는 것을 알겠구나. 그 사이에 서로 어긋나서 공연히 왔다가 갔다가 하는 폐단이 있지나 않을지 매우 걱정되는구나.

산소에 가토加土하기 위하여 신청하였던 휴가는 형편을 보니 얻기가 어려울 듯하고 부득이 사표를 내고 벼슬자리에서 물러 나온 뒤에 가려고 한 즉 반드시 오는 열흘쯤이 되어야 할 것 같기에 앞서 편지에도 이미 이러한 뜻을 말해 둔 것이다. 지금 당장 사표를 내고 다음달 초8일과 초9일 사이에 물길을 따라서 떠날 계획이니 따라갈 말을 미리 준비해서 기다리도록 하여라. 이 즈음에 어찌 돌아가는 사람이 없겠는가? 마땅히 다시 며칠 뒤에 사람과 말 몇을 올려 보내라는 뜻을 통지할 것이다. 그런 뒤에 올려 보내는 것을 어김이 없도록 하여라.

무명은 그대로 받았다. 그러나 처음에는 7필을 남겨두고 나머지는

다 부치라고 했는데 어떻게 배가 넘는 숫자를 남겨 두었느냐? 집에서 쓸 일이 절실한 것을 모르는 바는 아니지만 이곳의 형편도 더욱 쪼들리기 때문에 그렇게 말했던 것뿐이다. 예안에서 세금으로 바칠 쌀은 모쪼록 여기에서 창고에 납부할 계획을 하여라. 설령 부족함이 있다면 추가로 갖추어서 바치는 것이 좋을 것이다. 영천과 의령 두 곳의 세금으로 바칠 쌀은 잘 조치하여 납부해야 할 것이다. 고산 산소에 가토하지 않은 것은 일은 마땅히 풍수의 말을 듣고 해야 될 것이다.

의령의 일이 또 이 지경에 이르니 놀랍고 민망하구나. 공간의 편지가 2월 초 1일에 쓴 것이라고 되어 있는데 그렇다면 그 뒤에 일이 어찌 여기에서 머무를 뿐인가?

아마 이 편지가 3월 초 1일에 쓴 것이나 마음이 어지러워 잘못 쓴 것일지도 모르겠다. 공간의 편지에는 내가 고향으로 내려오지 말고 서울에 있으면서 구조하여 줄 것을 바라고 있다고 한다. 그 뜻이 또한 절실한 것이지만 내가 비록 여기에 있다고 한들 어찌 손을 쓸 수가 있겠는가? 다만 두려움만 더할 뿐이다. 비록 그렇기는 하나 이 일 때문에 나의 걸음이 또 다시 머뭇거리게 되니 반드시 떠나는 날에 이르러서야 틀림없이 떠난다는 것을 알 것 같구나.

뜻밖에 부라본인(夫羅本人 : 미상) 중에 어떤 사람이 내려간다기에 이 편지를 쓴다. 다른 것은 다 갖출 틈이 없구나. 언문 편지도 적지 못한다. 그리 알아라. 3월 19일[예안의 퇴계]

덧붙임 교교(敎喬)에게 바빠서 편지 적지 못한다. 그러나 진위(振威 : 경기도 지명)에 있는 농가가 다 타서 종자를 구할 길이 없다고 하는구나. 애타고 민망한 형편을 하소할 곳도 없겠구나. 이 조카의 일이 이 지경이 되었으니 어찌 할꼬? 만약 교를 만나거든 잠깐 나의 뜻을 전하거라.

사직서를 올렸다

준에게 답한다.

내가 돌아가는 것을 확정하지 못했다는 뜻을 일찍이 이형량의 사위의 종이 내려갈 때에 부치는 편지에 아울러 소식을 동봉하여 보냈는데, 그 종이 이 달 초 2일에 서울을 떠나서 초 9일쯤에는 반드시 부내에 다다랐을 것이나, 억필이 등이 12일에 가져온 편지를 보니 네가 아직도 그 편지를 보지 못하였고 24일에 따라갈 말을 보낸다고 하는구나.

만약 이와 같이 된다면 공연히 왔다가 되돌아가게 되니 손해만 막심할 뿐이라, 어찌 하고 어찌 하리요? 듣자니 그 종은 바로 부내에 사는 놈이라고 하니 전하지 않았을 리가 없을 것 같은데 그것을 잃어버린 것이 아니겠느냐? 속히 그 집에 물어봄이 좋을 것이다.

지금 휴가도 얻지 못하였고, 병으로 해직되는 것도 반드시 미리 기약할 수 없기 때문에 비록 다음 달 초순경에 돌아갈 계획은 하고 있지만 계획과 같이 될지 안될지를 모르니 매우 걱정된다. 그때 가서 다시 하인을 내려 보낼 것이니 꼭 정확한 소식을 기다린 뒤에 따라갈 말을 보내도록 하여라.

예안에 세금으로 바칠 쌀을 여기에서 준비하여 바치고자 한다면 쓰임에 쪼달리기 때문에 다 바칠 수 있을는지 모르겠구나. 권발종(權發宗: 미상)이 내려갈 때에 이미 편지를 부치고 모든 일을 갖추어 말했으나 그것이 전해지지 못했을까 걱정이 되기 때문에 다시 이 글을 적는다. 갑자기 적느라 대충 쓴다. 3월 22일[예안의 퇴계]

덧붙임 백영伯榮이 어제 인사 이동에 선전관宣傳官이 되었다. 기쁘구나.

해직이 되면 하향할 예정이다

준에게

억필 등이 온 뒤에 두 차례나 편지를 적어 권발종이 내려가는 편에 부쳤으니 할 말은 대개 그 편지 안에 다 적어 두었다. 그러나 이형량의 사위의 종이 가져간 편지를 끝내 찾아다 보지 못했느냐? 따라갈 말을 24일에 올려 보낸다면 공연히 헛수고가 될 것 같으니 염려되는구나.

특히 나의 행차가 휴가를 받아서 내려간다면 순조로울 것이나 따라다닐 말을 두 차례나 준비한다는 것이 어려운 일일 것이기 때문에 한 번도 제대로 되지 않았으니 안타깝구나. 지금 바야흐로 두 차례나 사직서를 올렸으나, 아직도 해직이 안 되었기 때문에 마음대로 곧장 돌아갈 수도 없고 떠날 날을 정할 수도 없구나. 다음달 초순 전에 만약 해직이 된다면, 곧 종 하나를 보내어 떠날 날짜를 알린 뒤에, 사람과 말을 보내 오는 것이 좋을 것이다.

내가 떠나기 전에 만약 올라오는 사람이 있으면 무명 2, 3필을 더 올려 보내어라. 이것저것 떠날 짐은 싸야 하는데 경비는 많이 모자라니 우습구나. 또한 교의 진위의 농가가 불에 타서 종자까지도 남은 것이 없다고 하는구나. 이 조카의 집은 이제부터 살아갈 길이 더욱 곤란하나 나도 군색하여 조금도 도와 줄 수가 없으니 안타깝고도 답답하구나. 이 무명이 오거든 한 필을 보내려고 하였는데 만약 못 보내게 될 듯하거든 네가 한 필은 교에게 보내어서, 그 아이가 편한 대로 스스로 서울로 보내어 밭 한 고랑에 심을 종자를 사는 데라도 보태어 쓰도록 함이 좋을 것이다.

이문약(李文若: 미상)이 면할 수가 있다면 얼마나 다행스러울까? 간손(加隱孫: 종)이 비록 사역에서는 면할 수가 없지만, 군에서는 제외될 수 있는데 만약 도피한다면 비록 늙어서 죽을 때까지라도 오히려 군이 면제되지 않고 영원히 그 자손과 이웃에 사는 사람까지 해를 보게 되니 모름지기 이러한 뜻으로서 타일러 다시는 숨을 생각을 못하도록 하여라.

다 적지 못한다. 3월 23일[예안의 퇴계로]

덧붙임   근처의 여러 선비들이 과거에 붙지 못하고 오직 정문함(鄭聞咸: 영천 사람) 한 사람만이 겨우 붙었으니 안타깝구나. 지금 보니 반인伴人은 정말 일이 많구나. 영천에서 반인을 뽑는다는 일을 연동이한테 일찍이 일러두었으니, 절대로 될 수 없다는 뜻을 이 종에게 마음에 새기도록 일러두는 것이 좋다.

형수의 장사를 무사히 마쳐서 다행스럽다

준에게 답한다.

봉사奉事가 서울에 와서 편지를 받아보니 모든 일을 자세히 알게 되어 마음 놓인다. 앞서 운동(雲同: 종)이 등이 병이 들어 마음으로 늘 걱정되더니 지금 벌써 나았다 하니 얼마나 기쁜지? 형수씨 장사도 별 탈 없이 치렀다 하니 조금 마음이 놓인다.

그러나 고산孤山과 말암末巖* 등 세 곳의 산불은 일시에 같이 났는데 비록 산소는 불길을 피하였다고 하나 그 산소에 묻힌 혼령들이 크게 놀랐을 것이니 죄송스럽고도 죄송스럽구나. 불을 낸 사람을 찾아서 죄를 다스리지 않을 수가 없고, 또 마땅히 술병을 들고 가서 절을 하고 위안을 드려야만 한다. 그러나 어떻게 하였는지 모르겠구나.

가뭄이 이와 같은데 또 하늘에서 곡식 알만한 우박이 내리니 옛날 책에 보면 반드시 흉년과 난리가 날 징조라고 하는구나. 조정의 아래 위에서 모두 근심하고 어찌 할 바를 몰라 하니 어찌 하랴! 우리집 일로 말한다면 식구는 많고 경비는 많이 들어 비록 평년이라도 춥고 배고픔을 면하기 어려운데 하물며 이러한 흉년을 만난다면 어떻게 필요한 것

말암 원암遠巖이라고도 적는데 사금리沙禽里라고도 한다. 선생의 처외조부 창계 문경동文敬소의 묘와 선생의 초취부인 허씨 묘가 있다.

을 지탱할 수 있을는지? 모름지기 이러한 뜻을 미리 알리니 모든 쓰임새를 뼈아프게 절약하고 검소하게 하여 궁핍에 대비해야만 할 것이다.

부내 사람이 즉시 편지를 전하지 않았다니 과연 미련한 자로구나. 따라갈 말을 아직 보내지 않았다니 오히려 다행이다. 나 역시 두 차례나 따라갈 말을 보낸다는 것이 더욱 어려울 것으로 여기지만, 내 병은 온 나라가 다 알기 때문에 드러내어 놓고 사직하여 돌아가려고 했던 것인데, 조용히 물정을 살펴보니, 해괴하게 여김이 없지 않을 것 같아, 부득이 내려갈 것을 정지하였다는 것을 늦손이 가져간 편지에 이미 다 이야기해 두었다.

세상에 처신하기가 어려움이 이와 같구나. 오는 가을이나 소원을 성취할 수가 있을는지?

순이의 일은 안타깝고 민망스럽지만 이미 늦었기 때문에 아마도 도모하지 못할 것 같다. 세금으로 바칠 쌀을 숫자대로 받아서 보낸다. 그러나 종들이 부치는 논밭까지도 계산에 들어간 것인지 알 수가 없구나. 아울러 계산되었다면 그곳에서 받는 것이 또한 좋을 것이다. 나머지는 돌아가는 종에게 일러둔다. 윤 3월 3일[퇴계 본가로]

말과 하인을 올려 보내라

준에게 보낸다.

늦손이는 벌써 도착했을 것 같구나.

고산에 불이 난 까닭을 지금 박봉사朴奉事를 보고서 비로소 알게 되었는데 놀랍고 괴이함을 이겨낼 수가 없구나. 또한 봉사가 떠나올 때에 절의 중이 와서 알리기를 그 불이 다시 일어났다고 하였다는구나. 비록 이미 꺼졌다고는 하였지만 산소 주변이 무사하였는지 어떤지를 알 수가 없다. 설령 무사했다고 하더라도 그 주봉 근처에 불이 옮겨갔다면, 자식의 마음에 금방 달려가 보지 않고 멀리서 멀거니 앉아 있을 수만 있겠는가?

이 때문에 종 명복이를 내려 보낸다. 종 억필이와 늦손이 및 짐 실을 말 2필을 이 달 그믐 이전에 거기서 출발하여 다음달 초닷새 이전에 꼭 서울에 도착되도록 하면 좋을 것이다. 그렇게 되면 나는 초 9일이나 10일 사이에 출발하여 내려갈 것이다. 너의 서모는 농사철에는 내려갈 수가 없고 그대로 있다가 여름을 지내고 7월에 내려갈까 하고 있다. 석이石伊를 아울러 보내는 것이 좋다.

조정의 아래 위에서 모두 지금 가뭄을 걱정하여 모든 폐단을 제거하고 있으니 아마도 조정의 관리가 휴가를 얻어 지방으로 내려가는 것을 근자에 반드시 금지할 것이다. 그러나 이 일은 보통 일이 아니라서 휴가가 날 것 같기도 하다. 전날에 만약 이런 일을 알았다면 어찌 내려가는 것을 멈추려고 하였겠는가? 너의 편지에도 그 이유를 말하지 않았는데, 생각해 보니 집안에서 일어난 좋지 않은 일을 널리 알리고 싶지 않아서일 것이니, 이 생각도 이해는 할 수 있지만 내가 몰라서 가지 않는다면 나의 허물도 적지 않으니, 내가 어찌 몰라서야 되겠는가?

그 흉악한 놈들이 어디에서 왔으며 지금은 어떻게 되었느냐? 모름지기 크게 소문내지 말 것이나 속히 알고 싶은 까닭에 물을 뿐이다. 이 놈들이 원한이 맺힌다면 뒤탈이 또한 두려우니 집안의 여러분들이 모름지기 잘 대처해야 할 것이다. 나머지는 명복에게 일러두었으니 다 적지 않는다. 3월 초 10일[퇴계로]

덧붙임 이러한 뜻을 모름지기 형님에게 가서 아뢰어라.

가뭄 걱정

준에게 띄운다.

교의 종이 와서 너의 편지를 보았다. 그 뒤로는 다시 소식 듣지 못하니 생각이 나는구나. 들으니 그곳에 비가 왔다고 하는데 참 말인지? 서울에는 아직도 비가 오지 않았고 온 사방이 이와 같으니 조정의 상하가 다급하여 어찌 할 바를 모르고 있으니 어찌 하랴?

명복이는 벌써 도착했을 것 같구나. 명복이가 간 뒤에 형님의 편지를 받아 보니 역시 고산의 화재에 대하여 매우 절박하게 말씀하시고 내가 와서 보지 않는다고 꾸지람하시니 몸둘 바를 모르겠구나. 따라갈 말을 학수고대하고 있으나, 이와 같이 농사와 누에치기에 눈코 뜰 사이 없는 때에 어떻게 준비하여 보낼지 걱정되고 걱정되는구나.

또 금순金順이의 반인伴人 일은 미처 잠재우려고 하지도 못한 사이에 이미 명령이 떨어졌으니, 뺄 수가 없기 때문에 차첩(差帖:사령장)을 내어보내니 모름지기 곧 관에 출두해야만 할 것이다. 본조(本曹:병조)에서 이미 장부에 기록해 두었는데 본 고을의 관아에서 거처를 찾아내지 못한다면 공사公私 간에 다 어려운 일이 생길 것이기 때문에 소홀히 할 수가 없다. 나머지는 앞 뒤 편지에 다 써 두었다. 여기서 그친다. 3월

21일[퇴계의 집에]

덧붙임 조정의 일에 관한 소식을 적은 것 몇 장을 보낸다. 따라갈 말을 다음달 초닷새 전까지 어김없이 서울에 도착되도록 하고 그 다음에 다른 것을 보내도록 하라. 너의 서모는 마침 병으로 드러누워 있어 언문 편지를 쓰지 못한다.

흉년에 대비하라

준에게 답한다.

돌아가는 사람 편에 편지를 적어 주려던 차에 막실莫失이 편지를 가지고 왔기에 막실이 돌아가는 편에 편지를 보낸다.

네 편지에 이르기를 아직도 비가 오지 않았다고 하였으나, 막실이는 12일 밤에 비가 내려 물이 생겨 조금이나마 종자를 뿌릴 수가 있다고 하니, 그렇다면 어찌 크게 다행한 일이 아니겠느냐? 그러나 이미 곯고 벌레 먹은 보리와 밀은 가망이 없을 것이니 집에서 쓸 것은 군색할 것이 뻔하니 다른 대책도 없고 다만 뼈아프게 아끼고 고생을 참으면서 천명을 기다려야 할 것이다.

보리가 비록 저축이 없더라도 환자(還上: 환곡)를 할 때에 쌀로서 바꾸어 보라는 네 서모의 계획이 옳을 것 같다. 지금 바로 받은 것이 6섬에 이르나 보리는 없으니 이와 같다면 어떻게 갚을지 모르겠구나. 무명은 지금 어찌 반드시 올려 보내겠느냐? 앞서 편지에 이미 보내지 말라는 뜻을 일러두었다. 밭을 사는 일은 이 뒤에도 하지 않는 것이 좋을 것이다.

기와는 그때에 다만 찍은 눌수(訥數: 천 장씩 단위로 셈)만 헤아리고 찍혀 나온 장수는 헤아리지 않았는데 눌수는 빙憑과 완完 여러 조카들과 설희(雪熙: 수곡암에 있었던 중)가 모두 알 것이다. 대체로 기와 모양은 많이 허물어졌고, 매 눌은 숫자가 모자라기는 하지만, 틀림없이 숫자가 없을 것이다. 만약 숫자가 좀 넘친다면 우리가 갚아준 것이 그 숫자에 차지 않는다면 마땅히 그 수를 채워서 갚아주어야 할 것이다.

특히 시세와 집일을 헤아려 보니 내가 돌아가는 것이 그때가 아닌 것 같구나. 그러나 화재가 저와 같으니 돌아가지 않는다면 죄송할 것 같아서 갈려고 하는데 형님의 뜻은 어떠하신지 모르겠구나. 이 사람들이 도달하기 전에 따라갈 말이 벌써 출발하여 오고 있다면 나는 마땅히 돌아갈 것이다.

매화와 대나무가 많이 말라죽었다니 아깝구나.

대죽大竹˚에서 이미 혼례를 치렀다니 얼마나 반가운지. 그러나 어떤 사람에게 시집보냈는지 모르겠구나.

재宰의 증세가 가볍지 않은데 지금 또 민응기閔應祺의 병이 심하다는 것을 들으니 자제들 가운데 장래성이 있는 사람들이 이와 같으니 매우 안타깝고 안타깝구나.

들자니 억필이가 이미 가흥(可興: 충청도의 지명)을 떠났으나 그곳에 이르지 않았다니 제 집으로 간 것이 아닌지?

또 들으니 죽령 같은 곳에 도적이 우글거린다고 하는구나. 영천 같은 곳의 세稅로 바칠 쌀을 어떻게 실어다 바치겠느냐? 나의 행차도 이 때문에 걱정이구나.

나머지는 앞서 편지에 써 두었다. 3월 22일[본가로]

대죽   예천군 지보면知保面 안평리安平里, 소지명이 대죽임. 선생 외가의 마을. 셋째 형(충순위)의 외손봉사로가 살았으나 지금은 박씨와 이씨는 살고 있지 않다.

덧붙임   고산의 기제사는 돌아가는 차례가 되었다는 것을 일찍이 알고 있을 것이니 조심스럽게 지내라. 삿갓을 보내려 하나, 유행하는 모양은 갓이 너무 넓어, 갓쟁이들이 다 받아들이지 않으려 하니 잠시 머물러 두었다가 내가 돌아갈 때 가지고 갈 것이다.

의령 장모의 종기 치료

준에게

근래에 갑자기 소식이 없으니 안부를 알지 못하겠구나. 비가 지금도 흡족히 내리지 않았느냐? 보리와 밀은 수확한 것이 얼마나 되느냐? 늦게 씨를 뿌린 곡식은 싹이 잘 났느냐? 어떠냐?

식구는 많고 양식은 부족하니 굶주린들 별 수가 있겠느냐? 걱정되고 걱정되는구나. 앞서 바꾼 김백영金伯榮 집의 곡식 섬은 보내 왔느냐? 금년의 일은 평상시와 같이 처리해서는 안 되고 모름지기 매우 절약할 생각을 해야만 겨우 연명이라도 할 수 있을 것이다.

나는 요즈음 성균관의 중책을 면할 수 없으나, 이사는 하지 못하고 출퇴근 길이 멀어 걱정이 되는구나.

또 의령의 장모님은 턱 아래 종기가 나서 계란만큼 크다고 하는데, 공간은 그 증세가 무엇인지 알지 못하고 치료를 잘못하다가 마침 나에게 편지해서, 김수량(金遂良: 연주창 명의)에게 물어보니 답하기를 턱과 목의 종기는 다 나력瘰癧*이라고 하였다. 이에 그가 지어준 세 가지 약을 사서 보냈는데 그 뒤에 또 공간의 편지를 받아 보니 약을 쓴 뒤에 고름이 나온 것은 아직도 아물지는 않았으나 증세는 나아간다고 하니 매

나력　임파선 염으로 생기는 멍울, 연주창.

우 기쁘구나. 그러나 아직도 사뭇 나았는지 모르니 걱정된다. 네가 모를까 싶어 다 말할 뿐이다.

　　교의 집의 종이 곧 내려 간다기에 모든 일은 그때에 자세히 통지할 것이기 때문에 이만 줄인다. 5월 13일[예안 이 대사성 본댁으로]

　덧붙임　관물(官物: 관청에 속한 종 같은 사람)을 되돌려보내는 일이 또 발생하였는데, 이 사람(서모)은 법으로 보면, 시정侍丁*에 해당되는지라 마땅히 면제될 것이다. 그러나 의문스러운 것도 없지 않으므로 굿동 등이 올라오면 물어보려 하나 아직도 도착하지 않는구나! 기다리기 어렵구나! 기다리기 어렵구나!

시정　노부모를 모시기 위하여 병역이나 노역에서 면제되는 사람.

성균관 근처로 이사하려고 한다

준에게

소식이 막힘이 요즈음 들어 이전보다 더 심하구나. 조카 굉宏이 서울에 이르러 충冲이가 편지를 전해주어 비로소 고향의 일가 사람들이 다 별 탈 없고 또 비가 온 뒤로 농사도 역시 잘 되어 간다 하니 기쁜 마음 한량없다. 그러나 아직도 상세한 소식은 듣지 못하였구나. 굿동이와 명복이는 어찌 이렇게 오랫동안 오지 않느냐? 보리는 얼마나 수확하였느냐? 논밭은 묵히지나 않았느냐? 영천의 파종은 또한 어떠하냐?

물어 들으니, 영천 집의 곡식 대여섯 섬을 관가에서 봉해 둔 것을 네가 종자로 썼다고 하는구나. 영천의 고을 원님이 벌써 보고한 숫자 안에 들어 있기 때문에 덜어주려고 해도 형편상 덜어줄 수가 없어서 대처하기가 어렵다고 하는데, 이 말이 정말이냐? 만약 벌써 관청에서 봉해 둔 것이라면 우리가 맘대로 해서는 안 되는 것인데 함부로 그것을 써 버렸으니 이것은 네가 잘못 생각한 것이고 실수한 것이라 어찌 하리요?

만약 무사할 수 없다면 모름지기 그 일로 가서 고을 원님 앞에 사죄한다면 혹시 적절히 선처해 주실 수가 있을는지?

그저께 공간의 편지를 받았는데 장모님의 종기가 심상치 않다니 매우 걱정이 되는구나. 치료할 약을 김수량에게 세 차례나 사서 부쳤는데 지금쯤은 나았는지 어떠신지 알지 못하겠구나. 농사철에 먼 곳을 네가 가서 뵙고 오기도 어려울 것이니 더욱 죄송스럽구나. 어찌 하랴? 공간의 편지를 함께 보낸다.

또 너의 서모의 일은 법에 의하면 마땅히 시정侍丁으로 분간되어야만 하나, 그것을 문서로 입안해 두는 것은 본 고을의 법률 담당자가 찾아서 주는 데 있기 때문에 늦손이를 오늘 창원으로 보내어서 입안해서 가져오게 하고, 아울러 의령에 가서 문안하라고 보내었다. 지금 비록 죄를 면한다 하더라도 뒷걱정이 없지 않을 것이므로 특히 처음에 잘 살피시 않았던 것이 후회된다.

부채 두 자루를 보내니 하나는 몽이에게 주어라. 마침 남은 것이 없어 응훈(應壎: 몽의 외삼촌) 형제에게는 보내지 못하니 섭섭하다.

나는 잠시나마 성균관 근처에서 집을 얻고자 하나, 마침 빈집이 없어 더위를 무릅쓰고 멀리 출퇴근을 하여야 하니 걱정스럽다. 나머지는 고을 사람들이 가지고 갈 편지에 다 적어 두었다. 하나하나 다시 적지 않는다. 5월 22일[퇴계로]

덧붙임   편지를 쓴 뒤에 굿동이 등이 들어와서 너의 편지를 보고 비로소 일가의 여러 집이 다 편안하고 보리도 먹을 만하고 딴 곡식도 비가 와서 다 살아났으므로 아마 굶어 죽을 걱정은 면하게 되는 것 같으니 즐겁고 다행스러움을 다 표현할 수가 없구나.

이곳은 역시 궁색함이 많다. 7월의 기제사를 그곳에서 지낸다면, 네 말과 같이 여기서는 지내지 않을 것이다. 그때에 쓸 간단한 제물을 조금 넣어 보내니 받아 살펴보고 쓰도록 하여라.

의령의 병환은 편지 가운데 이미 다 말하였다. 그러나 지금 네가 보내온 편지를 보니 바로 4월 24일에 쓴 것이고, 이곳으로 바로 온 편지를 보니 5월 초 10일에 쓴 것이라, 그 사이에 16, 7일이나 되는데 증세가 차도가 없다니 병환이 가볍지 않음을 알겠다. 이것은 오로지 못난 자식이 이치에 어긋난 일을 해서 울분이 쌓인 소치이니 천하에 어찌 이와 같은 일이 있겠는가! 네가 문병 가는 것도 매우 어려울 것이니 어찌 하랴? 법에 접촉된 일은 앞서 편지에 이미 말해 두었을 뿐이다.

설희 중이 집 짓는 일에 공이 없지 않으나, 일을 끝내지 못하고 버리고 가버렸으니 안타깝구나. 한 집안에 수군水軍으로 세 명이나 징발되었으니 어떻게 감당하겠는가? 말할 수도 없구나.

영천의 봉곡封穀 일은 극량(克良: 미상)이 우리집만 치우치게 미워한 것인데, 왜 그런지 모르겠구나. 그러나 이미 봉하여 둔 곡식은 함부로 사용할 수 없는 것인데, 너의 처리가 매우 이치에 어긋났구나. 지금 들으니 곧 차지(次知: 대리인)를 잡아놓고서 조사를 하리라 하니, 만약 욕을 당하게 된다면 누구에게 허물을 돌리겠느냐? 그 곡식을 어떻게 보충하여 납부하려는 것인지 모르겠구나. 걱정스럽고 걱정스럽다.

고을 원님께 편지를 드리려고 해도 정말 너무 부끄러워 그렇게 하고 싶지도 않으나, 그것이 경차관(敬差官: 왕명을 받은 관리)에게 보고된다면 죄가 적지 않을 것 같아서, 부득불 벌써 편지를 보냈으나 사세를 헤아려 보고서 올리는 것이 좋을 것이다. 그 편지는 봉하지 않고 보냈는데, 그 별폭에 적은 '네 집에서 나누어 낸다(四家分施)' 는 사연을 너는 어떻게 생각하느냐? 만약 너 혼자서 그 곡식을 모두 보충하여 바칠 수 있다면, 나누어 낼 필요가 없으니 별폭을 버리고, 오직 편지 본문만 올리는 것도 좋을 것이다. 정초(政草: 인사 발령 베낀 것) 보내는 것은 온계로 보내어 전송轉送하도록 하여라. 본 뒤에 편지 능과 아울러 부내로 보내어라.

영천의 관봉곡 환납에 관한 일

준에게

고을의 관리가 서울에 와서 전해준 편지를 받고 잘 지내고 있음을 알았다. 또 비가 두루 흡족하게 내려 가을 수확을 바랄 수 있으니 무척 다행이다. 다만 서울은 요즈음 찌는 듯한 더위에 비도 내리지 않는데, 영외(嶺外: 영남 쪽)는 어떠한지 모르겠구나?

굿동(仇叱同: 남자종)이 가지고 온 글을 보았다. 답장은 교喬의 하인이 돌아갈 때 부치겠다. 다만 영천의 곡식 일은 어떻게 하려느냐?

차지는 비록 풀려났지만, 자세히 들어보니 고을 수령의 뜻은 관가에 곡식을 들이지 않음으로써 매우 불쾌했다고 하는구나. 이것을 괴이하게 여겨서는 안 될 것이다. 이미 보고한 곡식을 어찌 조치를 안 할 수가 있겠는가? 이는 네가 옳음을 알지 못했기 때문에 죄에 떨어지는 것도 깨닫지 못한 것이다. 만약 고을 수령께서 분노하여 보고하고서 죄를 청하였다면 말할 수도 없다. 모름지기 전에 보낸 글 안에 별지別紙에서 말한 대로 넷 집에서 징납徵納을 배당하여 나누면 거의 쉽게 갚을 수 있으니 너도 또한 굶주림을 면하고 죄도 면할 것이다. 이것이 바로 이른바 일족이 징납을 나누는 방법이라 하겠다. 모름지기 이렇게 도모하되 소홀하지 말았으면 한다.

의령의 안부를 나도 근래에는 듣지 못했다. 전날 늣손(남자종)이 마침 병이 나서 철금(哲金 : 남자종)이를 대신 보내어 문안드리도록 하였다. 초순 전에는 마땅히 돌아올 것이니 돌아오면 알 수 있을 것이다.

풍산豊山의 양식에 관한 일은 용손(남자종)이라면 언급할 필요도 없지만, 동산(動山 : 남자종)이 작개作介*를 하지 않아 여기에 이르게 되었으니 허물이 심하고 심하다. 금년에도 또한 그렇게 할지 아직 모르겠구나.

모름지기 거동을 단속하여 다시는 이와 같이 말도록 하는 것이 좋겠다. 나머지는 앞 글에 모두 적었다.

마침 근무를 마치고 돌아오니 피곤하구나. 이만 그친다. 6월 2일[퇴계로]

덧붙임 이웃집 광주댁(廣州宅 : 미상)의 병으로 피해야 하기 때문에 부득이 온 집안이 지난달 28일에 어의동(於義洞 : 지금의 사직동) 위쪽에 사는 별좌別坐* 구순(具循 : 서울 사람으로 사온서 봉사를 지냄)의 집으로 옮겼다. 그 집은 사방에 가려진 것이 없어 한탄스럽다.

작개 지주가 노비에게 작개지와 사경지私耕地를 짝지어 나누어 주고, 지주는 작개지의 수확물을 차지하고, 노비는 사경지의 수확물을 차지하는 영농 방식.
별좌 조선시대 무록관無祿官의 하나. 정 5품 · 종 5품

이사에 관한 일과 의령에 안부를 전한다

준에게

교僑가 와서 편지를 보고 근심 없이 지내고 있음을 알고 매우 기뻤다. 서울에도 모두 예전 그대로이다. 또다시 머무르는 집을 옮긴다.

네 서모는 비록 내몰림은 면하였지만 어찌 아름다운 일이었겠는가? 애초에 일의 형세를 헤아리지 못한 것이 깊이 후회된다.

의령의 안부는 철금이哲金伊 등이 돌아온 뒤부터 다시는 듣지 못하여 항상 초조하다. (외할머니의) 증세가 가볍지 않은데다, 우울증까지 더하여 빨리 낫기를 바라기가 어려우니 어찌 하랴?

비 소식은 지금 어떠한지? 듣자하니, 기장과 보리가 모두 열매 맺지 않고 늦곡식도 또한 타들어 간다고 하는구나. 그렇다면 백성들의 목숨은 어디에 의지하겠는가?

봉곡封穀의 일은 비록 무사하다고 하지만, 전해 듣기로는 성주님이 기쁘게 여기지 않았다고 한다. 너는 사리에 통달하지 못하여 애초에 이미 실수하였을 뿐만 아니라, 뒤에 또한 나의 글도 올리지 않았으니, 성주님이 어찌 내가 부끄럽게 여기고 후회한다는 뜻을 알겠는가? 만약 다시 묻지 않으면 그만이겠지만, 만일 곡식을 추징하면 비록 시일은 조금 멀어졌더라도 모름지기 그 글을 올리고, 편지 소폭에 적힌 대로 징납에 대비하는 것이 마땅하다. 함부로 빠져나갈 계책은 세우지 말아라.

아몽阿蒙이 퇴계로 왔다고 들었다. 그 놈이 읽은 것은 모름지기 하루이틀 안에 차례대로 익혀 외우게 하고, 매번 한 권을 마칠 때마다 또 한 앞서 읽은 것을 복습하도록 하는 것이 지극히 옳을 것이다. 지난번에 이 아이가 오로지 이와 같이 숙독하지 않은 것을 보았는데, 비록 천 권의 글을 읽더라도 끝내 무슨 소득이 있겠는가?

나머지는 은필銀弼이 가져가는 편지에 갖추어 두었으니 다시 일일이 적지 않는다. 6월 10일[퇴계 예안으로]

덧붙임 습독習讀께서 먼저 안부를 물어 주신 글을 받았다. 우러러 감사하는 뜻을 만약 뵙거든 안부를 전하여 아뢰는 것이 옳을 것 같다. 예안 수령은 뜻하지 않게 거중居中*하셨으니 얼마나 한스럽겠느냐?

순무 종자를 구하지만 이미 늦었구나. 무명 2필을 가지고 두루 구하나 얻지 못하고 돌아왔으니 아쉽구나. 자세히 물어 있는 곳이 있다면 내일 다시 구하려고 하는데, 산다면 박공보朴公輔의 종이 돌아갈 때 보낼 작정이다. 그래도 많지 않을 것이니, 어찌 하랴?

과거법이 개정된 소식을 보낸다. 너는 공부가 부진한데다가 법은 더욱 어려워졌으니 어찌 하랴? 그래도 다행스러움은 진사시험에는 율부律賦를 사용하지도 않고, 또 고문선古文選도 강하지 않는다고 하니, 이 점은 좀 다행이로구나.

거중 관리가 근무 성적 고과에서 중간 점수를 받음. 이렇게 되면 면직되거나 실권이 없는 자리로 밀려남.

종자를 준비하라

준에게 답한다.

이충순李忠順이 서울로 가져온 편지를 보았다. 별 탈 없이 잘 지낸다니 매우 위로되고 기쁘구나. 나도 또한 거처를 옮긴 곳에서 여전히 잘 지내고 있다. 네 서모 일은 앞 편지에 이미 말하였다.

그곳에는 비가 골고루 흡족하게 내렸느냐? 벼가 여물어 간다니 얼마나 기쁜지? 다만 농노農奴들 가운데 사고가 많이 생겨 풀을 벨 시기를 놓치니 정말 자잘한 일이 아니기에 염려가 된다. 보리 수확은 빌린 것을 갚고 나면 여유가 없을 터인데, 한갓 먹을 양식도 모자랄 뿐만 아니라 종자하기도 어려우니 어찌 하랴?

들자하니, 의령의 보리 수확은 네 섬 정도여서 여유가 있다고 한다. 모름지기 어떤 집과 서로 바꾸어 내년의 종자로 삼는 일을 도모하는 것이 좋을 것이다. 진맥(眞麥: 밀)은 칠월 녹봉으로 나온다. 아무쪼록 시골집의 군색함을 채워 보려고 하지만, 구하는 자는 많고 서울에 쓸 것도 빠듯하니 뜻대로 되지 않을까 두려울 뿐이다.

의령의 소식은 다시금 듣지 못했으니 얼마나 근심 걱정이 되는지? 나는 직업에 매여 있고 너는 농사일 때문에 아직까지 찾아가서 뵙지 못했으니 마음에 매우 죄송스럽구나. 너는 오는 달 20일에서 그믐 사이에 아무래도 문안드리러 가지 않으면 안 될 것이나 어떨지?

나의 진퇴는 이미 너무 지체하고 있었기에 이번 가을에는 돌아갈 계획이며 더 늦출 수가 없다. 그리고 흉년 때문에 내년 가을 추수 때까지는 조정의 관리들은 휴가를 받아 고향으로 내려가는 것을 허락해주지 않는다고 한다. 이 말을 그대로 믿을 것 같으면 내려가는 것조차 마음대로 되지 않을 것이니 지극히 염려되고 염려된다.

또 네가 의령으로 왕래하면 종과 말이 정말 틈이 없을 것 같아 더욱 염려된다.

박공보朴公輔는 뜻하지 않게 좌도병사군관左道兵使軍官이 되어 갔다하니, 그 집 사람들은 여기에 머무를 수가 없다. 7월 20일 사이에 물길을 경유하여 내려가고자 하며 네 서모도 동시에 내려가는 것이 아주 좋을 것 같으나 나의 계획이 확정되지 않아서 서로 잘 들어맞지 않을 것 같아서 안타깝다.

공보 집이 떠나갈 날짜를 통보하는 일은 그 집 하인이 곧 내려가기 때문에 여기서 그친다. 6월 26일[퇴계로]

덧붙임   고쳐진 과거법을 별도로 보낸다. 너의 학업은 부진하고 지금 법은 더욱 어려워지니 어찌 하랴? 다행인 것은 진사시進士試에는 율부律賦가 채용되지 않고, 또 고문선古文選도 고강考講*을 보지 않으니 이것은 조금 기쁠 뿐이다.

순무 종자를 구하려 해도 이미 때가 늦어 무명 두 필로써 두루 구해봐도 구하지 못하고 돌아왔으니 안타깝다. 자세히 물어서 있는 곳을

고강   경서經書나 병서兵書 등을 외운 후 어느 정도 아는가를 시험하는 것.

알았으니 내일 다시 구하여 사게 되면 공보의 하인이 돌아갈 때 부쳐 보낼 계획이지만, 역시 반드시 많지는 않을 것이니 어찌 하랴?

순무 종자를 구해서 보낸다

준에게

요즈음 안부는 어떠한지? 성무(成茂: 미상)가 가져간 글을 이미 보았느냐? 순무 종자를 두루 구하여 겨우 한 되 반 정도 바꾸었다. 때마침 영천 사람이 간다고 하기에 연동(남자종)에게 보내 부쳐 전하라고 시켰는데, 혹여 잃어버리거나 지체해서 전달할 폐단이 있을까 염려된다.

마침 헌관獻官* 으로서 재소齋所* 에 있다. 이만 쓴다. 6월 30일[예안 퇴계 댁으로]

덧붙임 나머지는 그 글에 모두 적어 두었다.

헌관 나라에 제사를 지낼 때 임시로 임명되는 제관. 제사를 지낼 때 제관을 대표하여 잔을 드리는 사람.
재소 글자 그대로는 재계하는 곳이라는 뜻인데, 제사를 지내려면 목욕 재계하고 마음을 가다듬어야 하기 때문에, 제사지내는 곳이란 뜻으로 사용됨.

흉년을 걱정한다

준에게

남은 열기가 보통 때와는 다른데, 너와 식구들은 모두 잘 지내느냐? 여기에도 모두 편안하다. 다만 내가 오래도록 관(館: 성균관)에서 벼슬 살이할지 반드시 기약하지 못하기 때문에 너의 서모는 지금 서소문西小門 집으로 돌아가게 하였다. 나는 잠시 어의동於義洞의 빌린 집에서 머물 따름이다. 나의 병은 비록 더해지지는 않으나 지난해 겨울을 지 내면서 추위로 고생했던 어려움을 생각하면, 가을에 미처 내려가고자 하지만 휴가를 금하여 이미 앞을 방해하는구나.

네가 만약 의령으로 가게 되면 하인과 말을 두 곳에 나누기 어렵다. 이 때문에 또 뒤로 연기됨에 이끌려 결정하지 못하니 몹시 안타깝고 안타깝다. 박공보는 이미 벼슬을 잃게 되니 그 집 사람들은 서울에 머 물 수 없다. 이번 달 29일 배를 타고 출발할 적에 조카 영籌이 호위하고 갈 계획이다. 이 때문에 그 하인이 내려갈 시기를 알려주었는데, 너의 서모도 동시에 내려가면 매우 좋겠지만, 서로 어긋나게 되니 얼마나 안타깝겠느냐?

농사의 결실 상황은 어떠한지? 전해 들으니, 하도下道의 맨땅에 벼 가 없다고 하니 백성들의 목숨이 애통하고 애통하구나. 우리 고을에 는 (벼가) 비록 듬성하게 익어가지만, 한쪽에서 저와 같으니 그 근심을 같이 입을까 두렵다. 편안함을 얻지 못할 것이니 어찌 하랴?

너는 비록 의령에 내려가더라도 오래 머물러서는 안 될 것이다. 곧장 돌아와서 가을 수확을 본 뒤라야, 나의 행차도 역시 마땅히 형편에 따라 처리할 것이다.

특히 장모의 종기 난 곳은 앞서 들으니 혈穴을 이룬 곳과 합하지 않았고, 또 귀 뒤쪽으로 부종이 더해졌다고 하니 깊이 염려되고 염려된다. 요즈음은 전혀 오는 사람이 없어 아직 증세를 듣지 못했으니 더욱 고민이다.

네가 언제쯤 내려갈지 알지 못하기 때문에 의령으로 보낼 편지는 써서 보내지 않는다. 별폭別幅*에 적은 내용을 알고 가서 생원(生員: 처남)에게 아뢰고 도모하는 것이 옳을 것이다.

서책 등의 물건은 흙비를 겪고 나면 좀이 생길까 염려스러우니 모름지기 햇빛에 말리도록 하여라. 나머지는 이만 줄인다. 7월 7일

덧붙임 저번에 순무 종자를 부쳐 보낼 인편이 없어 영천의 하번군사下番軍士*가 있기에, 연동에게 부쳐 보내어 전해주도록 하였는데 도착했는지 모르겠구나? 막지(莫知: 미상)의 집은 모름지기 솟동(小叱同: 종)으로 하여금 단단히 지키게 하라.

들자하니 몽아蒙兒가 아직 내실에서 잔다고 하는구나. 예禮에 이르기를, "남자가 10살이면 바깥의 스승에게 나아가며 사랑방에서 머물

별폭 본 편지 이외에 별도 적은 종이 폭. 이마도 처가와의 재산 분쟁에 관한 내용을 적은 것 같은데, 여기에는 수록되어 있지 않음.
하번군사 군인이 번든 임무를 마치고 영문營門에서 나옴.

며 잔다(男子十年, 出就外傅, 居宿於外)"고 하였다. 이제 이 아이가 이미 열서너살이 되었는데도 아직 밖에 나가지 않는 것이 옳겠는가? 속히 바깥방에 나가도록 하는 것이 좋을 것이다.

무녀巫女가 자주 출입한다고 들리는데, 이 일은 집안의 법도를 매우 해치는 것이다. 어머니 때부터 줄곧 전혀 믿지 않았기에 나도 항상 금하고 사절하여 출입을 허락하지 않은 것은, 단지 옛 가르침을 따르고자 할 뿐만 아니라 역시 집안의 법도를 감히 무너지게 하지 않고자 함이다. 너는 이제 어찌 이러한 의도를 모르고 가볍게 변경하느냐? 옛사람이 말하지 않았던가? "백성들로 하여금 의로운 일에 힘쓰게 하고, 귀신은 공경하면서도 멀리하라(務民之義, 敬鬼神而遠之)."

근래 오찰방吳察訪*을 보았는데, 그의 아들 수영守盈이 학업에 전념하지 않고 화려하고 좋은 옷을 걸치는 데 힘쓴다고 크게 노하고 꾸중하여 금하였고, 수영의 하인이 돈을 가지고 와서 사려는 물건도 간혹 사갈 수 없게 하였다고 한다. 오형의 이러한 의도는 매우 좋다.

나는 종전에 이와 같이 엄격하게 하지 못했다. 너로 하여금 배움을 잃게 하고 다만 세속의 풍습과 번거로운 바깥일을 일삼게 했으니 이는 오직 너의 잘못만은 아니다. 대저 사군자士君子는 마땅히 풍모는 소탈하고 우아하며 고요 담박하여 욕심을 적게 가짐으로써 스스로 처신한 뒤에 생업을 도모한다면 해로움이 없을 것이다. 만약 오로지 글을 읽어 우아하며 행실을 닦아 깨끗하게 하는 것을 망각하고 살림살이 늘리는 것이나 옷치장 같은 하찮은 것에 몰두하고 몸을 빠지게 하면, 이는

오찰방   오언의吳彦毅이다. 찰방察訪은 조선시대 각 도의 역참驛站을 관장하던 종 6품의 외관 직外官職. 마관馬官 또는 우관郵官이라고도 한다.

바로 향리의 속인들이 하는 짓이지 어찌 유가의 풍風이 있다고 하겠는가?

　너는 평상시에 전혀 나의 뜻을 깨닫지 못하였다. 이제 들은 이 말을 꼭 믿는다는 것은 아니나, 이 말을 하는 까닭은, 서당은 팽개치고 전혀 왕래하지 않고 생업 등의 일에만 전력한다고 들리는 것 같으니, 내가 어찌 걱정이 없겠느냐? 모름지기 잘 생각해보아라. 염려스럽구나.

며느리의 병이 걱정이다

준에게 답한다.

명복命福 등이 와서 글을 보고 잘 있음을 알았다. 다만 몽의 어미는 예전의 증상뿐만 아니라 다른 증세도 나타난다고 하니 깊이 염려가 된다. 침과 뜸은 비록 괜찮을 것 같으나 혈자리를 짚을 때 제대로 하지 못하면 효과가 없을 뿐만 아니라 도리어 질환이 생길까 두렵다. 더욱 가볍고 쉽게 해서는 안 될 것이다. 사물탕은 적당한지 아직 알 수가 없으니 또한 경솔하게 갑자기 사용하려고 해서는 안 될 것이다.

네가 의령으로 가는 것은 형편상 부득이하다만, 만약 속히 돌아오지 않으면 바로 네가 말한 것처럼 가을 일이 더욱 성글어질 것이다. 모름지기 속히 가서 형편을 살펴보고 만약 심하시지도 않고, 부득이한 경우가 아니라면 즉시 되돌아가야 한다고 말씀드리는 것이 옳겠다. 만일 그 형세가 물러나기 어렵다면 다른 것을 계산할 겨를이 없을 것이다.

의령 소식은 여기에서도 전혀 듣거나 알지 못하니 얼마나 고민이 되는지? 휴가 금시에 관해서는 전해 듣는 것만 있지 이때껏 제대로 알지 못하니, 마땅히 다시 알아보아야 되겠다. 비록 금하지 않더라도 따르는 말[從馬]이 또한 어려우니 선뜻 결정하지 못할 뿐이다.

글 읽는 일을 전날 말한 바는 부득해서 구차하게 생각해본 계획이겠으나, 대성大成의 일로 본다면, 이것도 어찌 쉬운 일이겠느냐? 그러니 과거의 새로운 규정은 비록 어려우나 먼저 스스로 주저하거나 위축되어서는 안 된다. 모름지기 다시 힘껏 애쓰는 것이 옳을 것이다.

민응기(閔應祺: 친척이며, 제자)의 병과 지영(之英: 미상)의 상사는 모두 염려스럽다.

의령에서 보리를 바꾸는 일은 말한 것과 같다면 무방하겠으나, 다만 다시 생각하니 사람의 일이란 잘 알 수가 없는지라,* 저곳에도 저장한 곡식이 사뭇 없을 수 없으니, 황조(荒租: 틸 있는 겉벼)와 바꾸려고 급급할 필요는 없다. 잠시 겨울이나 봄을 기다린 뒤에 바꾸어도 늦지 않을 것이다. 헤아려서 처리하여라.

밀은 녹봉으로 나오는 것은 오래되어 묵고 좀이 쓴 것이라 종자로 쓸 수 없다. 그러나 6, 7말은 간간이 누룩을 둥글게 만들어 배가 가면 김천(金遷: 충주 가까이 있는 역)으로 올려 보낼 것이니 모름지기 사람을 보내 가져가서 새로운 씨와 바꾸어 종자로 쓰는 것이 옳겠다. 이곳은 집에 쓸 것도 매번 궁색하여 부득이 밀로써 무명과 쌀로 바꾸어 보충해 쓰고 있어 많이 보낼 수 없으니 안타깝다.

연산連山과 불비佛非는 매년 받은 밭을 묵히는 것이 매우 지나칠 정도이니 모름지기 죄를 논하고, 내년부터 불비에게는 작개를 주지 않는 것이 옳겠다.

순무 종자를 조금 연동에게 보냈는데, 즉시 전달했는지 모르겠다.

기일忌日이 무사히 지나갔다니 위안이 된다.

인사미가지人事未可知 아마 장모가 노환으로 죽을지도 모른다는 뜻으로 한 말 같음. 만약 상고를 당한다면 그쪽에서도 곡식을 준비해 두어야 하기 때문임.

영천에 간찰을 드리는 것이 또한 마땅하다.

조정의 일은, 이번 달 12일에 대왕대비의 수렴청정을 거두고 지금부터 전하께서 직접 정사를 보신다는 일을 이미 전령으로 받들었고, 정부는 안팎으로 밝게 알리니 이는 큰 일이라, 내가 돌아갈 계획이 이로 인해 더욱 어렵게 되었으니 어찌 하랴?

먹의 덩어리를 오랫동안 보내고 싶었으나, 길가는 사이에 흙비가 달라붙으면 쓰지 못하기 때문에 흙비가 개이기를 기다려 보내고자 하였다. 그러나 지금 없다고 하니 세 덩어리를 보낸다. 진품이 변질될까 두렵다.

의령으로 마침 가는 사람이 있어 편지를 써서 보냈기 때문에 지금은 글을 부치지 않았으니, 이 뜻을 공간公簡에게 전해라.

이말李末은 매번 군관軍官 되기를 구하나 형세가 어려워 결과가 아직 나지 않는구나. 안타깝다는 뜻도 전하여라.

나머지는 금손 등이 돌아가기를 기다려라. 7월 14일[퇴계로]

과거제도가 바뀐 일

준에게 답한다.

네가 의령으로 간 뒤로부터 두 차례나 글을 부쳤는데 얻어 보았는지 모르겠구나?

그런데 일찍이 허습독許習讀의 글을 얻었고, 근래 또 김중기를 보았는데, 모두 장모님의 증세가 차도가 있다고 하는구나. 그렇다면 너는 반드시 속히 돌아오너라. 다만 소식을 듣지 못하니 오히려 어느 날에 돌아올지의 여부를 모르겠구나. 염려되고 염려된다.

나는 한가로움을 얻어 요양하고 있다. 다만 금하는 것을 무릅쓰고 휴가를 받기가 어렵다. 금년에 돌아갈 계획이 이미 이루어지지 않았으나, 여기에 있기도 또한 크게 불안하구나. 진퇴양난에 처하니 항상 답답할 뿐이다.

너는 추수 후에 올라오는 것이 적당하겠다. 다만 이곳은 온돌방이 없어 지난해 겨울 두 조카가 추위로 매우 고생하였다. 금년 겨울에도 지난 겨울 같은 추위를 어떻게 지날까 두렵다. 이 때문에 걱정이 된다.

또 외내의 혼사가 시월 그믐에 정해졌고, 그 후에 기일이 또 임박하다고 들었다. 만약 이 일을 지나고 오면 동짓달 열흘이나 보름쯤 될 터인데, 몹시 추울 때 길나서는 어려움이 또한 심하니 이찌 히겠느냐? 하물며 너의 아내는 증세가 비록 차도가 있다고 하나 혹시 재발할까 두려우니 홀로 두고 멀리 와서는 더욱 안 될 것이다. 무릇 이와 같은 일은 모름지기 미리 자세히 헤아릴 줄 알아 마땅히 떠날지 머물지를 결정해야 될 것이다.

특히 오는 시험이 가까운데 너는 집에 있으면서 전혀 학업을 폐하였을 것으로 생각되니 그 무슨 바람이 있겠는가? 전날 말한 "책을 읽는다"는 일은 무슨 책을 읽었는지 모르겠구나? 비록 글을 낭송하는 시험에 임[臨講]한다고 하지만 대체로 전과 같이 쉽지는 않을 것이다. 정독하고 숙독하여 느긋하게 터득하지 않으면 안 된다. 비록 여기까지 오지 않더라도 정말 마땅히 밤을 다하여 그 공부를 멈추지 않아야 한다. 또 모름지기 『집람輯覽』을 구하여 이즈음 사람들의 강서講書 규정의 설명을 모두 탐구해 보는 것이 옳을 것이다. 이와 같다면 비록 정월 초에 올라오더라도 오히려 미칠 수 있다.

게다가 과거의 새로운 규칙을 들었느냐? 그 가운데 율부律賦*의 학습은 너와 같이 자질이 둔하고 문장이 껄끄러운 사람은 반드시 쉽게 배울 수 없고 속박되는 바가 되어 결국 이것도 저것도 아닌 어정쩡한 상태에 이르게 될 것이다. 하물며 진사시는 그 익힌 바를 따르기에 반드시 모두 율부만으로 취하지는 않으나 너는 익히지 않는 것이 좋겠다. 건騫 등이 있는 곳에도 이렇게 알려라.

용손의 면화는 어찌 되었느냐? 아직 추위 전이니 속히 올려 보내어라. 단지 이뿐만 아니다. 본래 녹봉이 줄어들고 이제 또 품등品等이 내려갔으며, 10월 이후에 또 수차례 제사를 행할 일이 있으니 금년 겨울

율부 일정한 격식에 따라 지어진 부賦. 음운이 맞고 대우가 정교하며, 압운의 규정이 엄격하다. 당송唐宋 시대 이후 과문科文의 한 종목이었다.

형편은 더욱 곤궁하리라. 추수를 보고 만약 큰 흉년에 이르지 않았으면 한두 섬의 쌀 짐을 함께 갖추어 보내는 것이 좋겠다.

선전관宣傳官은 본래 자리가 비었는데, 공보公輔가 늦게 오기 때문에 나날이 독촉이 매우 가혹하며, 장차 징벌까지 하고자 한다 하니 모름지기 밤낮을 가리지 않고 올라오는 것을 즉시 온계에 통지하는 것이 옳겠다.

명복이가 곧 내려가기 때문에 온계 등지의 편지는 지금 써서 보내지 않는다. 8월 그믐 하루 전날

며느리의 병에 약을 보낸다

준에게 답한다.

네가 의령으로 간 것이 지난달 초 6일이라고 들었는데, 그곳에 도착한 안부와 돌아올 일정을 모두 아직 듣지 못하여 염려가 끝이 없다.

장모의 증상이 차도가 있다고 하니 네가 반드시 빨리 돌아왔으면 지금은 이미 집에 도착했을 것이다. 그곳의 모든 일은 사람을 보내서 자세히 알려주는 것이 좋겠다.

또 너의 아내 병은 지금 어떠하냐? 사물탕 30첩과 반총산蟠葱散 예닐곱 첩을 사서 보내나, 약을 복용한 뒤에 그 증세가 어떠할지 염려된다.

농사일은 또 일찍 내린 서리 때문에 손상될까 염려된다. 전해 듣기로, 영천은 농사를 망친 지경에 이르지 않았다고 하니 타작을 할 때 소홀히 하지 않도록 하는 것이 좋겠다.

나는 비록 별다른 증상이 없으나 초췌함이 조금 낫다가도 간혹 더욱 심해진다. 그래서 사람들이 모두 나를 가리켜 병자라고 하니 사람들뿐만 아니라, 임금님도 이미 통찰하여 아시기 때문에 여덟 번 승지로 물망에 오르고 두 번이나 부제학 물망에 올랐으나 낙점落點하시지는 않으셨다. 이제 비록 물러나오더라도 나의 평소의 뜻에 대해 남들의 의심이나 비방을 면할 수 있으니, 실로 다행이라 하겠다. 그러니 물러나서 엎드리는 것이 바로 이때라고 생각한다.

다만 소분掃墳 휴가마저 금하니 무단히 당겨 가기는 곤란하다. 잠시 내년 봄을 기다려 무덤에 가토加土할 휴가를 받고자 한다. 다만 또 근래에 조정의 신하들이 가토 휴가를 많이 상신하기 때문에, 여러 사람의 의견은 쉽게 받아 주지는 않다고 한다. 장래에는 또 가토 휴가마저 금할까 두렵다. 만약 또 이를 얻지 못하면 강원도 안에 일없는 고을을 구하여 원으로 가는 것도 또한 생각하고 있다.

금년 겨울은 이곳에서 지내야만 하는데 형편이 당연히 궁핍할 것이라는 뜻을 김낙춘金樂春에게 글을 부치면서 이미 말하였다. 한 두 바리 뱃짐의 면화를 한꺼번에 오는 달 안으로 급히 올려 보내어라. 억필이 만약 겨를이 없으면 명복에게 부쳐 보내면 더욱 편리할 것이다. 그 상세한 것은 명복이가 알고 갈 것이니 물어서 처리하여라.

갓금加叱쇠이와 딸 단금丹쇠을 함께 올려 보내는 것도 괜찮겠다. 네가 서울로 올라오는 것이 편할지 않을지도 또한 그 글에 상세히 적었다. 형편을 살펴서 처리하여라.

영천 수령에게 보낼 편지를 보냈다. 그 편지는 비록 내 스스로 사과한 것이나, 네가 고하지 않고 함부로 사용한 것이 잘못되었다는 뜻을 그 속에 담았으니, 부끄러움이 어찌 이보다 심하랴?

대저 집안 자제들은 마땅히 근신하여 법을 두려워함에 힘써야 하리라. 그 곡식은 이미 관가의 곡식이 되었으면, 네가 만약 고을 수령께 고민을 하소연하고 나서 사용했으면 오히려 괜찮았을 것이다. 임의대로 취하여 사용했으니 흡사 권세를 믿고 법을 능멸한 자가 행하는 것과 같다. 이 어찌 유가 집안의 자제로 글을 읽어 의리를 안다는 자의 일이겠는가? 네가 만약 이런 마음을 고치지 않으면, 훗날 향리에 살아 행세하면서 도처에서 잘못을 지을 것이니 어찌 이를 근심하지 않겠는가? 내가 그렇기 때문에 정녕 마음을 놓을 수가 없구나.

염소털로 만든 붓 두 자루를 보낸다. 나머지 상세한 것은 명복이의 입으로 알리고 이만 줄인다.

관교官敎˙ 한 장과 편지를 즉시 분천汾川으로 보내도록 하고, 설희雪熙, 덕연德淵 두 중이 있는 곳에는 산초 봉한 것을 또한 명심하고 전하여라. 9월 13일[퇴계 집으로]

덧붙임 정사 소식을 전하는 글[奇別政事] 몇 장을 보낸다. 지난달 26일에는 임금께서 직접 "죽림칠현의 한 사람인 진나라의 산도가 오나라를 풀어 놓아 백성들로 하여금 항상 외환外患이 되게 한 것을 경계할 것을 청하며 임금에게 올린 글(晉山濤請釋吳以爲外懼表)"로서 시험을 보아 네 사람의 생원을 뽑았는데, 박순(朴淳: 호는 사암, 영의정을 지냄)이 장원을 차지하였다.

관교   4품 이상의 벼슬을 임명할 때 주는 사령장. 왕지王旨, 교지敎旨라고도 함.

첫손자의 이름을 민도敏道'라 하다

또 준에게

몽아가 점점 장성해가니 매번 아이 때의 이름을 부를 수가 없구나. 이제 좋은 이름글자로 명명命名하면, 마땅히 이 뒤로는 다만 이 이름으로부터 점차 성인의 책임이 있게 되는데, 알지 못하겠구나. 자못 의리로써 세상사에 대처할 수법〔方外〕을 가르칠 만한지 어떤지?

자손이 훌륭한 사람이 되기를 지극히 원하지만, 도리어 사랑에 끌려 훈계를 소홀히 하는 수가 많다. 이것은 마치 싹을 김매지 않고 벼가 익기를 바라는 것과 같으니, 어찌 이런 이치가 있겠는가? 지난번에 보니, 네가 아이에게 엄격함보다 사랑이 지나쳤기에 이렇게 말하는 것이다. 9월

민도 　선생 맏손자의 처음 이름이다. 나중에 안도安道로 고쳤다.

하도의 굶주린 백성에 대한 염려

준에게 답한다.

백영伯榮이 와서 글을 얻고서야 잘 지내고 있음을 알았다. 또 의령의 병에 대한 증세를 살펴 물으니 마침 차도가 있다고 하여 기쁘고 위안이 된다. 다만 너의 아내는 약을 복용한 뒤의 증세는 어떠한지?

재宰가 중병이 들어 늘 염려스럽다. 그리고 뜻밖에 홍조弘祚도 악성 종양에 걸려 위급하다 하니 어찌 하랴? 염려가 끝이 없구나.

추수를 마친 후에 소출은 어떠하냐? 비록 예전과 같지 않더라도 하도下道에 비하면 얼마나 다행인가? 단지 매우 걱정되는 것은 하도의 굶주린 백성들이 무리로 일어나 사납게 위협할 형세가 없지 않은즉 온 지경 안이 모두 편안하지 못할 것이니 어찌 하랴?

억필이, 명복이 둘 중에 누가 이미 출발하여 오는지도 모르겠구나. 날씨가 갑자기 추워 물길이 얼음으로 꽉 막히면 미처 오지 못할까 두려우니 어떻게 하겠느냐?

잣은 일찍이 벌써 바꾸어 보냈는데, 생각해보니 이미 도착했겠구나. 네가 오랫동안 나를 와보지 못해서 매우 죄송스럽게 여기겠지만, 다만 일의 형편이 마침 그러하고, 날씨마저 이처럼 차가우니 어찌 이를 무릅쓰고 멀리 오라고 하겠느냐? 때문에 나의 명命은 전과 같으니 너는 마땅히 이에 따르는 것이 좋을 것이다.

다만 전에 말한 두 책을 읽는 것을 소홀히하지 말기를 바란다. 모름 지기 강규講規˚를 아는 벗과 더불어 제사를 지낸 뒤에 즉시 절로 올라 가서 힘껏 자세히 읽고 익숙하게 해설을 익혀라. 한 단락의 처음과 끝 까지 주의 뜻을 두루 통해야만 된다. 일자는 정월 17일 사이에 있으니, 같은 달 10일 전에 서울에 와야 미칠 수 있다.

민도敏道는 『사략』을 얼마만큼 읽었느냐? 근래 생각해 보니 이 아이 에게 근 수년간 『고문진보』와 『사략』을 읽게 했으니 모두 잘못한 짓이 다. 그 아이로 하여금 『시전』·『서전』의 원문을 먼저 암송시키지 못하 고, 먼저 이러한 잡문을 읽게 하여 시간만 낭비하게 하였다. 『사략』이 비록 『고문진보』에 비할 바는 아니지만 또한 순서를 넘은 것 같다. 지 금은 마칠 때가 임박했으니 모름지기 일찍 마친 뒤에 『시전』·『서전』 원문을 주어 지극히 잘 통달하도록 하게 할 일을 협지夾之와 의논하여 처리하여라. 10월 9일[예안 퇴계로]

강규 과거 때에 시험 보이는, 강서講書에 관한 규정.

집을 증축하는 일

준에게 답한다.

억필(남자종)과 학숭(鶴崇: 남자종)이 두 통의 글을 가져다 주어서 모든 일을 두루 알게 되니 위로가 된다. 나는 여전히 한가하게 있다. 요즈음 정(政: 인사)에 강원도 감사監司로 물망이 있어, 구하지 않았는데도 들어왔다고 여겼더니, 다행히 나 같은 병자에게 임금님의 낙점이 면제되니 분수에 맞는 것 같구나.

네 아내의 증세에 차도가 있다 하니 기쁘구나. 어찌 미리 도모하여 그 약을 이어가고자 하지 않는가?

재宰와 응기應祺는 모두 많은 약값을 보내 일시에 약을 구했는데, 약이 귀하여 사기가 어렵다. 그 종들이 오래 머물러도 아직 사 모으지 못하였다. 다 사려고 하나 그럴 겨를이 없어 못하니 어찌 하랴? 억필이 뱃짐으로 무사히 잡동사니 물건을 가지고 왔기에 모두 그대로 받았다.

고을 원님 앞으로 사과하는 편지와 기별을 전해 올리는 것이 좋겠다.

다만 타작한 것을 보니 곡수가 그렇게 알차지 않구나. 만약 일찍 이것을 알았다면, 굳이 쌀짐을 오지 않게 했을 것이다. 앞 글에서 말한, 베로 바꾸어 올려 보내라는 것은 억필이 아직 출발하기 전에 피곤한 말이 실어 나르는 폐해를 없애고자 함이었다. 지금 어찌 다시 할 수 있겠는가? 하물며 그곳의 곡물 값이 오히려 낮으니 더욱 할 짓이 못되는 구나.

또 내가 겨울 사이에 외지의 소임을 얻지 못하면, 내년 봄에는 형편상 벼슬을 버리고 떠나지 않을 수 없다. 그러니 어찌 그곳에 저장하지 않고 헛되이 이곳으로 실어 보낼 수 있겠느냐? 억필이란 종을 곧장 내려 보내고자 하는데, 늦손이 휴가를 받아 하향하니 여기에 하인이 없는지라 잠시 머물게 하였다. 그런데 재의 종이 아직 (약) 사는 일을 마치지 못했으나 서둘러 돌아가야 하니, 사기를 마치기를 기다려 억필이 놈에게 부쳐서 내려 보낼 계획이나, 때가 아직 어느 때쯤 될지는 예측할 수 없구나.

잣은 사서 고을 사람에게 부쳤다. 백영伯榮의 종도 함께 내려 보냈는데, 어찌 소식을 듣지 못하였느냐?

영천의 원님 글이 너에게 허물을 돌린 것을 지나치다고 여겨서는 안될 것이다. 네가 실로 생각없이 하였기에 네가 부끄럽고 두려워하는 것은 매우 당연하다. 일찍이 듣자하니, 유신(維新: 충주)의 벼슬아치도 너와 같이 행동한 것이 있었는데, 그때의 현감인 김홍金泓이 마침 그 마을에 갔다가 그가 멋대로 사용한 것을 알고 즉시 그 집에 가서 잡고 나와 볼기에 곤장을 쳤다고 한다. 세상의 일이 이와 같으니, 어찌 나라의 법을 두려워하지 않고 경솔한 마음으로 함부로 하겠는가?

시키는 일꾼의 품값은 일러준 바대로 하는 것이 좋을 것이다. 특히 수곡정사樹谷精舍는 겨우 삼보(三寶: 스님, 목수일 하는 중) 방만 만들고 양식이 없어 일을 멈추었다. 흉년으로 형편상 부득이 이와 같이 했으나, 이 집이 끝내 완성될 수 없을까 깊이 걱정된다. 앞에 이룬 공력을 모두 포기할 것인지 한밤중에 생각하느라 편히 잠을 이루지 못한다.

근래 모든 일을 제쳐두고 포목(布木: 무명 천)을 모으고 있는데, (무명 한 필과) 보통쌀 평두 두 섬과 바꾸었다. 이것으로 정사를 짓는 비용에 보태고자 하나 실어 보내기가 어렵구나. 어디에서 서로 바꾸어 사용해도 될는지, 빙憑과 건騫에게 의논하여 보는 것이 좋겠다.

지금 듣자하니, 막실莫失이가 스스로 그 가재家材를 철거하여 들인 다고 하는데, 이는 다름이 아니라 반드시 이로 인해 소소한 재료인 쇠 붙이 같은 물건들을 몰래 취하기 위한 간악한 계산일 것이다. 모름지 기 즉시 불러 꾸짖고 금하여라. 만일 부득이 헐어내야 한다면 네가 직 접 하인들을 이끌고 가서 보고 헐어내어라. 즉시 쌓인 것을 실어내어 근방의 땅이 썩지 않도록 하여라.

너는 이미 거느린 가속이 많고, 몽아도 멀지 않아 마땅히 장가들게 해야 할 것이다. 나의 성품이 번거로움을 싫어하고 조용한 것을 좋아 하여, 부득이 곁에 조그마한 집을 두려 하니, 애비, 자식, 손자 가운데 형편을 보아 나뉘어 살면 아마도 조용히 살 수 있을 것이다. 이것은 옛 사람들이 동서남북에 궁宮*을 둔 제도에 말미암은 것이다.

그렇다면 이 가재와 기와들을 어찌 가벼이 버리고 절취를 당하겠는 가? 만약 실어내기 어려워도 허물어 버리지 말 수만 있으면, 잠시 그 대로 두고 솟동으로 하여금 지키게 하는 것도 괜찮겠다. 또 노비들 중 에는 천막만 치고 사는 게 많아 거두어 수용할 만한 형편이 못되니 염 려된다.

신만辛萬의 밭 아래에 의인宜仁 사람의 밭이 있다. 비록 척박하지만

궁 궁은 궁전이 아니라, 곧 따로 마련한 집의 명칭일 뿐이다.

하인들이 (집을 짓고) 생활할 만하다. 물어봐서 살 만하다면 사는 것이 어떠하냐?

몽아의 이름은 너의 뜻에 고치고자 하면 마땅히 고쳐서 그 이름은 부르지 않는 것이 좋겠다.

나머지는 억필이가 돌아갈 날이 또한 멀지 않기에 여기서 그친다. 10월 27일[퇴계 본댁으로]

덧붙임 다음달 시절 제사는 이곳에서 진설하여 지낼 계획이다. 영천 송수정宋守貞의 아들 일은 앞글에서 이미 말하였으니 그대로 처리하면 매우 편할 것이다.

음취재(蔭取才: 조상의 덕으로 인재를 채용하는 것)는 항상 정월 16일과 7월 16일에 시행하기로 새롭게 규정을 만들었다고 하는구나.

시절 제사는 겹쳐 지낼 필요는 없다. 대략 보름쯤 술과 과일로써 너의 사모와 정성을 펼치기만 하면 되지 않겠는가?

분천과 오천의 여러 편지에 지금 답장해 드리지 못한다고 전하여라.

외임으로 나가고 싶구나

준에게 띄운다.

근래 온 편지가 없으니 너는 걱정 없이 잘 지내는지? 염려되고 염려된다. 나는 예전의 피로 이외에는 달리 괴로움은 없다. 다만 아침부터 늦게까지 한갓 녹봉만 훔치고 신하의 도리에 능하지 못한 것이 지극히 불안하다. 떠나갈 것인지를 빨리 결정하지 않으면 안 되지만, 명분도 없고 길도 없으니 부득이 (외임으로 나갈) 고을을 요청할 계획이다. 마땅히 빠질 수 없는 때이기에 잠시 근무 평가를 기다리는 것이 최상이다. 만약 관동關東 지방의 벽지 고을을 얻으면 매우 좋겠지만, 만일 그렇지 못하면 또한 당연히 다른 조건으로 귀향할 계획이나, 요는 내년 봄에는 나가지 못할 뿐이다.

네가 오는 가을 과거에 응시하면, 어느 곳에서 응시하고자 하느냐? 과거의 새로운 규정은 정월 20일부터 시작된다. 『중용』·『대학』을 강講하는 것은 2월 그믐에 기한이 그치니, 서울에서 강하는 자는 외지에서 하는 강에 응시할 수 없다. 외지에서 강하는 자는 서울에 응시하지 못한다. 네가 비록 정월에 서울에 오더라도 만약 향시에 응시하고자 한다면, 오히려 내려갈 수 있어 외방에서 강할 수 있을 것이다.

나는 서울에서 여름을 지내지 않을 계획이다. 때문에 네가 여기로 와서 여름을 넘겨 과거에 응시하는 것은 예정할 수 없는 것이다.

음시蔭試에 관한 일인데, 지금의 음직蔭職은 하늘에 오르기보다 어렵다. 나는 본래 계획을 내지도 못했으나, 조송강趙松岡* 같이 아는 친구 한둘이 나에게 그렇게 하라고 권하는구나. 그러니 지금 너는 시험에 나아갔다가 그것을 기다려 보아라. 이 뒤에 만일 나와 서로 정의가 두터운 분이 (음시의) 전형에 들어가면 오히려 가망이 있거니와, 그렇지 않으면 나는 결코 너를 위해 분주히 권세가들에게 애걸할 수는 없다.

또 강하는 책에 만약 정통하지 못한 자는 모두 스스로 물러나서 강에 들어가지 않았다고 하는구나. 그렇다면 재주를 시험할 때 또한 어찌 반드시 된다고 기약할 수 있겠는가? 그러니 과거 공부는 더욱 소홀할 수 없는 것이다.

올해 겨울은 그다지 춥지 않으니, 해가 가기 전에 올 수 있으면 올라오는 것이 어떠하냐? 해가 지난 뒤에 오면 너무 바쁠까 염려되기 때문에 말할 뿐이다. 형편이 어려우면 해가 지나기 전에 올 필요는 없다. 네가 온 뒤에 몽아의 독서가 더욱 소홀해지고 게을러질까 염려되는구나.

또 수곡樹谷에 있는 할아버지 묘소의 제사는 우리집에서 지내야 할 차례라고 하는구나. 다만 내가 오는 한식寒食날에 내려가서 참배하고자 하기 때문에, 한식날 제사 차례에 해당하는 집과 서로 바꾸어 지내고자 하는데 어떠하냐고 형님 앞으로 편지로 아뢰었다. 다시 생각해 보니, 내가 한식날에 내려갈지 아직 미리 기필할 수 없다. 형편이 어려우면 제사를 바꾸어 지낼 필요가 없다. 이러한 뜻을 알고 처리하여라.

조송강 조사수(趙士秀, 1502-1558). 당시 이조판서였음.

작은 병풍을 만들고자 한다면 그곳에 황사간(黃司諫: 黃孝恭)이 그린 하도낙서河圖洛書 등 중국 종이로 짧은 병풍을 만들려던 것 10폭이 있으니 올 때 반드시 가져오너라. 새해 달력 1부와 은어銀魚 2두름˚을 보냈다.

하인 억필이는 두 집의 약재를 속히 사지 못했기 때문에 오래 머물고 있으나 곧 보내도록 하마.

분천(부내)과 오천(외내) 등에 새해 달력을 속히 전하고, 은어 4두름도 오천에 보내어라.

오찰방吳察訪이 이미 와서 사은謝恩 인사를 하였다. 오는 7일에 바로 부임하니, 이른바 옛 친구와 만나는 기쁨[親舊之喜]이 얕지 않구나.

나머지는 돌아가는 하인에게 말해 두었다. 이만 줄인다. 12월 1일[퇴계로]

덧붙임 새 달력이 부족하여 천사川沙˚에 보내지 못한 것이 안타깝다. 차후에 얻게 되면 보내겠다.

두름[冬酉] '동을음冬乙音'과 같다. 조기나 청어 따위를 열 마리씩 두 줄에 엮어서 스무 마리를 단위로 이르는 말.
천사 내살미. 광헌廣軒 이현우李賢佑가 살고 있었던 마을. 지금의 원천동遠川洞.

입지와 독서를 권한다

준에게

외내[烏川] 사람이 와서 편지를 보고 네 아내의 병이 완전히 나았다는 것을 알게 되니 매우 기쁘다. 다만 중손仲孫 집에 병이 생겨 걱정이 되니 어찌 하랴! 삼가 서로 내왕하지 않도록 하라.

호내인戸內人*의 환자(還上 : 환곡)를 아직 납부하지 못하였으니 또한 큰 걱정이다. 억필이 속히 돌아가지 않은 것은 두 집의 약 때문이다.

네가 비록 일이 많다고 하나 참으로 입지가 있으면 어찌 독서할 겨를이 없다고 여유롭고 범범泛泛하게 지낼 수 있겠느냐? 과거 공부도 지지부진할 뿐만 아니라 음직도 반드시 기약할 수 없으니, 어찌 마음 속에 구슬픔이 없겠느냐?

만약 자신이 없으면 (과거 시험장에) 들어가지 않는 것만 못하다. 그러나 해가 지난 뒤에 즉시 와서 형편을 봐서 처리하여라. 신중愼仲 어른댁 하인이 편지를 가져오기로 했는데 제때 오지 않으니 마땅히 그 집에 물어보아야만 하겠다.

나머지는 지난번 억필이 가져간 편지에 이미 다 말하였으니 이만 그친다. 12월 5일[퇴계의 집에서]

호내인　호적이 같이 되어 있는 한 집안 사람. 거느리고 있는 종들도 모두 포함됨.

덧붙임　영천 집의 곡식은 봄이 오면 반드시 다시 지난해와 같은 일이 있을 것이니 마땅히 속히 실어 보내어라. 다만 퇴계의 집과 마을이 만약 불안하면 잠시 다 실어 보내지 않는 것도 합당할 것이다.

네가 서울에 올 때 영천 고을 사또님을 두루 찾아뵙고 지난해의 죄를 통절히 사과하고, 거듭 아비의 뜻을 다음과 같이 간절히 아뢰어라.

"오는 봄에 반드시 시골로 내려가고자 하여 온 집안 식구들이 오로지 이 곡식만을 우러러보고 있으니, 이것은 흩어놓았던 것을 거두어들였거나, 여유가 있어 쌓아둔 것이 아니니 제발 들추어 보고하지는 말아 주십시오" 하고 말하는 것이 무방할 것 같다.

형님께서 진휼賑恤의 소임을 맡게 되어 깊이 염려되고 염려된다. 이 사람은 바삐 돌아가니, 형님 앞으로 미처 답장을 적어 보내지 못한다고 아뢰는 것이 좋겠다. 또 경차관(敬差官 : 국왕이 특명으로 보내던 벼슬)을 나는 전혀 알지 못한다. 글을 통하는 것도 형편상 어렵고, 또 아무런 이익도 없을까 두렵기 때문에 더욱 염려되고 염려된다.

54세 · 1554년 · 명종 9년

서울에 머물면서 형조참의, 상호군, 첨지중추부사 같은 벼슬을 함.

손자 몽아의 독서 지도

준에게 보낸다.

현리縣吏가 와서 편지를 보았고, 또 김부의金富儀 집의 하인이 편지를 가지고 와서 모든 일을 자세히 알게 되었다. 다만 중손 집의 병이 전염되어 근방 사는 곳까지 이르러 하인들을 비록 내보냈다고 하나 황석의 병이 더욱 의심스럽다. 지금은 어떠한지 모르겠구나?

하물며 네가 길을 떠날 기일은 이미 다가오니 네가 만약 나간 뒤에 병의 기세가 끊이지 않으면, 네 아내는 홀로 있게 되어 피해야 할지 피하지 말아야 할지 그 형편이 모두 난감할 터인데 어찌 하랴? 근심 걱정에 속이 타는구나. 속이 타는구나.

또 근래 비와 눈이 연이어 내린데다 도로가 위험하고 말이 쇠약하여 나다니는 어려움을 상상할 수 있겠으니, 정말 염려가 끊이지 않는구나.

이제 다시 들으니, (소과 초시에) 합격한 자는 『중용』·『대학』을 강講하지 않는다고 한다. 또 음직으로 뽑는 인재들의 강은 2월 보름 뒤로 물렸다고 한다. 만약 과연 그러하다면 네가 오는 것을 잠시 늦추어서 병세를 기다려 조치하고, 네 아내도 도로가 마르고 고르게 된 후에 올라와도 아직 늦지 않을 것이다. 구태여 이미 정한 계획에 구애 받아서 반드시 이달 열흘 전에 출발해서 가속家屬들로 하여금 낭패 보게 하거나 짐 운반이 어려워지게 될까 염려스럽다.

강講에 관한 일은 네가 게으르고 나태한 게 잘못이니, 지금 만약 정치精緻하지 않으면 시험장에 들어가지 마는 것만 못하니, 잠시 7월을 기다리는 것이 낫겠다. 그러나 봄여름 사이에는 네가 서울에 머무를 수도 없는 형편인지라 만약 내려가 여름을 지낸다면 한창 농사짓고 한창 뜨거울 때에 (서울로) 올라오고 강(講: 암송 시험) 시험을 치러야 하니, 이러는 것도 매우 어려울 터인데 어찌 하려느냐?

몽아는 지금 14세에 비로소 『시전』・『서전』 원문을 읽으니 이미 늦었다. 후회스럽구나. 그 전에 무익한 책으로 허송세월하였으니 말이다.

그 나머지 일은 모두 이미 알고 있다.

특히 재산을 경영하는 것 같은 일도 정말 사람이 아니할 수 없는 것이니, 너의 아비가 평생 비록 이런 일에 소원하고 졸렬하지만, 또한 어찌 완전히 하지 않기야 했겠는가? 다만 안으로 문아文雅함을 오로지 하고, 밖으로 간혹 사무에 응하면 선비의 기풍을 떨어뜨리지 않아 해로움이 없게 된다. 만약 전적으로 문아함을 잊고 오히려 경영에 몰두하면 이는 농부의 일이며 향리 속인들이 하는 짓이기에 이르고 이를 뿐이다.

김씨의 하인이 가지고 온 글 속에 영천의 타작이 이 정도 수에 그친다면 굶주림을 면하지 못할까 근심이 될 것 같으니 어찌 하랴? 이는 비록 해가 풍년이 들지 않은 까닭이라고 하지만, 이곳은 오히려 그렇게 심하지는 않는 것을 보니, 이는 반드시 연동連同이 부지런하지 못한 탓이니 허물이 심하고 지나치다.

가외加外란 종년은 도적놈의 계집으로 갇히게 되었으니, 이 년의 죄는 비록 죽어도 아깝지 않기 때문에, 연동이를 보고서 터무니없이 남의 빚을 뒤집어쓰는 일[逢受]이 없도록 하라고 일렀다. 그러나 심한 징계만 하고 죽음에 이르지는 않게 하는 것도 어찌 불가하다고 하겠는가?

네가 만약 지나다가 성주님을 뵙거든 이러한 뜻을 아뢰는 것이 좋겠다. 성주님이 이 여종을 처리하는 일을 나에게 물었기 때문에 말할 따름이다.

막지莫只 집은 장차 철거하든 말든 지켜 보호할 사람이 없으니, 반드시 흩어짐이 많을 터이니 한탄스럽고 한탄스럽다. 나머지는 일일이 적지 않는다. 정월 초3일[퇴계 본가로]

덧붙임 의령의 대소가는 모두 근심 없이 잘 지낸다고 하는구나. 다식茶食 한 소쿠리를 보낸다. 보내준 청어 한 두름은 받았다.

과거 응시에 대한 여러 의견

준에게

해가 지난 뒤에 얼음이 얼고 눈이 내려 추위가 극심하여, 네가 길을 떠나서 중간에 상하고 피곤할까 두려워 무척 마음 졸이고 염려하였다. 눌손訥孫이 (너의) 편지를 가져온 뒤에야 비로소 오려던 길을 멈추었음을 알고 조금 위로가 된다. 네가 오는 것이 더디어서 비록 (수험 준비가) 조금 불안할 것도 같으나, 세금을 실어 보내는 급함 때문에 말이 없게 되었는데, 도보로는 올 수 없으니 어찌 하랴?

음취재蔭取才는 비록 2월 16일로 물려졌지만, 그 전에 반드시 올라오지 않으면, 비록 온다고 하더라도 오는 걸음이 바쁜 나머지 강강講에 들어갈 형편은 어렵게 된다. 또 일찍이 (지방의 초시에) 합격한 사람이 서울 시험[漢城試]에 나아가고자 하면 관학館學에 이름을 붙여야 하고, 또 나와서 예조禮曹에 (본인의) 대조對照를 마치러 나아가 보아야 한다고 한다.

막바로 이 두 가지 일을 시도해야 하니, 너는 구태여 오지 말거라. 4월 중에 종자 뿌리기를 대충 마치고, 아직 제초를 시작하지 않을 즈음에 올라와 여름을 지내어라.

7월에 음직蔭職에 응시하고, 8월에 강강講 시험을 보고 나서, 너의 서모를 따라 일시에 내려가면 형편이 서로 편할 것 같은데, 너의 의향은 어떠한지? 그렇지 않고 만약 본도本道에서 응시하면 서울과 지방으로 종마(從馬: 따라다니는 말)가 왕래하니 양쪽으로 불편하여 지극히 어렵게 된다.

또 2월에 서울에 와서 여름을 지내면, 가사는 네 아내가 홀로 남아 있어 반드시 대부분 조치하기 어렵고, 또한 편하지 않기 때문이라 그렇게 말하였다.

그런데 마을 사이의 병의 기세가 지금은 어떠한지 모르겠다. 염려되고 염려된다.

오는 글에 하인과 말이 줄고 쇠잔함이 이와 같다고 하였으나, 집의 일은 예전보다 배가 되니, 장차 어떻게 집을 꾸려 나갈까? 이번에 조세를 실어 나름에 반드시 어려움이 많았을 것이니 염려스럽고 염려스럽다.

초곡 집의 질병이 또한 심하다 하니 걱정스럽다.

잇산(남자종)과 명복이는 무슨 까닭으로 지금까지 오지 않으니 괴이하구나. 창원에 보낼 돌손(乭孫)의 일은 언문 편지에 상세하게 적었으니 미리 잘 가르쳐라. 늦손이 이미 (집에) 이르렀으면, 즉각 (돌손이를) 보내는 것이 좋겠다. 이 일은 쓸데없이 자질구레한 것 같으나, 단지 늙은 할미가 굶어 죽으면, 네 서모도 여기에서 편안하지 않을 것이며, 또 그 사람과 더불어 살면서 그 어미로 하여금 떠돌아다니게 함도 역시 의리가 아니기 때문에 부득이 그렇게 할 뿐이다.

다른 일은 마땅히 잇산 등이 돌아오기를 기다려라. 잠시 그 급한 것만 앞세우고 일일이 적지 않는다. 정월 24일 저녁[퇴계리]

덧붙임 붓 한 자루를 보낸다.

본도本道에서『중용』·『대학』의 강 시험을 보리와 밀을 수확한 뒤로 물리면, 시권(試卷: 과거 때에 글을 지어 바치는 종이) 고준考準[•]도 또한 물리게 되는 것인가? 만약 물리지 않는다면 마음먹고 고준하는 것도 정말 무방하겠다.

고준 베긴 책이나 서류에 틀림이 있는지 없는지를 조사하기 위하여 원본과 맞추어 봄. '準'
은 '准'으로도 쓴다. 여기서는 응시자의 시권과 서리胥吏가 그것을 베껴둔 것을 대조하는 것
을 말하는데, 아마 강시험과는 다른 문장 서술 시험을 말하는 것 같음.

휴가를 받지 못해 귀향하지 못하다

준에게 답한다.

안동으로 가는 사람이 있어 글을 써서 부치고자 했으나 미치지 못하고 이제 그 글을 보낸다. 모든 일은 대략 그 가운데에 적어 두었다. 오늘 명복이 서울에 와서 글을 보고, 너와 집과 마을이 모두 편안하다는 것을 알게 되어 무척 기뻤다.

근래 조금 건강하고 화평한 것 같은데, 다만 들으니 형님께서 굶주린 백성을 진휼할 소임을 맡게 되셨다니, 아마도 그 때문에 어떤 일이 지극히 크게 생기지나 않을지 두려워 매우 염려되고 고민된다.

영천 집의 병은 정말 의심되지 않는지? 곡식을 취함이 너무 빠르다고 들리니 불안하구나. 돌손이는 본래 역(役: 집안에서 종으로 시키는 일)을 빠져 나가지 않아도 되는데도 망령되이 스스로 역에서 빠져 나갔으니 이제 역으로 돌리는 게 마땅하다. 황석(남자종)이도 또한 마음놓고 내놓을 수가 없구나. 다만 병이 위중하면 형세상 억지로 시키기가 어려울 것이니, 병을 보고 헤아려 처리하는 것이 좋겠다.

넓게 농사지으려고만 하면 거칠게 될까 염려스럽다. 다만 척박한 밭을 굶주린 백성에게 부쳐 반쯤 짓게 하면 버리는 것과 같이 되지 않을까 정말 걱정하지 않을 수가 없다. 하물며 가을에 들어가기로 계획을 결정하면 식구가 배로 많아질 것인데, 더욱 경작을 줄일 수 없다. 양쪽 면을 다 참작하여 처리하여라.

손님이 묵을 방 두 칸을 짓는 것은 올 봄에 하는 것이 매우 좋겠으니, 모름지기 속히 서둘러야 할 것이다.

시권을 고준考準하는 일은 (앞의) 그 글에 상세하다.

나의 한식날의 행차는 사람들이 모두 말하기를, "가토加土 휴가에 대해서는 비록 금하지 않는다고 하나, 영남의 흉년으로 임금님의 근심이 대단하신데, 신하가 어찌 임금의 뜻을 알아채지 않고 억지로 그 땅으로 가는 휴가를 청할 수 있겠는가?"라고 하니, 이 때문에 계획대로 하지 못하니 무척 고민이다.

네가 언제쯤 올라올지 또한 앞글에 모두 말하였다. 내가 명한대로 4월 사이에 틈을 헤아려 올라오면, 무릇 제사나 농사, 집짓는 등의 일은 모두 순조로울 것 같기에 한 말이다. 비록 오랫동안 나를 보러 오지 못해서 죄송하다고 하나 형편이 또한 그러할 뿐만 아니라 내가 그렇게 하라고 한 것이니 크게 상관하지 말아라.

소를 사는 일은 알고 있다.

병풍에 쓸 종이와 염소털과 말린 꿩 등은 모두 받았다.

이 사람이 바쁘게 가느라 여러 사람에게 보낼 답장 편지는 선選 스님이 돌아가기를 기다려서 부치고자 한다. 박공보朴公輔도 그믐과 초하루 사이에 또한 내려가고자 하기 때문에 굳이 하나하나 적지 않는다. 2월 23일 이전

덧붙임 병풍에 쓸 종이를 명복이 받지 않았다고 하는데, 안 왔다기에 무슨 까닭인지 모르겠구나.

노비를 위해 집을 짓다

다시 준에게

늦손이 내일 사이에 들어갈 것이니, 모든 일은 그 편지에 자세히 적어 두었다. 다만 네가 그 앞서 떠났을지도 모르니 아마도 출발하여 서쪽(서울)으로 오는 것이나 아닌지? 내가 가을을 기다려 돌아가면 이미 너무 늦어지겠구나. 가을이 되면 결코 돌아가지 못할 이유는 없을 것이다.

네가 만약 지금 오는 것을 그만둔다고 하더라도 간노(幹奴:집일을 주관하는 종)가 없어 농사를 전폐할 것 같으니, 내가 돌아간들 무엇을 믿을 것인가? 싶기 때문에 이렇게 말하지 않을 수 없구나.

돌손 등은 이미 길을 나섰느냐? 듣자하니, 하도는 도적이 날뛴다고 하는데 두 녀석 모두 나약하고 미혹하여 염려되지만, 형편상 부득불 보내야 했으나 어떻게 대처하고 있는지 모르겠구나.

특히 의령은 지난해 가을타작이 단지 두 섬뿐이고, 기장과 보리는 합하여 여덟, 아홉 섬만 있을 뿐이다. 이 곡식은 좋은 무명과 바꾸어 오라는 것은 앞서 말한 바와 같다.

신만辛萬의 밭 아래쪽에 있는 의인 사람 밭의 창고를 사서 노비들이 장막을 치는 곳으로 삼고자 하니 네 뜻은 어떠하냐? 다만 네가 봄과 여름 사이에 먹을 것이 부족하다고 그것과 바꾸어 쓰려고 하는 것이나 아닌지? 그렇기 때문에 내가 결정하지 못한다.

의령에 통지할 일은 너는 모름지기 짐작하여 속히 저 어머니(彼母: 과부가 된 둘째 며느리의 어머니)에게 통보하여 실본(失本: 개가)하게 하여라. 나머지는 다시 말하지 않는다. 2월

덧붙임 내가 전에 모아 둔 작은 글씨로 된 『강목綱目』은 본래 59권이 되어야 하는데, 그러나 얻은 것은 단지 51, 2권뿐이고, 그 나머지 7, 8권은 미비하다. 다만 빠진 것이 확실히 어느 권수인지는 기록하지 않았다. 모름지기 권수의 차례를 아무아무 권은 없다고 일일이 기록하여 상세하게 적어 보내는 것이 좋을 것이다.

학적(學籍: 과거 응시자 명단)과 예조禮曹의 조흘照訖˚은 이미 도모하여 다시 가지고 왔다.

이인李寅˚이 급가給假˚의 나머지를 감사댁監司宅에서 이미 다 바꾸어 버렸기 때문에, 신중愼仲이 샀으나 뜻은 생각에 부응할 수 없었다는 뜻을 전하여라.

분천과 오천 등지에 보낼 편지는 동봉하였다.

조흘   생원生員·진사시進士試에 응시하려고 하는 유생들의 호적戶籍 대조를 마치는 일.
이인   선생의 장조카. 맏형인 잠潛의 아들이다.
급가   이 말은 일반적으로 휴가를 받는 것, 특히 상주가 되어 휴가를 얻는 것 같은 뜻으로 사용되나 여기서는 무슨 뜻인지 알 수 없음.

손자의 글씨 공부를 위해 붓을 보낸다

준에게 답한다.

남귀연(南貴延: 미상)이 서울에 왔는데 평안하다는 글을 받고 무척 기뻤다. 이곳도 또한 모두 무사하다. 다만 일의 형편으로 보니 나는 올 봄에 돌아가지 못할 것 같아 매우 편안하지 못하다. 단지 무단히 버리고 가면 남들이 반드시 의심하고 성내기 때문에 해내지 못한다. 계획은 가을에 돌아가고자 하나, 아직 대여섯 달의 간격이 있어 고민되고 고민된다.

시권을 고준考準하는 일은 반드시 고강考講* 할 때 그것을 함께 해야 할 것이다. 다만 예조에서의 조흘(照訖:조흘강, 책을 펴놓고 읽는 시험)에 이미 통과하였다면 만약 서울에서 시험을 보더라도 반드시 시권을 고준할 것까지는 없다.

돗손(都叱孫: 돌손石乙孫과 같은 사람으로 보임)이 (창원으로) 내려갔다가 돌아오는 일은 이곳에서도 그 어려움이 걱정되기 때문에 추가하여 언문 편지로 이러 저러한 사연辭緣을 적어 보냈다고 하는구나. 미처 그것을 정지시키지 못했으니 어찌 하랴?

의령의 곡식이 비록 많지는 않으나 갑자기 여유가 없는 지경에 이르

고강 과거를 보일 때, 경서의 강을 받아 시험함.

겠는가?

듣자하니, 황석이 병을 구실 삼아 역(役: 종노릇)에서 벗어났다고 하는구나. 이 종은 비록 게으르나 다른 종은 이 종만도 못한데, 네가 또 서울에 오면 올해 농사는 참으로 염려할 만하다. 황석이는 내가 만약 내려가면 다시 역에 들어와야 한다고 미리 일러 두는 것이 좋겠다.

손님이 머무르는 집을 짓는 것이 비록 2칸이라도 또한 쉽지 않을 것이니, 네가 비록 계획하더라도 완공에 미치지 못할까 두렵다.

할미(서장모)가 만약 기꺼이 그곳에 오려고 한다면 매우 편할 것이나, 다만 그 딸(소실)이 아직 돌아가지 않아서, 꼭 진정으로 원하는 것은 아니기 때문에, 애초에 그렇게 계획하지는 않았더니, 지금은 정말 어찌 할 수가 없구나.

병풍에 쓸 종이는 때맞추어 보내오지 않았구나. 앞서 염소털로 묶은 붓과 황모黃毛 한 자루를 보내었다. 돼지털로 묶은 붓은 단지 큰 것 한 자루뿐이어서 보낼 수 없다.

내가 풍기豊基에 있을 때 사용하던 조금 굵은 붓 한 자루는 아무 상자에 넣어 두었으니 찾아서 몽아에게 부치면 좋겠다.

끝이 뭉텅한 붓 몇 자루도 보내니, 이 또한 조금 굵은 글자를 쓸 때 사용할 수 있기 때문이다.

『강목』의 빠진 권수 8책 안에 지금 또 6책을 찾았으니 기쁘구나. 찾지 못한 것은 3권과 5권뿐이구나. 나머지는 언문 편지에 모두 적어 두었다. 2월 24일 이휘서울로

덧붙임 한식날 여러 곳의 제사는 어떻게 지냈느냐? 올 봄은 너무 궁

핍하여 한 물건도 갖추어 올리는데 보내지 못했으니 한탄스럽다. 시절 제사[時祭]는 이번 달 14일에 이미 여기에서 지냈다.

형님께서는 승차(承差: 임금님의 명을 받들고 지방에 파견됨) 소임을 아직 면하지 못했다고 하는데, 너의 편지의 내용과는 다르니 어찌 된 일인가?

스스로 하늘에서 떨어지게 만들어 버렸으니

준에게 답한다

남구연(南九淵: 미상)이 전해준 편지를 보고 알았는데, 이를 이어서는 소식이 끊어져 깊이 염려되었다. 지금 온 소식을 접하고 비로소 의령 집의 어려움이 마침내 이 지경에 이른 것은 알았다. 저 준동하는 물건*은 결과를 두텁게 만들어 그 재앙이 "스스로 하늘에서 떨어지게(自絶于天)"* 만들어 버렸으니, 그대로 버려두어야지 어쩔 도리가 없구나. 집안 명성을 떨어뜨리고, 장모님의 자애를 손상시킨 것은 어쩔 것인가? 통분痛憤을 누를 수 없구나. 지금은 사람의 이치로 용납하지 못할 바이지만 생각해보니 달리 선처할 길도 없는지라, 더욱이 지극히 상서롭지 못하니 어찌 하랴? 어찌 하랴?

창원昌原의 할미*가 이미 거기에 와서 그대로 머물고 있으니 봄가을로 왕래하는 폐단을 없앨 수 있다. 그러나 (서울로) 올라오기를 고집하면 폐단을 끼침이 여러 군데 이를 것이다. 그녀*는 이를 듣고 몹시 당

준동하는 물건 문맥으로 보아서, 퇴계 선생께서 처남들을 좋지 않게 여기고 표현한 말인 듯하다. 채가 죽자 그들의 삼촌의 재산을 환수하려고 하여 분쟁이 생겼음.
자절우천 『서경·태서』에 나오는 말로 임금이 제위에서 쫓겨나는 것을 뜻하나, 변용되어 여자가 남편과의 관계를 끊는 것을 뜻하기도 함. 여기서는 둘째 며느리의 개가를 이렇게 표현한 것 같음.
창원의 할미 퇴계 선생의 소실의 어머니를 가리킨다.

292
293

황하여 얼굴이 붉어졌다.

나는 이 일이 매우 달갑지 않은 일임을 안다. 그러나 사정이 여기에 이르니 그 죽음에 드리운 목숨을 구원하지 않으면 안 되나, 정말 또한 이를 소위 "어떻게 할 도리가 없다"라고 하는 것이다. 네가 마음 써서 보살펴 서울로 보내 준다면 그 딸이 은혜에 감사히 여김이 또한 깊을 것이다.

동부(同府: 안동부의 풍산에 있는 권씨 부인 댁)와 의령에서 가져온 물건은 제사나 건물을 짓는 등의 비용으로 사용할 것이며, 수두룩하게 (여기로 올라) 오는 사람들도 짐이 무거울 터인데 하필 다 보내려고 하느냐? 가령 뒤에 이와 같은 사례가 있거든 보내지 않는 것이 좋겠다. 보내준 물건은 모두 잘 받았다.

외내〔烏川〕로 가는 편지를 보내 전하는 것이 좋겠다. 손님이 머무를 수 있는 집을 지으면 매우 좋기는 하나 업무가 과다하고 비용이 모자라서 완공하지 못할까 두려울 따름이다.

막지가 사는 집은 단지 집에 쓸 재료와 기와를 잃어버렸을 뿐만 아니라, 장차 무너져 쓰러질 상황이라고 들었다. 지금은 비록 철거하지 못하더라도 아무쪼록 실본(失本: 둘째 며느리의 개가)한 일 때문에 그렇게 처리하였다고 하는데 이르지는 않는 것이 좋겠다.

솟동이란 놈은 처음부터 이접(移接: 거처를 옮겨 자리를 잡음)할 지를 보고 지키라고 하였는데, (내 말을) 듣고 따르지 않다가 이와 같이 되었으니 너무나 (네) 허물이 많게 되었구나. 지금 이후 혹여 임시 천막을 치고 이접하게 할 때라도 혹 철손이, 솟동이 등에게 힘을 합하여 보고 지

그녀 퇴계 선생의 소실을 가리킴.

키도록 하면서 형편에 따라서 처리하는 것이 좋겠다.

삿갓은 가지고 오지 않는 것이 좋겠다. 특히 안적(鞍赤:언치, 안장 밑에 까는 담요) 부분이 모두 떨어졌으니, 그곳에 전에 있던 것이 있으면 가지고 오너라. 나머지는 언문 편지와 돌아가는 하인의 입에 있다. 3월

덧붙임　안석安石의 논두둑이 무너져 논을 갈아 곡식을 심을 수가 없다고 들었는데, 그런지 안 그런지? 그렇다면 값나가는 물건으로 돌려받든지, 아니면 논가에 있는 창고를 대신 들여놓도록 하여라.

오천과 의령에 안부를 묻다

준에게 답한다.

사임土任*이 오는 편에 보낸 편지를 보니 위로가 된다. 다만 네 아내가 아직 건강을 회복하지 못해 염려가 되는구나. 그리고 오천의 큰집*은 여종을 잃어버리고 임시 거처에 피해 있다 하니 그 근심이 적지 않겠구나. 더욱이 그 뒤 끝이 어떻게 될지 염려되니, 어찌 하랴? 어찌 하랴?

의령의 기별은 나도 듣지 못하였다. 다만 의령은 열심히 빈민을 굶주림에서 구원하지 않았기 때문에 먼저 (현감을) 파직하여 잡아오게 하고, 새 현감 김사근金師謹*에게 이미 말을 주어 부임하게 하였다. 옛날 성주(城主: 예안 현감)가 만약 오면 그 기별을 알 수 있을 것이다.

분천汾川의 영공(令公: 농암 선생)께서 늘그막에 모시는 사람을 잃게 되어 반드시 어려움이 많을 터인데 어떻게 대처하실지 우러러 염려되는구나. 그리고 여러 곳의 흉한 부고가 놀랍다.

게다가 비원(庇遠: 이국량李國樑)은 병이 났다고 들으니 깊이 고민되는데, 이 사람이 바삐 돌아간다고 하나, 약을 구하기가 지극히 어려워,

사임 성명은 금보琴輔, 호는 매헌梅軒, 예안에 살았으며, 퇴계의 세사. 글씨를 길 썼음.
오천의 큰집[烏川大宅] 준寯의 처가의 친척이 되는 광산 김씨 큰집을 가리키는 듯하다.
김사근 의령 현감. 1554년에 부임함.

사보내 구원하지 못하니 얼마나 한탄스러운지!

손님이 머무를 수 있는 집은 아직 완공을 보지 못해 염려하였는데, 지금은 이미 기와를 덮어 여름이 지나도 걱정이 없으니 기쁘고 기쁘다.

보리가 풍성하여 백성들의 소망을 위로할 수 있고, 비도 또한 풍족하게 내리니 그들이 기뻐함을 상상할 수 있다.

네가 오려면 마땅히 일이 되어가는 형편을 잘 살펴보고 기일을 정해 올라 오너라. 다만 네가 온 뒤에 밭이 황폐하게 될까 두려울 뿐이다. 늦손이는 놓아줌을 허락하지 않았는데, 오랫동안 올라오지 않으니 지극히 어리석고 태만하구나. 반드시 잡아서 데리고 오는 것이 좋겠다. 손이孫伊 등의 집에 병 기운이 두려우니, 삼가고 삼가라. 나머지는 일일이 적지 않는다. 3월

덧붙임 공보(公輔: 박세현)는 어찌하여 오랫동안 오지 않는가? 그 집을 기다리기 어렵구나.

조카들의 번상 복무에 대하여

준에게

돌아가는 길은 편안하였느냐? 교의 처의 병이 재발하여 지난밤에 갑자기 세상을 하직하였다. 비통하고 놀랍기 그지없구나. 그 집은 대단히 가난하니 더욱 걱정스럽고 걱정스럽구나.

가외부(加外夫: 남자종)가 어제 저녁에 서울에 와서 의령의 편지 두 통을 전하였다. 그 가운데 기병(騎兵: 무관 벼슬 이름)과 충순(忠順: 위와 같음) 같은 사람들이 대신 사람을 세웠는데, 정부에서는 비밀리에 그 감추어둔 것을 적발하여 죄인들을 잡아들여 크게 죄를 다스리고자 한다는 내용이 있구나. 그 죄는 온 집안을 국경지대로 쫓아버리는 것이라는구나. 9월에는 이빙(李憑: 종질)과 대성(大成: 이문량) 같은 사람이 번상番上*에 복무를 하여야 했으나 모두 가지 않아서 화가 생길까 두려우니, 지극히 민망스럽고 민망스럽구나. 주宙*는 비록 이번 번상은 아니지만 만약 대신 사람을 세울 것이 발견된다면 또한 염려할 만한 일이다. 이러한 뜻을 여러 사람에게 알리도록 하여라.

마침 신당동(新塘洞: 예전의 신당골) 집 종이 서울에 왔다가 돌아가는

번상   지방의 군사를 골라 뽑아서 차례로 서울의 군영으로 보내 복무하는 일.
주   1521-1594, 다섯째 형 징澄의 맏아들. 자字는 대우大宇.

길에 내 집에 잠깐 들려 작별을 고하기에, 바쁜 중에 각각 따로 편지 못하니 아쉽구나. 8월 하순

벼의 작황을 묻는다

준에게

떠난 이후에 길에서 있었던 일과 집에 돌아간 이후의 안부를 듣지 못하여 걱정이 그치지 않는구나. 나는 전과 같으나, 점점 몸에 한기가 들어 병이 날 것 같아 어쩔 수 없이 사퇴를 하여야겠구나.

또 교의 처가 끝내 병으로 일어나지 못하고 세상을 하직하였다. 가엾고 가엾어서 가슴이 아프구나. 일찍이 신당新堂의 하인이 돌아와서 부고를 알려주었다. 이 소식을 아는지 모르는지 모르겠구나. 영靈이는 편안히 남쪽으로 내려간 것 같구나. 다만 가는 길에 어떠하였는지 알지 못하겠구나.

장악원掌樂院*에서 친 과거 합격자 발표는 이미 나왔는데 인원仁遠* 형이 가지고 갔다. 한성부漢城府*에서 친 과거 합격자 발표는 아직 나오지 않았으나 오늘 마땅히 나올 것이라고 하는구나. 인원 형이 돌아갈 때 (그것을) 전송해 보내지 못한 것이 안타깝구나.

그런데 전해 들으니 과거에서 많이 떨어졌다고 하는구나. 더욱이 너희들은 마음이 한결 평안하지가 않을 것이다. 어찌 요행을 바라겠

장악원   음률에 관한 사무를 맡아보던 관청.
인원   선생의 종자형 오인원(吳仁遠: 언의).
한성부   서울의 행정, 사법을 맡아보았던 관청.

느냐? 안타깝고 안타깝구나.

가을 곡식이 열매 맺은 것은 어떠하냐? 서울에는 지난달 그믐에 서리가 내렸는데, 만약 그곳도 또한 그러하다면 늦은 벼 등의 곡식이 역시 익지도 않은 채 서리를 맞았을까 두렵구나. 어찌 하고 어찌 하겠는가.

내가 내려갈 계획은 아직 결정이 되지 않았고 너의 서모를 10월에 내려 보내고자 하나, 조카 교의 일이 이러해서 수행할 사람이 없구나. 혼자서 간다는 것은 어려울 것 같아서 또한 결정하지 못하였다. 만약 형편이 된다면 10월에 내가 먼저 내려가는 것도 계획하고 있다. 그러니 늣손(남자종)을 곧 올려 보내도록 하여라. 그러나 늣손이 또 빈말을 하기를 "나리의 행차의 시기가 정해지기를 기다려서 서울로 올라갈 것이며, 분명한 지시를 듣고서 떠날 것입니다"라고 말할 것이다. 이 하인의 고집스러움이 이와 같다면, 갑자기 떠날 때, 거느리고 갈 하인이 없을까 걱정이 되는구나.

나머지는 인원 형이 돌아가면 자세히 알 수 있을 것이다. 9월 3일[퇴계 본가로]

귀향 계획

준에게

김가행金可行* 등 편에 부친 편지를 이미 보아서 알고 있느냐? 근자에 너는 편안하냐? 또한 푸실에 가서 추수를 감독하였느냐? 거두어들인 정도가 어떠하냐? 작년에 이어 풍작을 기대할 수 있겠느냐?

네가 보낸 지난번 편지에서 내가 먼저 내려가고 매의 어미(梅母 : 미상)가 봄을 기다려 내려오기를 바란다고 하였는데, 이 계획 또한 좋지만, 그러나 이렇게 된다면 시골집에도 살림이 부담스러울 것이고 서울 집에도 양식이 떨어지게 될 것이니, 이는 고향집과 서울 집 두 곳에 다 기근을 대비하는 대책이 없을 것 같다. 그래서 내 뜻은 매의 어미를 먼저 돌아가게 하고 나는 봄에 돌아간다면 그래도 굶어 죽는 것은 면할 것이라고 생각하고서, 가행이 가져간 편지에 이렇게 말했던 것이다. 너의 뜻은 어떠한지 모르겠구나.

그러나 부득이하니 건강하고 튼튼한 하인 5, 6명과 말 3필을 보름 전에 출발하여 서울로 올라올 수 있도록 하여라. 20일 후 추워지기 전에 가능하면 내려갈 수 있도록 하겠다. 추수가 끝나지 않았을 터이며, 환자(還上 : 환곡)도 급하고, 또한 사람과 말이 모두 굶주리고 지쳐 있을

김가행   1523-1566, 이름은 부신富信, 호는 양정당養正堂, 산남山南 김부인金富仁의 동생.

터이니, 그 날짜에 맞추어 서울로 올라올 수 있겠느냐? 하물며 네가 오는데 말을 딸려서 올라오고자 한다면 더욱더 형세가 어렵지 않겠느냐? 네가 뒤에 별도로 오고자 한다면, 그것 역시 빈번하게 말과 하인이 오고 가는 것이 겹쳐지는 폐단이 있어 더욱 어렵다. 이러한 형편을 내가 멀리서 헤아릴 수 없으니 너는 모름지기 형세를 살펴서 결단하여 처리하도록 하여라.

여기서는 〔충주까지〕 보낼 말이 올 수 있는지 없는지를 보아서 돌아갈지 말지 행장을 꾸려서 기다릴 뿐이다. 형세가 만약 대단히 어려워서 이번 겨울에도 하인과 말이 오지 못한다면 다음해 봄에 같이 내려가도록 할 것이다. 삼동을 굶주리고 지쳤는데 사람과 말을 숫자에 맞추어 먼 길을 올라오게 하는 것은 더욱더 어려울 것이나, 어찌 하고 어찌 하겠느냐?

그렇다면 또 한 가지 방법이 있구나. 2월 초에 단양으로 돌아가는 배가 있는데 물길로 단양에 이르면, 그 뒤부터는 먼 곳이 아니니 오히려 말과 하인을 빌릴 수 있을 것 같으니 이때에 같이 돌아가고 싶다. 이 계획은 또한 어떠하냐?

그러나 휴가를 받아서 가지 못한다면 형세는 더욱 더 어려워질 것이다. 그렇지만 이 때문에 늘 돌아가지 못하니 내년 봄에는 비록 처벌을 받더라도 서울에 머물지 않을 생각이나, 이번에 잘 알 수 없는 일은 거기서 딸려 보낼 말이 오는가 오지 않는가 하는 것일 뿐이다.

또 연동連同이란 종놈은 어떻게 다스렸느냐? 이 놈은 온갖 나쁜 짓을 멋대로 저질렀음을, 근자에 비로소 자세히 듣게 되었는데, 그 죄는 용서받지 못할 것이다. 오히려 상전이 듣고 알게 되는 것을 두렵게 여기지 않고 대단히 독한 마음을 품어서 매번 이 종년과 더불어 단칼에

서로 죽으려 하니 그 흉악함이 상전의 뜻을 마음에 두지 않음을 알 수 있다. 이 종놈은 너의 나약함을 보고 더욱 멋대로 하여 거리낌이 없으니 어찌 패씸하기가 이와 같을까? 또 그 놈이 종년의 남편으로서 빚을 갚는 일 때문에 푸실로 돌려보낸다면, 이 놈은 반드시 크게 소리를 지르고 싸우는 것이 지난번보다 심할 것이다. 또한 이번에 가을 곡식을 제멋대로 쓸 수 없는 것을 분하게 여겨 이번 겨울에는 다른 도적을 핑계대어서 저장하여 놓은 곡식을 훔쳐내는 등 그 못된 짓이 이르지 않는 바가 없을 것이다. 이와 같다면 차라리 황석으로 하여금 집을 지키게 하고 연동이 놈을 잡아서, 관官에서 도리를 어기고 도적질을 하여 쓴 죄의 전후 사정을 다 다스리게 하는 것이 좋을 것이다. 그의 계집을 산 문서를 거두어들인 후에 겨울 동안 출입을 못하게 하고, 내 말을 기다려서 처리하는 것이 옳을 것이다. 너는 한 하잘것없는 종놈의 죄를 다스리지 못하고, 그 놈으로 하여금 도리를 어기고 어지럽히기를 이와 같은 지경이 되도록 하였느냐?

네가 만약 서울에 올라올 것 같으면 아몽阿蒙은 공부를 그만두어야 할 것이니 이는 어찌 하려고 하느냐? 여기서 끝낸다. 10월 초 2일[퇴계 본가로]

하향할 계획

준에게 답한다.

이번에 내려갈 계획은 본래 정해져 있는 것이지만, 이삿짐을 싣고 갈 말을 준비해 오는 것이 형세로 보아 어렵겠구나. 가외(남자종)가 가지고 온 편지를 본다면, 마땅히 말을 보내는 일을 멈추고 다시 생각을 해보아야겠구나. 지금 올려 보내는 것이 정말 좋겠지만 말들이 모두 피곤할 것이니, 돌아갈 말 세 필만 있다면 행장을 꾸려 갈 수가 있을 것이다. 이렇게 한다면 여러 식구가 한꺼번에 내려가기가 더욱 어렵다. 이 때문에 부득이 두 차례로 나누어서 내려갈 계획을 해본다. 내년 봄 나의 행차는 비록 다른 일이 있더라도 어찌 그만둘 수가 있겠느냐?

벼슬살이하는 삼 년 동안 병을 앓았으나, 녹봉만 받아먹고 살아왔으니, 옛 어른들의 행실에 비하여 보면 부끄럽기 한이 없구나. 그래서 앞으로의 굶주림을 헤아리지 않고 과감하게 벼슬을 버리려고 하는 것이다.

네가 오는 것은 너의 계획에 의한 것이지만, 섣달 보름(음력 12월 15일) 즈음에 오는 것이 좋겠구나. 다만 바로 혹독하게 추운 때라 너의 몸이 건강하고 견실하지 못하므로 매우 걱정이 되고 걱정이 되는구나.

명산(남자종) 등이 가지고 온 편지는 이미 보고 답을 하였다.

의령의 일은 전 감사가 이미 처리하였다고 하는구나. 어제 또 공간의 편지를 얻어 보니 모두 편안하다고 하는구나. 곡물을 바꾸는 일을 일찍이 공간에게 통보하였더니 공간은 그대로 바꿀 것이라고 하니 기쁘구나. 그 편지는 보냈고, 너의 서모 또한 그렇게 알고 내려갔다.

아몽은 나이가 어린데 먼 길을 추위를 무릅쓰고 와서, 오래 있지 않고 다시 내려가야 하니, 편하지 않을 것이라 데리고 오지 않는 것이 좋겠구나.

행아(倖兒: 딴 집에서 옮겨온 남자종)가 오는 것은 별다르게 해되는 것은 없지만 다만 혹시 그 주인의 노여움을 사서 욕을 당하는 것이 적지 않은 까닭에 나는 처음에는 올라오라고 하지 않았으니, 그 놈이 오는 것은 나의 뜻이 아니다. 다만 이미 올라오고 있다면 어떻게 하겠느냐?

계당溪堂*에는 오랫동안 주인이 없어서 문짝을 도둑맞았으나, 이것은 도둑의 죄가 아니요, 바로 나의 수치다. 그러나 나에게 있어서는 곧 나의 부끄러움이요, 너에게 있어서는 곧 너의 부끄러움도 또한 적지 않을 것이다. 자손이 있어서 좋다고 하는 것은 부형들이 이룩한 일을 허물어뜨리지 않는다는 데 있으나, 네가 좋아하는 것은 내가 좋아하는 학문이 아니니, 어찌 내가 시작한 일이 허물어지지 않기를 바랄 수 있겠느냐?

계당의 집은 땅의 선택이 합당하지 않다면 장소를 바꾸어서 옮겨야 할 것이나, 지금 돌아갈 계획 속에서 정사精舍* 수 칸을 하산(霞山: 하계

계당 선생의 제2차 교육장인 계상서당이다. 1551년 계북(현 종택의 건너편 임성대 뒤)에 지어 문인을 가르쳤는데 제3차 교육장인 도산서당이 낙성된 1561년까지 지속되었다.

의 자하산)의 산기슭에 지어서 그곳에 머무는 것을 나의 낙으로 삼고자
한다. 그러나 지금 이러한 일로써 뒷일을 생각해 보면 또 그렇게 될지
모르겠구나. 내가 매번 이러한 것을 걱정하고 있었으나 대수롭지 않
게 여겨 감히 말하지 못하였다. 이 일을 계기로 해서 말을 하는 것이니
부디 각별히 명심하여라.

　전에 말한 금이金伊의 논을 사는 일은 사는 게 합당하다. 그러나 거
듭 생각해 보니 금년은 모두 흉년의 근심에 빠져 있는데, 어느 겨를에
후일을 도모하기 위하여 가벼이 곡물을 꺼내어서 전지를 사겠느냐?
나의 뜻은 천 가지 방법과 백 가지 계책으로 함께 죽음을 면할 계획을
도모하는 것이 마땅하고, 나머지 일은 삼가 미루어 두는 것이 옳다는
것이다.

　나머지는 돌아가는 사람에게 말하여 두었으니, 여기에서 그친다. 동
짓달 초닷새[퇴계 본가로]

정사　원래는 '정결하게 닦는 집'이란 뜻으로 도사나 승려들이 도를 닦는 도량度場이나 불사
佛舍를 가리키는 말로 사용하였으나, 뒤에는 유학자들이 독서 강독을 하는 학사學舍, 서재라
는 뜻으로도 쓰이게 되었다. 송 고승高承의 『사물의 기원을 밝혀 기록함事物紀原』「한나라 명
제가 정사를 세우고 올라가서 거처하였다」주석 "지금 사람들은 불사를 정사라고 하는데, 곧
선비들이 교수를 하는 곳을 말하는 것인지 모르겠다."

돌림병과 흉년 걱정

준에게

돌아간 이후로 한번도 편지를 보내지 않았구나. 전해 듣자니 돌아가는 길에 말은 지쳐 궁핍하기가 심하였다고 하더구나. 그러하다면 또한 양식이 떨어지는 근심이 있었을 것이라, 특히 마음에 걸리는구나.

또한 반드시 처음에 억필로 하여금 말을 끌고 곧 오라고 하였는데 어떻게 된 까닭으로 아직까지 오지 않는가. 또한 매우 걱정되는구나. 너와 백영이 같이 올라 올 때, 형편상 억필과 말을 그때까지 기다리게 하였다가 데리고 오려고 머무르게 하고 있느냐? 눈과 추위가 근래에 대단하니, 멀리서 온다는 것은 매우 어려울 터인즉, 어찌 하고 어찌 하리요!

나는 때때로 건강을 돌보는 일을 그르칠 때가 적지 않다. 그러나 해마다 있어 왔던 증세이고, 지금은 이미 회복이 되었다.

공보公輔의 집 어린 종년이 심한 돌림병을 앓고 있다고 한다. 이 동네의 이웃에서도 병을 앓는 사람이 많이 있다고 하니, 고향과 집의 소식이 어떠한지 알지 못하겠구나. 흉년이 든 까닭에 하인의 무리들이 모두 흩어지는 형편이라고 하는데, 지금은 어떠한지 알지 못하겠구나. 생각이 떠나지 않는구나. 남광필(南光弼: 미상)이 떠나는 길에 와서 인사하기에 (급하게 몇 자 적으니) 상세하게 적을 수 없구나. 또한 언문 편지도 보내지 못한다. 모두 알아서 살피도록 하여라. 11월 5일

단성 류씨 집안의 일이 밝혀져

준에게

근자에 오는 소식이 없어서 안부를 알지 못하겠구나.

너의 서모가 돌아갈 때에 이곳 인근에 돌림병이 있었으므로 먼저 너의 아이들을 피신하여 외내에 가 있도록 조처하여라. 지금 집에 도착한 후의 소식을 알지 못하겠으니, 어떻게 되었는지 생각나지 않겠는가?

또한 너는 백영伯榮과 같이 오려고 하였으나, 지금 이용(李容 : 미상)이 전한 바에 의하면 백영과 함께 오지 못한다는 것을 비로소 알았다. 그렇다면 어느 때에 출발하기로 결정하였느냐?

나는 이번 겨울에 추위로 고생하여 때때로 감기가 들었으나, 심하지 않아 곧 나았지만 바깥 출입을 하지 못할 따름이다. 새 달력을 얻을 때마다 나누어서 보냈으나, 두루 나누어 드리지 못하는 것이 안타까울 따름이다.

여자종이 말을 타고 갔으니, 안장을 잊지 말고 가지고 오는 것이 좋을 것이다.

공간(公簡 : 허사렴, 큰 외삼촌)이 푸실에 왔느냐? 사언(士彦 : 작은 외삼촌)은 요즈음 간관諫官의 입에서 발설되어 다시 그것을 다스리려고 하였으나, 한 친구가 힘써 말려서 겨우 잠잠하게 되었다고 하는구나. 그러나 끝내 잠잠해지리라고는 말할 수는 없을 것이다. 기가 막혀서 말을 할 수도 없구나.

또 단계(丹溪: 산청 단성) 류씨 집안의 일(개가한 일)이 밝혀져 여러 사람들이 평을 하고 있다고 하니 또한 대단히 부끄럽고 가슴 아픈 일이다. 어찌 하고 어찌 하리요! 일마다 이와 같으니 내가 무슨 얼굴로 사람들을 보겠느냐?

너는 이미 출발하여 노상에 있을까 하여 간략하게 전한다. 12월 6일

덧붙임 새로 태어난 아이의 이름은 아순阿淳으로 지었다.

손자의 이름을 짓고 풀이하다

준에게

몽아蒙兒는 내년이면 열다섯 살이 되니 매번 어릴 적 이름을 불러서는 안 될 것이다. 별지에 적어 보내니 이에 따라 이름을 정하고, 아울러 시의 뜻을 해석하여 가르쳐라. 그리고 잘 간직하여 잃어버리지 않도록 하여라.

대저 이름에 있는 이 '도道'라는 것은 인륜의 일용에 음식이나 의복과 같은 것이니 잠시라도 없어서는 안 될 뿐만 아니라, 또한 평상의 도리가 아닐 수가 없다. 지금 사람은 자칫 '도道' 자를 말하면, 문득 이상한 일로 여기지만, 오직 학문에 힘을 다하고 난 이후에 이 도의 뜻을 알 것이다. 그래서 시詩°에서 그렇게 말하였다.

소아의 이름은 아순阿淳°이다. 앞서 보낸 글 끝에 작게 적었기에 분

시 『퇴계선생문집·속집 권2』에 의하면 제목이 「손자 아몽에게 안도라고 명명하고 절수 시 2수를 지어 준다孫兒蒙命名曰安道,示二絶」로 되어 있고, 내용은 "지금 『대학』을 배울 나이인데 가르치지 않았으니, 도道 자를 넣어 이름을 짓는 것이 마치 속이는 것 같구나. 뒷날 이 책의 가르침을 사계절 동안 입는 옷과 같이 절실하게 깨닫게 된다면, 비로소 내가 함부로 어질게 되기를 기대한 것이 잘못되지 않았음을 믿게 되리(失教今當大學年, 命名爲道若欺然. 他時見此如裘褐, 始信吾非濫託賢). 외우는 공부는 어릴 때 해야만 되고, 이제부터는 격물치지에 몰두하는 게 마땅하네. 다만 학문을 함에는 전력을 쏟아야만 되지, 옛날 성현을 따르기 힘들다고 말할지는 말아야 하네(記誦工夫在幼年, 從今格致政宜然. 但知學問由專力,莫道歎攀古聖賢)인데, 이 시를 지은 날짜를 "갑인년 12월 초 8일(甲寅臘月初八日)"이라고 이 시 뒤에 밝히고 있다.

명하지 않을 것 같아 다시 적어 보인다.

　네가 올 적에 단양에 이르거든 뱃사공을 불러 명년 봄에 언제쯤 서울에 오는지 물어 두고, 돌아올 때 배에 타고 오겠다는 뜻을 약속하되, 정녕 어기지 말라고 알려 두어라. 만일 미처 불러 보지 못할 형편이면 믿을 만한 사람을 시켜 이러한 뜻을 전해달라고 하는 것도 괜찮겠다.

　내가 2월 보름 뒤 20일 전에 출발하고자 하니, 마침 두 가지 일을 서로 맞출 수 있겠느냐?12월 8일

아순　선생의 둘째 손자 순도純道의 아명이다. 자는 순보醇甫(1554-1584). 장사랑將仕郎을 지냄.

양자는 제사를 모실 수 없다는 뜻을

준에게 답한다.

백영이 와서 편지를 받았다. 재암(齋菴: 산소를 모시는 재사)에서 독서를 하고 있다니 마음이 놓이는구나. 다만 지금 너의 서모가 돌아갈 때에 말에서 떨어져서 입술을 다쳤다고 하는데 군색한 일이 많았을 것이나 끝내 무사하다니 다행스럽기는 하지만, 그래도 그러한 어긋난 일이 있었구나.

나는 본래 있었던 천식이 수시로 나타나서, 사이사이 답답하고 몸이 덥고, 추위가 두려워 밖으로 나가지 않는다. 그러나 대개는 잘 지내고 있을 따름이다. 지난달 25일 조정에서 첨지僉知˚로 제수되었으나 사양하지 못하였다.

의령의 일은 되돌아가기는 되돌아갔다. 그러나 여론이 더욱 격렬하여 서울이나 외지에서 시끄러웠는데, 근자에 사간원司諫院˚에서 거의 고발이 될 뻔하였으나, 유사간 중영柳司諫仲郢˚의 주선에 힘입어 중지

첨지중추부사   중추부中樞府의 정 3품의 무관벼슬이나 실무는 없고 봉급만 받는 일종의 명예직임.
사간원   조선시대 언론言論 3사司의 하나. 임금에게 간諫하는 일을 맡아보았음.
유사간 중영   1515-1573, 자는 언우彦遇, 호는 입암立巖, 본관은 풍산, 하회에 살았다. 서애 유성룡柳成龍의 부친이다. 벼슬은 장령, 황해도관찰사, 승지. 경연관經筵官을 지냈다.

되었으나, 이 뒤의 일은 아직까지 추측할 수가 없구나.

또한 이 가운데 비단 사언(士彦: 허사렴의 아우)뿐만 아니라 생원(허사렴: 퇴계의 큰 처남)이 더욱 염려가 된다. 이른바 (우리가) '논밭과 노비를 수탈한 것'으로 문서가 작성된 일은 또한 대단히 무례하구나. 나는 전혀 알지 못하였다가 최근에 박사신(朴士信 :미상)을 통하여 비로소 들었다. 이 일은 나에게 더욱 깊이 뼈를 깎는 듯한 아픔으로 여겨진다.

지난날에 내가 생원에게 준 편지에서 말하기를, "양자[假子: 채]를 쫓아낼 수가 없다면, 어머니(장모) 생전에 가문의 존장들이 함께 의논을 하여 양자는 제사를 모실 수 없다는 뜻을 문서로 만들어 둔다면, 가문에는 후일에 난처한 근심이 없을 것"이라고 하였다. 공간(公簡: 생원)이 이에 나의 이 편지에 의거하여 크게 떠들기를, "사언士彦에게 논밭과 노비를 (채의 가족들에게) 줄 수 없는 일은 대사성형(이퇴계 자신)이 편지로 통고하였기 때문이라"느니, "그 문서가 작성되었다"느니 하고 말하는구나. 천하에 이와 같이 상서롭지 못한 일이 있겠는가?

나의 편지를 만약 우리 가문 사람들이 본다면 의심할 바가 없을 것이다. 저들이 속이는 말을 했으니 반드시 그 편지를 숨겨서 어디에 두었는지를 알 수 없을 것이다. 내가 어찌 나타내어 밝힐 수가 있겠는가? 심히 저들과 함께 악명을 받게 될까 두렵구나. 어찌 하고 어찌 할 것인가! 대저 공간의 행위가 이와 같으니 여론에서는 사언과 다를 바가 없다고 한다. 그러니 누구를 나무라야 되겠는가? 너의 편지에 그 일을 매우 올바르지 못하다고 여기니 내 마음이 기쁘구나.

단계(丹溪: 경남 산청군 단성에 있음. 채의 처가)의 일은 앞의 편지에 이미 말하였다. 슬프고도 슬프구나. 이밀(李宓. 허사렴의 서매부)의 언문 편지와 곡식 장부를 보니 곡식을 바꾸는 일은 종자를 빼고는 다 바꾸는 것이 좋다고 하였구나. 그러나 그곳의 일은 급한 것이 아니니 모름지기 사람을 보내어 그것을 도모함이 옳을 것이다. 금년에 집에서 급히 쓸 것이 너무 많아서 적은 일이 아닌데 어찌 하겠느냐?

종과 말은 어떤 일인지 오랫동안 올라오지 않고 형세가 이 지경이 되었으니 어쩔 수가 없구나. 네가 올라 올 때에 빌린 안장을 잘 지니고 오는 것이 좋겠다.

금손(金孫: 종)의 일은 놀랍고도 가련하구나. 순이順伊의 일 역시 매우 걱정스럽다. 호내戶內에서 바칠 곡식을 다 바치지 못한 것은 말할 것도 없다.

전답을 사든지 말든지 하는 일은 잘 알았다. 이 뒤에 가서도 비록 부득이한 일이 있다고 하더라도 사지는 말아라.

계절에 맞추어 지내는 제사를 모두 지냈다고 하니 매우 기쁘다. 보름날 가는 일은 어겨서는 안 된다. 추위에 먼 길에 조심하여 오너라. 나머지는 구간(具幹: 미상)이 가지고 가는 편지에 갖추어져 있다. 여기서 끝낸다. 납월 초8일[퇴계 본가로]

덧붙임 말린 꿩 두 마리를 보낸다.

55세 · 1555년 · 명종 10년

3월부터 고향으로 돌아와서 머물다. 이 해 4월부터 맏아들이 음직으로 제용감의 봉사, 집경전의 참봉 같은 벼슬을 받아서 서울과 경주 같은 외지에 나가서 근무를 시작함. 11월 달에는 손자를 데리고 한 달간 청량산에 가서 머물다.

네 벼슬살이를 염려한다

준에게

따라갔던 말이 돌아와서 편지를 보아 무사히 유신(惟新 : 충주)에 도착한 것을 알아서 대단히 기쁘고 기쁘구나.

그러나 배에는 짐을 싣고 육로는 걸어야 하며, 하인 또한 어리석고 용렬하니 어찌 서울에 도착하겠느냐? 또한 정해진 날짜 안에 사은謝恩* 할 수 있는지의 여부를 알지 못하여 매우 걱정이 되고 걱정이 되는구나. 새로 받은 관직은 일이 번거로운 부서다. 모든 일에 반드시 어려움이 많을 것이라고 생각된다. 어떻게 하는지 밤낮으로 마음이 놓이지 않는구나.

나의 습기로 인하여 생기는 병은 네가 있을 때와 비교하여 점점 차도가 있는 것 같다. 그러나 아주 다 나은 것은 아니고 본래 병세가 중증이었던 까닭에 의심되고 염려가 될 따름이다. 전에 말한 약은 쉽게 구할 수 있으면 구하도록 하여라. 보내기가 쉽지 아니하면 천천히 보내도 무방하다.

지금 들으니 어떤 사람이 나를 임금님께 천거했기 때문에 교지를 내리신다고 하는데 이 말이 믿을 만한지 알 수가 없구나. 만약 그 말이

사은 벼슬을 받고 임금께 인사 올리는 것. 제용감濟用監의 참봉이 되었음.

믿을 만하다면 매우 놀랍고 황공하고 몸둘 바를 모를 일이니 어찌 하고 어찌 하랴? 병으로 아주 쓸모 없는 사람이 어찌 헛되이 임금님의 은혜를 입을 까닭이 있겠는가? 그 동안의 내 나름대로의 계획은 정했던 것인데, 다만 분수를 크게 넘어서는 까닭에 황공할 뿐이다.

　마침 손님 때문에 바빠서 되는 대로 몇 자 적는다. 4월 초순

덧붙임　말린 꿩 두 마리를 보낸다. 너의 아내와 아이들은 모두 편안하다. 상세한 것은 언문 편지에 적혀 있다.

안도의 관례

준에게

서울에 도착한 이후의 소식을 아직 알지를 못하겠구나. 모든 일을 어떻게 하고 있는지 알 수가 없구나. 멀리서 마음놓을 수가 없구나.

오늘 이학수李鶴壽°를 만났는데 서소문 집(西小門家: 선생의 서울 집)은 박종(朴琮: 미상)이 빌려 들어갔다고 하는데, 비록 며칠에 불과하다고는 하지만 네가 다른 곳으로 옮겨야만 하니 어찌 꼭 그렇게 해야만 하느냐? 그렇다면 네가 임시 거처할 곳은 어느 곳이냐? 다른 일은 고사하고 여종들을 이끌고 이사하는 일에 불편함이 많을 것인데 어찌 하고 어찌 할 것인가?

또한 사은숙배謝恩肅拜와 관직에 부임하는 일 등은 모두 무사히 마쳤느냐? 매사에 모름지기 상세히 묻고 살펴서 처리하여 다른 사람의 웃음거리가 되지 않도록 하는 것이 지극히 옳고 옳을 것이다.

이곳은 다 잘 지내고 있다. 나의 증세는 비록 크게 발병하지 않았으나 아직도 낫지 않으니 걱정이 되지 않을 수가 없구나. 안도(安道: 맏손자인 몽)는 초9일에 관례冠禮°를 치렀는데 그 용모가 총각 때에 비하여

이학수 1518-?, 이원승李元承의 젊을 때 이름. 농암 이현보 선생의 일곱째 아들인 문량文樑의 아들이며, 퇴계 선생의 문인이며, 동서(권질의 셋째 사위).
관례 사례四禮의 하나인 성년례成年禮로 남자는 상투를 틀어서 관을 쓰고 여자는 쪽을 찜.

단정하고 충실한 것 같으나 다만 키가 아직 크지 않을 따름이다.

비가 때맞추어 알맞게 내렸으나, 보리 추수가 아직 멀었는데 관이나 민간에서 모두 먹을 것이 부족하니, 크게 안타까운 일이다. 공간이 여태까지 올라오지 않아서 안타깝고 안타깝다.

외내 김생원(이름은 유, 호는 탁청정)의 증세는 아직도 차도가 없고 용궁에서는 초8일에 세상을 떠났다고 하는구나. 전에 보낸 편지에도 다 전하였더냐? 전에 들으니 나에게 교지가 내렸는데 첨지중추부사로 임명한다 하니 놀랍고 송구함이 지극하여 감당할 수가 없구나. 교지를 내렸다고 할 뿐 아직 도착하지 않았다. 나의 사정이 이와 같음을 어찌 남에게 이야기하겠는가?

근자에 한생원(韓生員: 이름은 윤명)과 남생원(南生員: 이름은 언경) 두 사람의 편지를 받아 보아 매우 위안이 되는구나. 다만 지금 기제사 때문에 고산孤山 재사齋舍*에 와 있어 아직 답장을 적어 보내지 못하여 안타깝구나. 곧 답장을 하겠다. 이러한 뜻을 정정이(鄭靜而: 이름은 지운, 호는 추만)에게 말해두면 전달이 될 것이다.

나머지는 김돈서(金惇敍: 이름은 부륜)의 말꾼이 가져가는 편지에 적혀 있다. 4월 11일[서소문 안으로]

재사 제사를 지내기 위하여 지은 집.

경복궁 중신기에 관한 일

준에게

향소鄕所*의 사람 영필(永弼: 南永弼)이 와서 공보(公輔: 朴世賢)가 온 계로 보낸 편지를 전했는데 그 편지를 통해 무사히 서울에 도착하여 사은숙배를 하였다는 것을 알았으니 대단히 기쁘구나. 그러나 이 사람이 아직 너의 편지를 나에게 전하지 않은 까닭에 모든 일을 상세히 알 수가 없기 때문에 회답도 못하였으니 너의 마음에 섭섭할까 안타깝다. 마땅히 하인을 시켜서 편지를 가지고 올 생각이다.

근자에 너는 편안히 지내느냐? 관청의 공무는 점차로 감당할 만하느냐? 어제 송강(松岡: 조사수, 당시의 이조판서)의 편지를 받았다. 안동의 이아二衙*로부터 전해 온 것이다. 그 편지는 네가 서울에 아직 도착하지 않았을 때 쓴 것이다. 편지 끝에 이르기를 "제용감濟用監의 관직은 유생들이 바라는 것이 아니니 딴 자리로 바꾸는 것도 어렵지 않지요"라고 하셨더구나. 이것은 정말로 기뻐할 만한 말이나, 금방 관직을 얻어서 곧 다른 곳으로 옮기는 것은 의리상 편안하지가 않다. 다른 사람의 말 또한 두려워할 만하다. 잠시 동안은 다른 직책으로 바꾸기를 도모하지 않는 것이 옳을 것이다.

향소   유향소留鄕所. 서울에 있는 각 지방 관청의 연락사무소.
이아   부사 다음의 벼슬인 판관.

들건대 (나에게) 교지를 내렸다고 하니 두렵고 조심스러움을 이길 수가 없구나. 또한 그 사령장이 아직까지 이곳에 도착하지 않았으니, 사례의 뜻을 표하는 일이 너무 늦어지게 되므로 또한 매우 불안한 일이구나.

들으니 공보公輔가 그 교지를 받아서 필사하여 너의 처소에 보냈다고 하더구나. 영필이 가지고 올 것으로 생각되지만 역시 아직까지 받아 보지 못하였구나. 이 사람은 일 처리에 느린 사람이라고 할 만하구나.

나의 병세는 좋아졌다 나빠졌다 하니 대단히 염려스럽다. 다른 일은 굿동(남자종)이 가지고 간 편지에 다 갖추어져 있으니 다시 이야기하지 않겠다.

그러나 「경복궁중신기景福宮重新記」는 일찍이 듣자니 홍정승[이름은 섭]께서 지으신 것을 사용한다고 하였는데 어제 오찰방[인원] 편지의 내용을 보니 쓰는 것은 홍정승의 글이 아니고 내가 쓴 글을 사용한다고 하는구나. 전해서 들은 것은 믿을 만한 것이 못되니 조용히 듣고 보아서 알려주는 것이 좋을 것이다. 그러나 네가 다른 사람에게 번거롭게 물을 필요는 없다. 다만 예중詣仲* 같은 사람에게 일러서 고루 물어보는 것은 괜찮다.

아이들은 모두 편안하다. 비가 때맞추어 흡족하게 내려 보리와 밀이 잘 자라고 있다. 그러나 공사로 양식이 끊겨 굶주림에서 헤어나기 어렵구나. 4월 15일

예중 성명은 신섭후燮. 선생의 자형인 신담후聃의 사위로 현감을 지냈음.

덧붙임 주宙를 대신하여 근무할 사람은 어떤 사람이 하기로 정하여
졌느냐? 점고點考*에 빠지고도 무사하게 되기를 형님이 부탁하는 까
닭에 부득이하게 이미 어참지(魚參知: 미상) 앞으로 편지를 써서 공보
의 처소로 보내었다. 그러나 나같이 관직에서 물러난 사람이 조정의
관청에 편지를 보내는 것이 매우 미안하구나. 일의 형세상 올리지 않
을 만하면 올리지 않는 것이 매우 좋고, 만약 올린다면 그 일에 입직
(入直 : 당직 근무)을 담당하는 직책에 있는 사람에게 올리는 것이 좋을
것 같구나. 이 일은 막동(종)이가 알고 갈 것이니 잘 처리하여라.

점고 관청에서 일일이 표를 적어가며 사람의 수효를 점검함.

조카 치의 죽음

조카 굉과 아들 준에게

다른 일은 모두 이전의 편지에 일러두었다.

조카 치寘가 병을 얻은 지 이틀이 되어 오늘밤 갑자기 목숨을 구하지 못하는 지경에 이르러고 말았다. 통곡을 그칠 수가 없구나! 지난 겨울 말에서 떨어진 이후로 앓아서 점점 약해지더니 2월 이후에는 목이 잠기고 소리가 쉬게 되었지만 병으로 여기지는 않았다. 교喬와 더불어 명복의 집에서 지내며 공부하던 중 16일부터 조금 불편한 것 같더니 온계에 올라와서 그 다음날 구토를 하더니 얼굴이 빨개지고 열이 나더니, 물과 미음이 입에 들어가기만 하면 갑자기 토하였고 오늘밤 10시쯤에 끝내 이 지경에 이르렀다.

우리 가문이 하늘에 어떤 잘못을 저질렀기에 연이어 이러한 일이 있는가! 상서롭지 못하기가 심하구나. 통곡이 그치지 않는구나. 하물며 저 뱃속에 아이를 가진 질부는 어찌 할 것인가? 밤중에 올라가서 곡을 하였다.

병이 발병할까 두려워 집으로 돌아오는데 어지럽고 아찔하였다. 이만 줄인다. 4월 18일 새벽[서소문안 이참봉 집으로]

제용감에서 옮기는 일

준에게 답한다.

언우(彦遇 : 김부필)가 와서 편지를 전하여서 네가 건강하게 벼슬하고 있음을 알게 되어 마음이 놓인다. 듣자하니 계근(戒斤 : 남자종)이 너의 편지를 받아서 온다고 하는데 아직도 여기에 도착하지 않았다. 서울에 들어간 뒤에 모든 일을 하나도 듣지 못하여 걱정되던 터에 위의 편지를 받아서 비로소 대충 알게 되었다. 그 편지 이전의 일은 아직 듣지 못하였으니 안타깝구나.

나의 병세는 점차 나아가는 것 같다. 이번에 두 가지 종류의 약을 구하였는데 치료가 될 수 있을 것 같아서 다행스럽다.

다만 치의 부음은 이미 굿동 편에 부친 지가 오래되었다. 지금 들으니 이 하인이 아직 길을 떠나지 않은 까닭에 다시 알려준다. 이번 달 17일에 갑자기 구토를 심하게 하고 열이 나서 괴로워하더니 그 다음 날 18일 밤 10시경에 갑자기 세상을 떠났다. 천하에 어찌 이런 일이 있을 수 있겠느냐? 집안에 재앙이 중첩이 되니 가슴 아프고 참담해서 어찌 할 바를 모르겠구나. 나머지는 이전의 편지에 일러두었다.

제용감에는 일이 많고 쉽게 사고가 생기는 것을 내가 모르는 것은 아니다. 다만 네가 관직을 얻은 것이 본래 떳떳치 않았고, 겨우 한 달도 되지 않아서 또 직책을 바꿀 것을 도모하여 너의 욕심만 따르려 하니, 이는 남들이 뭐라고 말할지 매우 두렵구나. 그러므로 나의 뜻은 천천히 가을과 겨울까지 기다려서 이포李苞˚로 대신하기를 도모하는 것이 마땅하다고 생각한다. 그러므로 일찍이 안동판관의 처소에서 전해준 이조판서의 편지의 답장에 (나는) 이미 이르기를 잠시 천천히 기다려 직책을 바꾸어 줄 뜻을 말하였다. (그런데) 지금 너의 편지를 보니 그 어려움을 헤아리지 않고 이미 판서에게 아뢰었다고 하니, 정말 이것은 나의 뜻과 같지 않구나.

무릇 모든 일은 하늘의 뜻이 아닌 것이 없는데 어찌 하늘의 뜻을 기다리지 아니하고 스스로 편하고 좋은 것만을 택하느냐? 남들의 비방은 고려하지 않느냐? 벌써 간청하여 버렸다니 비록 후회하여도 어쩔 수가 없구나. 지금 다시 번거롭게 말씀드리지 말고 판서가 스스로 처리하기를 기다리는 것이 옳을 것이다. 내가 배 위에서 지은 절구시 세 수를 판서께서 보고자 하시거든 적어 드려도 무방할 것이다. 그러나 그 뒤에 글자를 많이 고친 것을 너는 아직 알지 못할 것이므로 안타깝다.

교지에 관한 문서를 19일날 하사받았다. 사은의 글과 사직서장을 이미 감사를 통하여 올렸다. 감사는 근간에 안동에 계시나 머지않아 반드시 승정원(承政院: 임금님의 비서기관)으로 올릴 것이다. 나는 부득이하여 관직에서 물러났으니 이 뒤부터는 형편상 상경하여 관직에 복귀할 뜻이 없다는 것을 대략 사은의 글과 사직서장 중에 갖추어 놓았는데 이 두 가지 초고를 지금은 바빠서 적어 보내지 못하나, 별도로 소식 전할 때 보낼 터이니 네가 보면 내 뜻을 알 것이다.

이포   안동에 살았으며, 명종 4년(1549)에 생원이 됨.

나의 뜻은 다만 지금만 서울에 올라갈 수 없을 뿐 아니라, 내가 하는 일 없이 국록만 받아먹은 지가 이미 오래되었는데, 무슨 얼굴로 다시 상경하여 남의 비웃음을 받겠는가 하는 것이다. 나의 뜻은 이미 확정되었는데 일이 내 생각과는 다르게 되어 사람을 낭패하게 하니 민망할 따름이다.

송참판(송기수: 퇴계와 함께 사가독서한 친구임) 영감께서 보내 주신 편지는 내용이 간절하고 또 두 가지 약까지 지어 보내시게 하였다. 후의에 우러러 감사한다. 내가 쓴 감사의 답장을 네가 친히 가져다 올리고 감사를 드리는 것이 옳을 것이다.

조영감趙令監*께서는 어찌 이렇게 갑자기 이 지경에 이르렀단 말인가? 착한 분이 오래 사시지 못하니 슬픈 마음을 이기지 못하겠구나.

이조판서 대감님께 보내는 답장을 봉하지 않고 보내니, 네가 본 후에 봉하여 보내는 것이 또한 좋을 것이다.

「경복궁중신기」의 일은, 이 또한 나에게 있어서는 좋지 못한 일이니 두렵고 두렵구나. 4월 28일[서소문안 이참봉 집으로]

덧붙임 방금 이 편지를 쓰자 계근이 도착하였구나. 그러므로 또 한 통을 더 써서 동봉하여 보낸다.

조영감 이름은 성晟(1492-1555). 호는 양심당養心堂. 조굉고의 제자로 벼슬은 부사과, 의영고령義盈庫令. 음악, 의학, 성리학 등에 밝았음. 아들이 상경할 때 퇴계가 습증의 치료약을 지어줄 것을 송참판(기수)에게와 같이 부탁한 바 있음.

이조판서와 송참판이 모두 나를 낭패시켰다

준에게 답한다.

계근이 와서 편지를 받아보았다. 네가 처음으로 우여곡절을 만났음을 알았다. 또한 송참판과 정참판(丁參判 : 이름은 응두) 등의 편지를 받아 보았다. 매우 위안이 되어 기쁘고 기쁘구나.

지금 송참판의 편지 내용을 보니 너의 직책을 바꾸는 것을 도모하고자 하였으나, 도모하기도 전에 네가 이미 부임해 버려서 마침내 직책을 바꾸려는 뜻을 이루지 못하여 안타깝다고 하더구나. 만약 네가 도모함을 기다리지 않고 바꾸었더라면 좋았을 것이나, 그렇게 하지 못하였으니 안타까운 일이나, 이 또한 하늘의 뜻이니 어찌 하겠느냐? 먼 도에 근무하는 사람이 벼슬을 바꿀 때에는 40일이나 30일을 기한으로 잡는데, 종전과는 서로 달라졌다고 하나, 이것도 또한 믿을 수가 없는 말이로구나.

신교리申校理*가 임금께 여쭌 말은 바로 나의 평생 일을 망치는 것이니, 놀랍고 두려워 안타까움이 극에 달하니 어찌 하겠는가! 이조판서 대감께서는 다만 나를 불쌍하게 여기는 뜻이 있으나 완전히 나의 나아

신교리 이름은 여종汝悰. 서울 사람으로 중종 38년 에 문과에 급제, 부교리, 지평, 참판을 역임. 시호는 충간忠簡. 이때(명종 10년, 3월 21일 밤) 경연의 시독관으로서 임금님께 병으로 낙향한 이퇴계의 조행과 지조를 아뢰어 서울로 불러올릴 것을 건의함. 『실록』 참조.

가고 물러남이 낭패하는 형세를 헤아리지 아니하고, 다른 말에 귀를 기울이지 않으실 뿐 만 아니라 나의 말 역시 듣지 않으셨다. 송참판의 말씀은 어찌 내 마음을 깊이 아는 처지라고 하겠는가? 민망스러움을 금할 수가 없구나.

(이조판서께서) 전에 보내 온 시를 화답하지 않을 수 없는 까닭에 화답하여 답장과 함께 보낸다. 네가 갈 수 있으면 가서 전해 드리고, 여가가 없으면 반드시 직접 전해 드릴 필요는 없다.

아이들은 모두 별 일 없이 잘 지내고 있다. 이곳에는 비가 충분히 내려 보리와 밀이 매우 잘 자라고 있으니 인심도 점점 되살아나고 있다. 다만 보리가 익기에는 아직 멀었으니, 그 사이에는 오히려 어렵게 지내야 할 따름이다. 여러 곳에 답장을 삼가 전하는 것이 좋을 것이다.

4월 28일

덧붙임   남생원 언경彦經과 한생원 윤명胤明의 편지는 정정이鄭靜伊*에게 부치면 쉽게 전해질 것이다.

정정이 『천명도설天命圖說』을 지은 정지운(鄭之雲, 1509-1561). 호는 추만秋巒. 퇴계에게 『심경』, 『역학계몽』을 배우기도 하였음. 남언경과 한윤명 둘 다 처음에는 화담 서경덕의 제자였으나, 뒤에 퇴계의 제자가 된 사람들임.

왜구의 침입이 걱정된다

준에게

근자에는 오는 사람이 없어서 관직에 잘 근무하고 있는지 어떤지를 알지 못하겠구나. 날마다 매우 염려가 되는구나.

나의 병세는 전에 보내 온 약을 잇달아 복용하고 나서 대체로 나아지는 것 같구나. 다만 지병이 때때로 갑자기 나타나서 염려가 되는구나.

김생원(金生員: 미상)은 마침내 목숨을 구하지 못하는 지경에 이르렀으니, 가슴이 아프고 슬픔을 금할 수가 없구나!

특히 호남에는 왜구의 침입이 있었다는데, 들리는 이야기가 똑같지가 않구나. 우리 지방도 또한 이로 인하여 소동이 있었으니 대단히 놀라움을 금할 수가 없구나. 병사들은 여위고 식량은 바닥이 났는데, 저 놈들은 동쪽과 서쪽에서 출몰하니 어떻게 하여야 이 나라를 지탱하고 감당하여야 할지 알 수가 없구나. 나라의 일이 이 지경에 이르렀으니, 어찌 하고 어찌 하겠는가?

또한 네가 전근하는 일은 어떻게 하겠느냐? 경주는 바로 바다에 가깝고 또 남쪽과도 가까우니 네가 만약 전근을 한다면, 실책이 이보다 더 심할 수가 없을 것이나, 네가 그 위험한 지역에 있으면 내가 어찌 걱정으로 속이 타지 않겠느냐? 그러나 이미 그렇게 되었다면 어찌 할

수 없지만, 그렇지 않다면 전근이 되지 않기를 마땅히 도모함이 옳고
도 옳을 것이다.

이곳은 활을 쏠 수 있는 군사를 먼저 선발하여 보내는데 철손(남자
종)이 이미 내려갔다. 다른 소동도 많았지만 차마 다 말하지 못하
겠구나.

내가 이전에 임금님께 글을 올린 일은 그 결말이 어찌 되었느냐? 듣
고 본 바를 나에게 자세히 알려주는 것이 좋겠다.

다음달에 사당에서 제사를 지내니 온계로 내려오너라. 얼핏 서울로
돌아가는 사람이 있다고 해서 바삐 대강 쓴다. 5월 22일

덧붙임 네가 만약 전근을 하게 되면 타고 따라 올 말은 어떻게 마련
하려고 하느냐? 네가 어떻게 마련할지를 몰라서 다만 빈 걱정만 하고
있을 뿐이다.

농암 선생의 서거를 슬퍼한다

준에게 답한다.

일전에 신녕*을 보았다. 네가 무사하게 그곳을 지나갔다는 것을 들었다. 다만 그 후에 어떻게 되었는지 알지 못하겠구나. 지금 하인이 가져온 편지를 보고 비로소 무사히 도착하여 부임*한 것을 알았다. 매우 위안이 되고 위안이 되는구나. 나는 이곳에서 더위와 흙비 때문에 때때로 습기로 인한 병이 생기지만 별다른 근심은 없다.

다만 지사 선생知事先生*이 마침내 돌아가셨다고 하니, 온 나라의 불행이요, 우리들이 더 이상 존경하고 우러러볼 어른이 없어졌으니, 서럽고 비참하기가 이를 데 없어서 마음을 어떻게 다스릴 수가 없구나. 금년에는 우리 고을에 세 곳에서 초상이 있었으니, 이 시운이 어찌 이렇게 불행하단 말인가?

근자에 감사의 편지를 받았는데 또한 말하기를, 이 경상도에는 아직 왜구에 대한 경보가 없다고 하니 진실로 큰 다행이라고 생각된다. 다만 교활한 오랑캐가 호남 지방에서 패한 것에 분한 마음을 품고 다른 지역에서 출몰한다고 하니, 걱정을 하지 않고 편안히 지낼 수가 없

신녕   황금계黃錦溪 준량俊良이다. 이때 신녕 현감新寧縣監으로 있었음.
부임   준寯이 경주의 집경전참봉集慶殿參奉에 부임함.
지사 선생   농암 이현보. 지사는 동지중추부사同知中樞府事라는 벼슬의 줄임말.

을 따름이다.

참봉들이 서로 번갈아 가면서 근무한다는 것은 나도 또한 들었다. 그러나 이로써 방자한 마음을 가지고 근무를 한다면 안될 것이다. 7월에 올라오는 일은 동료와 잘 의논하여 처리하는 것이 좋을 것이다.

은정(銀丁: 종)이 의령으로부터 돌아왔거든 곧 보내어라. 그곳의 안부를 절실하게 알고 싶구나.

말에다 짐을 실려 보내려 하는데 (편지를 가지고 온) 이 사람을 믿을 만한지 알 수가 없구나.

또 너의 아내가 때때로 편두통으로 고생하기 때문에 다음달에는 초정(椒井: 봉화에 있는 온천)으로 보내 치료할 생각이다. 출발할 날을 아직 확정하지는 않았다.

모든 일은 부디 진실로 삼가고 조심하여 부끄러움과 후회를 남기지 않도록 하여라. 몸은 낮은 지위에 있으나, 만약 마음이 안정되고 청렴하여 욕심이 없는 상태가 아니라면, 반드시 마땅히 해서는 안 될 일을 하게 되는 경우가 있다. 모름지기 거듭 경계하고 경계하도록 하여라.

6월 22일[경주로]

이순을 너의 처제가 안고 가고자 하니

준에게 답한다.

편지가 와서 편안한 것을 알았다. 매우 기쁘다. 나의 습기 때문에 생긴 병은 크게 심하지 않으니 다행이나, 병의 뿌리가 가볍지 않아서 이따금씩 도지니 항상 마음이 쓰인다.

호남의 왜구는 또 침입이 있었다고 하니 매우 걱정된다. 우리 도道는 아직까지는 비록 무사하나 어찌 꼭 그렇기만 하겠는가.

금년에는 가뭄의 징조가 있는데 끝내 어떻게 될지 알 수가 없구나. 늘 시국과 고을의 상고를 생각하면 탄식을 그칠 수 없구나. 은정이 오기를 몹시 기다리고 있으나 아직 그곳에도 오지 않았다고 하는구나. 괴상하고 괴상하구나.

네가 보름경에 올라오는 것이 좋을 것 같으나 추석에는 집경전集慶殿에 제사가 있을 터인즉 제사를 지내고 올라오는 것도 좋지 않겠느냐? 이군과 더불어 형편을 고려하여 잘 처리하는 것이 좋을 것이다.

은순(남자종)의 태도는 무방하다는 것을 알았기 때문에 받았다.

대개 어버이를 위하는 마음이 비록 간절하다 하여도 만약 조금이라도 의롭지 않게 구차하게 얻은 물건이 있다고 한다면 옳지 못할 따름이다.

외내에 보낼 고기는 숫자대로 보내었다. 너의 아내의 요양 행차는 보름경에 꼭 보낼 계획이다. 단 안기安奇 찰방 등 몇 사람이 지금 바야 흐로 가서 목욕을 하고 있다고 하는구나. 그들이 나간 뒤에야 돌아올 수가 있을 것이니 아마도 시일이 늦어질까봐 염려되는구나.

특히 아순阿淳을 너의 처제*가 간절히 젖을 먹이고자 하며, 매번 큰 집을 핑계대고서 와서 안고 가고자 하니 이 일은 인정으로서는 비록 절박한 일이나, 차례를 뛰어넘는 일이며, 일이 또한 가볍지 않으므로 쉽게 허락하고 싶지 않아서 이따금 허락하지 않았다. 너의 뜻은 어떠 하냐?

내려간 말이 오지 않는구나. 너무 지치고 길에서 먹이를 먹지 못해 그럴 것이다. 나머지는 다 적지 못한다. 7월 5일[경주로]

처제 준의 사촌인 치(寘: 온계의 넷째 아들)의 아내로 아순을 데려다 양자로 삼으려 하였음.

며느리의 초정 행차

준에게

　며칠 전에 은정이 너의 편지와 의령에서 보내온 편지를 가지고 와서 두 곳의 소식을 알게 되니 위안이 되는구나. 지금 또한 17일에 보낸 편지를 보니 더욱 위안이 되는구나. 네가 임지에 도착한 후로부터 아직 한번도 제사에 참사하지 않아 죄송스러운 것 같구나. 지금 추석 이후에 올라오려고 한다니 매우 지당하다. 어찌 늦었다고 안타까워하겠느냐?

　은정이 가지고 온 여러 가지 물건은 다 잘 받았지만, 곧바로 돌려보내려고 했으나, 너의 처가 초정에 가는 행차가 사정이 있어 많이 연기되었다가 오늘에야 비로소 봉화로 향하였는데, 내일 초정에 이르러 그 다음날부터 목욕을 할 계획이라서, 이 행차의 안부를 안 이후에 보내려고 한 까닭에 늦어졌구나. 응훈(應壎: 준의 처남)이와 안도가 따라갔고, 무사히 봉화에 도착한 일은 즉시 말을 몰고 갔던 하인이 돌아와서 알려주었다.

　아순의 일은 외내 처가의 뜻이 매우 절실하기 때문에 우리가 허락을 하지 않는다면 매우 난처할 것 같구나. 그러나 점치는 사람이 말하기를 9월 사이에 입양을 하는 것이 길하다고 하니, 그래서 천천히 데려가게 할 생각이다. 지금은 어미를 따라 초정에 갔다. 요즈음은 비록 의심스러워하거나 원망하는 말이 없다고 하더라도, 순서를 넘어서는 일은 바랄 바가 못된다고 편지에 쓴 너의 말은 진실로 그러하다. 다만 치의 처가 사정이 매우 가련하니 양자를 거절하기도 또한 매우 어렵구나. 어찌 하리요? 네가 올라오기를 기다린 뒤에 처리하도록 하여야겠다.

『삼국사』를 인쇄해내는 일은 대단히 좋아서 기회를 놓쳐서는 안 될 것이다. 다만 아마도 종이가 부족할 것 같으니 어떻게 하려고 하느냐? 이곳의 종이를 보내어 보충해 주고 싶지만 그 숫자가 얼마나 되는지 몰랐고, 충분할지 몰라서 그만두었다. 필요한 종이의 양을 물어서 알려 보내는 것이 좋을 것 같구나.

부윤께 올리는 편지를 써서 보내니 전해 올리는 것이 좋겠구나. 듣자하니 부윤께서 너에게 호의를 베풀고 계신다고 하는데, 그럴수록 모든 일에 조심하는 것이 마땅하고, 이를 믿고 스스로 잘못을 하는 일이 있어서는 안 될 것이다.

베껴서 보낸 변방의 소식을 두루 다 보았다.

박공보가 울진으로 오게 되어 그저께 이곳에 도착해서 다음과 같이 이야기하였다. 제주에 왜구의 배 70여 척이 닻을 내리고 뭍으로 올라와서 제주목사 김수문金秀文*과 진을 치고 접전을 벌였다는구나. 저들은 많고 우리가 수적으로 열세여서 오래 끌면 이길 수 없다고 여겨, 그들이 뜻하지 않은 틈을 타 나와서 돌진하여 대포를 많이 쏘고 화살을 비오듯이 퍼부으니, 왜적들이 매우 어지러이 달아나 서로 먼저 배로

김수문   ?-1568, 무인武人. 종성에 야인이 침입하여 사람을 납치해 갔을 때 영달永達 만호가 되어 역전 끝에 데려왔고, 을묘왜변 때 제주목사로 가 왜구를 대파하여 전공으로 한성판윤에 특진됨.

올라가려고 다투다가 저희들끼리 서로 죽이는 자가 무수하였다고 하는구나. 또한 그 대장을 죽이니 크게 패하여 흩어져 물러났다고 하니, 조정에서는 대단히 기뻐하였다고 하는구나. 지금 이 기이한 소식을 적어 보내는 것은 반드시 이 승전의 소식이 세상에 알려지기도 전에 너에게 전하려는 것이다. 나는 이 소식을 듣고 기뻐서 잠을 이루지 못하였다.

의령宜寧에서는 내가 크게 생각해 주지 않는다 하여서 대단히 원망을 하니 우습기도 하고 안타깝기도 하구나! 그러나 나는 발로 차서 주는 밥을 먹으면서〔원문은 축이지식蹴爾之食〕* 어른들을 어긋나게 받들고자 하지는 않았을 뿐인데, 어찌 그것이 도리어 미움과 원망을 초래함이 이 지경에 이를 줄 알았겠는가? 공간公簡의 답장인즉 그의 종을 시켜 푸실로 보냈기 때문에 은정이에게는 부치지 않았을 뿐이라고 하는구나.

전해 들으니 이번 겨울에 이장할 계획이라고 하니, 그렇다면 우리 집에서도 아무것도 하지 않아서는 안 되니, 모든 일을 어떻게 처리하여야 할지 염려가 되는구나!

월말에 초정에 간 행차가 돌아온다면 곧장 은정이를 보낼 것이다. 그때에 자세하게 알게 될 것이니 지금은 대강 적는다. 7월 20일 저녁[경주 집경전으로]

축이지식   구차하게 재산을 얻는다는 뜻.

덧붙임   공보가 가지고 온 간비(加隱非 : 남자종)의 언문 편지를 아울러 보낸다.

    왜구의 침입이 있다면 경주부는 해변이라 적의 침입을 받을 것이다. 만약 해변에서 경보가 들어와서 변란이 생긴다면 창졸지간에 어찌 할지? 순식간에 성으로 침입해서 형세를 보전하기 어렵게 되거든 임금님의 화상을 어떻게 모셔야 할지를 스스로 결정하여야 할 것이다. 급박한 때를 당해서 위에 품의해서 결정할 수는 없을 것이니, 지극히 난처하게 될까 걱정이다. 혹시 예기치 않았던 일이 있거든 임금님의 화상을 내지(內地)로 옮겨 모시는 것이 어떨지 위에 아뢰어 두는 것이 좋을 것 같다.

의령의 이장에 대하여

준에게

경주서 온 사람들이 돌아간 이후에 안부를 알지 못하겠구나. 매일 생각이 되는구나. 나와 아이들은 모두 예전과 같다. 나의 병은 때때로 나았다가 심해졌다가 하지만 오히려 크게 발병하지는 않으므로 의심스러운 생각이 없을 수가 없구나. 그래서 열이 올라가기 때문에 전에 보내온 약도 또한 오래 먹을 수가 없구나.

초정에 간 행차는 내왕에 무사했다. 봉화의 집으로 돌아간 뒤에 비가 와서 더욱 다행스럽구나. 안도安道 역시 열이 많아 목욕하기를 원하므로 같이 갔었는데 돌아올 때에 다 효험이 있었는지는 알지 못하겠으나 딴 일은 없었으니 기쁘다.

여기의 가뭄은 벌써 심하다. 지난 27일에 처음으로 큰비가 내려 벼가 비록 살아났지만 죽은 것도 많다. 목화는 더욱 한심하고 늦게 심은 메밀은 여물지 않을 것 같다고 말한다.

의령의 요즘 소식은 어떠냐? 공간公簡은 아직 올라오지 않았는데 모친의 병환이 아직노 회복되지 않아서 그러한 것이 아니겠느냐? 그렇지 않다면 어찌 이렇게 무심할 수가 있단 말이냐?

또한 내가 잘 부탁하지 않았던 일 때문에 크게 원망하고 "남과 같다"는 불만을 털어놓았을 것이다. 한편으로는 우습고, 한편으로는 두렵다. 옛 사람들이 말하지 않았느냐? "혀를 차고서 준다면 길 가던 사람도 받지를 않고, 발로 차서 준다면 거지도 깨끗이 여기지 않는다"는 말을. 내가 잘 부탁하지 않은 것은, 혀를 차거나 차서 주는 밥을 가지고 모친(장모)께 나아가려고 했던 것이 아닌데,* 공간은 도리어 이것으로 원망하니 어찌 책 읽는 사람의 짓이라고 하겠는가?

또 의령에서 온 사람이 말하길 금년에 묘지를 옮길 계획이 섰다고 하는데 공간의 편지 가운데는 그 일에 대해서 말하지 않으니 이것 또한 일에서 따돌리려는 뜻인지 더욱 불안하구나. 만약 그렇게 하기로 작정하였다면 아이(둘째 아들 채)의 무덤도 마땅히 옮겨야 할 것이니 곽판槨板과 횟가루에 관한 것은 어떻게 하려는지 걱정되고 걱정된다. 네가 올라오기를 기다려 의논할 생각이다.

오늘 관리가 와서 이야기하는데 남해에 왜선 한 척이 와서 접전을 했다고 하는구나. 군사들이 당일에 발견해서 물리쳤다고 한다. 비록 한 척이라지만 어찌 또 계속해서 오지 않는다고 하겠는가? 걱정되고 걱정된다.

박공보朴公輔가 울진현감이 되어서 이미 부임하였고, 건騫이 그 누이를 가서 맞아 오기 위해서 오늘 교㝯와 더불어 서울로 올라갔다. 주㝡는 지금 전장으로 나갔다 하니 걱정스러움을 어찌 하랴?

너의 식구는 초이튿날 집에 돌아왔다. 초사흗날 곧 은정이를 보내려고 하나, 이 놈이 혼자 가는데 물이 막혔다고 핑계를 대므로 관리들

---

* 이 일단의 내용은 아마 처가로부터 재산을, 특히 둘째 아들 채를 수양손으로 키우던 처삼촌의 재산을 얻는 것과 관련이 있는 것 같다. 처남들에게 구차하게 부탁함이 없이, 장모 앞에서 재산을 얻더라도 떳떳한 모습을 보이고 싶다는 뜻인 것 같음. 앞에서 인용한 말의 원문 "呼爾而與之, 行道之不受, 蹴爾而與之, 乞人不屑也"는 『맹자』에 나옴.

중에 경주로 가는 사람이 있으면 함께 보내려고 했기 때문에 오늘에 이르러서야 보내게 된다. 네가 기다렸을 줄은 알지만 형편이 이렇게 되었을 뿐이다.

전에 얘기한 『삼국사』를 인쇄한 종이는 몇 장이나 되느냐? 요즈음에 또 들으니 이회재 선생이 정리한 『가례家禮』의 목판도 역시 경주에 있다고 하는데, 아울러 인쇄해서 보고 싶구나. 그러나 비와 장마 때문에 종이를 보내지 못하니 안타깝다. 네가 오기를 기다려서 돌아갈 때에 가지고 가는 것도 좋을 것이다. 그러나 모름지기 종이가 몇 권이나 들어가야 될지를 알리고서 와야만 한다.

올 때에 청송을 경유하느냐? 청송부사*는 보통 분이 아니니 나도 존경하고 두렵게 여기는 바이다. 나 대신 문안을 드려라. 너는 찾아뵐 때 모름지기 조심해야 하며 지나오는 곳마다 다 근신해야 하지만 특히 이 고을에서는 더욱 근신해야 하느니라. 나머지는 언문 편지와 돌아가는 종에게 일러주었다. 이만 쓴다. 8월 5일[경주 집경전으로]

덧붙임　이회재 선생이 지은 『중용연의中庸衍義』는 지금 어디에 있느냐? 꼭 물어서 구해 오너라. 네가 경주에 있을 때 찾아내어 보지 못한다면 뒷날 얻어 볼 길이 없을 것이다. 앞서 말한 제사에 기전을 올리는 일은 형세로 보아 쉽지는 않을 것 같으니 잠깐 정지하고 뒷날을 기다리는 것이 좋을 것이다.

청송부사　칠봉七峯 김사로金師魯.

남해를 침략한 왜구가 섬멸되었다

준에게 답한다.

사람이 와서 편지를 보고 네가 잘 지내고 있다는 것을 알게 되어 마음에 위안이 되는구나. 이곳 대소가는 모두가 편안하다.

은정이 가는 것은 이미 많이 늦어졌으나 물에 가로 막혀 또 돌아왔더구나. 초순에야 떠났으니 정말 네가 기다리기 힘들었을 것이나, 형편이 그렇게 되었다. 그리고 무사히 거기에 도착하였는지 알지 못하니 염려가 되는구나?

또한 이참봉李參奉이 자기 집에 가서 머물고 있기 때문에 네가 (집으로) 올라올 수가 없으니 안타깝구나, 안타깝구나. 만일 참봉의 어른의 병환이 가까운 날에 빠른 차도가 없다면, 언제쯤 근무를 서로 교대하게 될지 기약할 수도 없으니, 네가 비록 이 달 안에 올라오고자 하더라도 아마 뜻대로 되지 않을 것이니, 어찌 하겠느냐?

정목政目*을 받아 보았다. 내가 강원감사로 임명된다는 설이 있었는데 빠졌으니 다행이나, 이 뒤에도 어떻게 될지 알 수 없구나.

『삼국사』의 인쇄는 종이가 특히 많이 소요되어, 비록 네가 간청을 한 것은 아니지만 번거롭게 간청한 것과 다르지 않게 되었으니 안심이 되

정목 관리의 임명과 면직 상황을 기록한 서류.

지 않는구나.

이장하는 일이 꼭 너의 말과 같다면 매우 마음이 쓰이고 민망하니, 네가 오는 것이 기다려진다.

남해를 침략한 왜구들이 섬멸되었다고 하니 기쁘구나!

온계에 보낸 두 통의 편지는 이미 전하였고 답장은 아직 받아가지 못하였으니 아울러 알고 있도록 하여라. 나머지는 이전의 편지에 일러두었으니 이만 줄인다. 8월 18일[경주 집경전으로]

덧붙임 온계의 시제時祭는 어제 거행되었고, 영嶺의 편지가 어제 왔는데 잘 있다고 하는구나.

『삼국사』와 『가례』 인쇄본을 얻어 기쁘다

오랫동안 생각했더니 편지가 와서 편안하고 잘 지내는 것을 모두 알게 되어 대단히 위안이 된다. 나의 병세는 때때로 더하다 덜하다 하는데 근자에는 뱃속에 묵은 체증이 있는 것 같은데 그것이 병이 되지 않을까 걱정이 된다. 그러나 먹고 마시고 생활하는 것은 평상시와 다름이 없다.

이참봉(李參奉: 아들의 집경전 동료)의 행차는 인편에 들으니 이 달 25일경에 내려갈 것이라고 했는데 근자에 또 들으니 다음달 초에 돌아가려고 한다는구나. 내가 걱정하는 것은 그 사람이 부모의 병 때문에 가는 날짜를 확정하지 못한다면 네가 오는 것도 확정할 수 없을 것이니 매우 걱정된다. 지금 집경전에서 오는 사람이 길에서 이참봉이 보낸 사람을 만났다고 하는데 가서 따라갈 말을 가지러 온다고 하니 내려가려고 하는 것 같구나. 그렇다면 과연 네가 오는 것도 또한 멀지 않았으니 즐겁게 기다리겠다.

의령에서 하인이 편지를 가지고 왔으니 매우 기쁘다. 듣기에 거기서 집짓는 일이 한창이라고 하는데 이 때문에 묘지를 옮길 계획을 확정하지 못해서 아무 말도 없었던 것이 아니겠는가? 그렇지 않다면 무엇 때문에 그것을 숨기겠는가? 괴상하고 괴상하구나.

『삼국사三國史』와 『가례家禮』를 다 인쇄하였다니 얼마나 기쁜지. 부윤 영공府尹슈公 께서는 임기가 만료되어 전근되어 가시느냐?

앞서 (회재 선생께서) 『중용연의中庸衍義』를 지으셨다고 들었는데 의심컨대 그 전부를 연의하기에는 규모가 커서 어렵지 않을까 생각되었더니, 다만 들으니 『구경연의九經衍義』만 저술하셨다 하니 이와 같다면 과연 잘된 것이다. 모름지기 여러 방면으로 간절히 구하여 가져오는 것이 좋을 것이다.

청송青松의 길은 비록 험난하고 좁으나 산수가 많은 곳이니 반드시 아름다운 경치가 좋을 것이다. 큰 바다를 보았고 어진이[金七峯]를 만난다면 어찌 좋지 않겠는가? 하물며 영천永川으로 다니는 길은 두 참봉이 서로 잇달아 내왕하므로 또한 민폐가 있을 것이다. 내 생각으로는 만약 다른 애로가 없다면 청송을 경유해서 오는 것을 고려해 봄직하다.

계절 제사에 네가 못 왔을 뿐만 아니라 연이어 큰 제사가 있었고, 또딴 일도 있었으므로 거의 다 제대로 차려서 지내지 못하였는데, 가운데 달이 이미 지나가니 마음으로 매우 죄송하구나.

사랑斜郞채의 공사는 일을 시작한 지가 지금 벌써 며칠이나 되었다. 신주를 안채 대청 서쪽으로 옮겨 놓았는데 발과 병풍으로서 칸을 막아서 마련하였을 뿐이다. 막지(莫只: 남자종)가 사는 집은 추수가 끝난 뒤에 철거하려 한다.

대개 농사는 부실하고 쓸 일은 많으니 끝내 크게 궁색해질 것 같아 걱정된다. 울진 고을 원의 가족들은 여기 와서 이틀 동안 묵다가 내일 거기로 가려 한다.

부윤 영공 구암龜巖 이정李楨. 영공은 관리들에 대한 존칭인 영감님과 같은 뜻.

나머지는 일일이 적지 않는다. 오는 길에 무릇 모든 일을 삼가고 조심하도록 하여라. 8월 30일

안도를 데리고 청량산에 들어간다

준에게 답한다.

뜻밖에 연수(남자종)가 와서 편지를 받아 보고 너의 소식을 모두 알게 되었다. 다만 언문 편지에는 콧물감기를 앓고 있다는 말이 있으니 걱정이 되는구나. 나의 병세는 때때로 좋아졌다가 나빠졌다가 하니 예전과 같을 따름이다. 아이들은 모두 별 탈 없이 잘 지내고 있으며 문중도 모두 편안하다. 장사는 15일에 이미 행하였다.

다만 네가 의령에 가는 일은 그믐에 출발하면 늦을 것 같구나. 지금 들으니 이참봉이 곧바로 돌아와야 한다는 생각을 받아들이지 않는다고 하니 형세가 매우 난처하겠구나. 어찌 하리? 참봉과 부윤府尹께 다시 글을 올려 말미를 앞당겨 보도록 간절하게 청하여라. 만약 (이참봉이) 돌아올 수가 없다면 도사都事*께 나의 편지를 드리고, 청하여 휴가를 받는 것이 좋을 것이다. 그러나 이러한 일은 매우 부득이해서 나온 것이므로 감사監司의 뜻을 어길까 두려우니, 그 휴가를 얻는 것을 미리 기약할 수는 없을 것이다.

이렇게 되어서 가지 못하면 이장하는 일은 지극히 대처하기 어려울 것이니 민망함이 이보다 더 할 수 없을 것이다. 또한 만약 그냥 혼사가

도사 감영의 종 5품 벼슬. 감사의 다음가는 벼슬.

있다고 말을 한다면, 감사는 아마 그 말을 보고 긴요하지 못한 일이라고 말할 것이니, 별지에 그 사실을 적어 보낼 것이니, 네가 보고 나서 봉하여 직접 올리도록 하여라. 너의 생각에는 어떠냐?

또한 근심이 한 가지 있으니, 감사께서 가까운 곳에 있으면 다행이지만 만약 멀리 가서 안 계신다면 편지가 왔다 갔다 하는 사이에 시간은 이미 지나가 버릴 것이니 더욱 안타깝구나.

공간公簡은 20일에 출발한다고 했는데 꼭 출발할지 여부를 알지 못하겠고 이것 또한 너무 늦구나. 황석이는 26일에 꼭 보낼 계획이다. 만사(挽辭: 죽은 이를 슬퍼하여 지은 글) 3장을 지어서 보낸다. 그 나머지는 그곳에서 전에 지은 만사를 재량껏 활용하는 것이 좋을 것 같구나. 큰 산소의 만사 3장은 이미 써서 공간에게 보냈다.

나는 동짓날 제사를 지낸 후 고산孤山에서 하룻밤 자고 이튿날 안도安道를 데리고 청량산淸凉山으로 들어가려고 한다. 때가 매우 추워지려고 하니, 멀리 가서 이장을 보려면 부디 삼가고 건강에 조심하여 나의 바람에 어긋나지 않게 하여라. 나머지 자세한 것은 돌아가는 하인 편에 일러두었다. 동짓달 24일[서경주로]

의령의 채의 이장移葬과 그 절차

준에게

연수가 돌아온 이후에 너의 행차가 어떻게 결정되었는지 알지 못하여 대단히 염려가 되는구나! 만약 어쩔 수 없이 휴가를 청한다면 사도 (使道: 사또. 지방관을 아랫사람이 높이어 일컫는 말)께서 오고 가는 사이에 늦어지는데 이르게 되어 또한 마침내 말미를 얻지 못할까 두렵고, 갈 수 없으면 (아우를) 이장하는 데 이보다 더 가련함이 없을 것이니, 이보다 더 난처한 일이 없을 것이다. 근심스러운 생각을 이길 수가 없구나!

또한 예에 관한 글을 살펴보니 『예기』의 「증자문曾子問」편에 가로되 "초상이 겹친다면, 어느 것을 먼저하고 어느 것을 뒤에 하여야 합니까? 라고 하니 공자께서 대답하여 말씀하시기를 초상에는 가벼운 것을 먼저하고 무거운 것을 뒤에 한다"라고 하셨다.

(원문의 주석: 만약 부모의 상이 한꺼번에 있다면 먼저 어머니를 장사지내고 아버지를 뒤에 장사지낸다.)

이것으로 미루어 보건대 같은 날에 발인을 한다면 10일 또는 11일 중에 너의 동생을 먼저 장사하는 것이 곧 가벼운 것을 먼저 한다는 뜻과 꼭 맞게 된다. 모름지기 이것에 의거하여 일을 하되 생원(외삼촌)에게 아뢰어서 처리하도록 하여라. 예에 또 이르기를, 제사를 지내는 것은 무거운 것을 먼저하고 가벼운 것을 뒤에 한다고 하였다.

(원문의 주석: 말하자면 비록 가벼운 초상은 먼저 장사를 지내지만, 우제(虞祭: 초우, 재우, 삼우의 총칭)는 무거운 초상을 장사지내기를 기다려서 먼저 무거운 것을 우제를 지내고 가벼운 것을 나중에 우제를 지낸다.)

우제는 또한 이러한 순서에 의거하여 행하는 것이 좋을 것이다.

장계과長桂果 4말을 만들어 보낼 터이니, 나누어서 사용하도록 하여라. 주유(紬襦:잘짠 무명으로 만든 유삼)와 첩리(貼裏: 겹쳐 입는 속저고리) 한 벌과 단령(團領: 깃을 둥글게 만든 공복) 한 벌과 반팔옷 한 벌을 새로 지어서 보낸다. 만약에 관을 열지 않았거든 관(棺: 송장을 넣는 속널)과 곽(槨: 겉널)˚ 사이에 넣어 주는 것이 좋을 것이다. 맑은 꿀 5되를 올려 보내니, (외가) 큰댁에 잘 말씀드리고 전하도록 하여라.

재와 숯이 미리 준비되어 있는지 아닌지를 알지 못하니 또한 깊이 염려가 되는 바이다. 대개 점을 쳐서 받아 놓은 날은 점점 닥쳐오고 네가 가는 것은 늦어질까 염려되니 모든 일이 뜻과 같이 되지 못할까 두렵구나.

네 아우는 살아 있을 때와 죽은 뒤에도 일마다 어긋나기가 이와 같으니 가슴 아프고 안타깝구나. 힘이 미칠 수 있는 것은 네가 마음을 다하는데 있을 따름이다. 일꾼들이 충분하지 않다면 그 형편은 더욱 어려워질 것이니 어찌 하겠는가! 나머지는 황석이 말로 알려줄 것이다.

곽 송장을 넣은 관을 넣는 겉 널.

다만 네가 조심하고 보중하기를 부디 바란다.

(원문의 주석: 보낸 청어는 천신(薦新: 새로 나는 물건을 먼저 신에게 올리는 일)하여야 할 것이요, 엮은 생선도 잘 받았다.) 11월 26일

덧붙임 타작한 것은 어느 정도가 되느냐? 그 쓰임새를 보아 나머지 수량은 황석의 말에 따라서 처리하도록 하여라. 이곳의 용도는 틀림 없이 궁색할 것이며 곡식을 바꾸고 무명을 파는 일도 없을 수가 없는 일이다. 은부(銀夫: 남자종)가 바칠 소작료를 거두어 보내고, 또한 실어 보낼 물건이 있는데 말이 약하여 실어 나르기 어렵다면, 다른 종들로 하여금 힘을 합하여 실어 나르도록 시켜라. 따르지 않는 놈이 있거든 (벌주어) 다스리도록 하여라.

이장 일 성사 못해 안타깝다

준에게

지난달 24일에 하인 황석 등이 돌아와서 편지를 받아 보고 의령의 친척 집안이 모두 편안함을 알았다. 그러나 너는 17일과 18일 사이에 함안으로 떠났다고 하였는데, 어제 조카 완完이 지난달 27일에 보낸 편지를 보니, 이르기를 너는 아직 경주로 돌아오지 않았다고 하니, 어찌 그리 더딘가? 이참봉이 반드시 너의 행차를 매우 기다리고 있을 터인데, 이는 이참봉의 뜻에 어긋나지 않겠느냐?

또한 이장하는 일은 끝내 성사되지 못하였다니…… 습독(習讀: 허사언, 둘째 처남)은 사심이 많아 올바름을 잊어버렸으니, 정말 말할 것도 없거니와 공간(公簡: 허사렴, 큰 처남)이 만약 물려준 논을 돌려받을 수 있기를 정성을 다하여 바란다면, 오히려 만일을 기대할 수 있을 것이나 지금은 그렇지 못하고, 도리어 소송까지 할 것이라 하니 가문에 사사건건 불미스럽기만 하니 탄식을 금할 수가 있겠는가? 하물며 훗날에 비록 이장을 할 수 있다 하더라도 네가 만약 서울에 있으면 생각같이 하기 어려울 것이고, 너의 동생을 이곳으로 이장하여 온다 하더라도 더욱 한스러울 뿐 어찌 할 바가 없겠지.

황석 등이 가지고 온 물건은 수량에 맞추어 받았다. 바꾼 곡식과 남아 있는 곡식이 얼마인지 이미 알고 있다. 네가 함안에 도착해서 경양

(景陽 : 미상)을 만나보았느냐?

은정(남자종)을 곧 보내고자 하였으나, 옷을 다 만들기를 기다려 보내어야 하는 까닭에 늦어졌을 따름이다. 이곳과 외내는 지금 모두 편안하다.

나는 청량산에서 보름 넘게 머물렀다. 얼음과 험한 산세 때문에 사람들이 내왕하기가 대단히 어려웠다. 또한 연대사(蓮臺寺 : 청량산에 있는 절)는 안온하고 평평한 곳이요, 모두 연고가 있기 때문에 옮겨서 머물렀다. 청량암(淸凉庵 : 청량산에 있는 절)은 산세가 너무 험악한 곳에 있으므로 나의 병든 몸에 자못 편안하지가 못하여, 오래 머무르지 못하고 나왔으니 안타깝구나.

창증脹證*이 가끔 나타나고 담증痰證*이 때때로 일어나지만 다행이 심한 지경에 이르지 않았을 따름이다.

가구이의 박충찬(朴忠贊 : 미상)의 장모가 지난달 25일에 세상을 떠났다. 형님과 교가 문상을 갔지만, 나는 추위가 두려워 갈 수가 없어서 안도로 하여금 다녀오게 하였다. 형편이 어려운 가운데 초상을 조카 헌憲*이 혼자 감당하고 있어, 장사지내는 일을 처리하기가 어려우니 대단히 염려가 되는구나.

명복이 근자에 서울에 갔다가 돌아왔는데, 『서전書傳』 한 질을 가지고 왔더구나.

고모필(羔毛筆 : 새끼 양의 털로 만든 붓) 두 자루를 보낸다. 황모필(黃毛

창증　숨이 가쁘고 입 맞은 당기는데 대소변이 고르지 않으며, 뱃속에 물이 들고 부어오르는 병.
담증　몸의 분비액이 큰 열을 만나서 일어나는 온갖 병의 총칭.
헌　셋째형 의瀣의 둘째 아들.

筆: 족제비의 털로 만든 붓)은 『회암서晦菴書』*를 베껴 쓰는 여러 사람들에게 나누어 보냈다. 또 사온 두 자루를 보냈기 때문에 별도로 또 보내지는 않겠다.

전조(銓曹: 이조와 병조)의 관리들이 모두 교체되고 특히 송강松岡은 여러 사람의 입에 오르내렸다고 하더구나. 매우 괴이하고 탄식할 만한 일이다.

임금님으로부터 하사받은 말을 최 장원掌苑*이 받아서 그대로 기르고 있던 것을 보내 왔다. 전해 듣건대 이 말은 성질이 까다로워서 순종하지 않아 타기에는 어려운 말이라고 하는구나. 그러나 특별히 사람을 시켜서 보내 온 것이라 돌려보내지는 못하는 까닭에 남겨두었다. 큰 말이 여러 필이 되어서 콩을 먹여 기르기가 어렵구나. 어찌 하리요?

새로 올 참봉은 이미 부임하였느냐? 성명과 행동거지를 적어 보내는 것이 좋을 것이다.

안도가 읽는 책은 이제 『논어』를 시작하였다. 전에 쓰다가 두었던 편지에 계속 써서 보낸다. 나머지는 은정에게 일러두었다. 납월 초 9일[경주로]

『회암서』　주자가 쓴 편지인데, 퇴계가 그 중에 중요한 것을 뽑아서 『주자서절요朱子書節要』라는 책을 편찬하였음.

장원　식물원과 동물원, 과일과 채소 화초에 관한 일을 맡는 장원서의 정육품 벼슬.

남명의 상소 같은 시사는 기별하여라

준에게 답한다.

네가 의령을 떠난 이후로 오랫동안 소식을 듣지 못하다가 잘 지내고 이미 임지에 돌아간 것을 알아서 위안이 된다.

나는 모든 일이 여전하다. 은정이는 옷이 만들어지기를 기다리다가 늦게 보냈으니 안타깝구나. 지금은 이미 도착하였을 것으로 생각된다.

아이들은 외내에서 모두 편안하게 잘 있다. 안도는 또한 김생원의 장사지내는 일로 그곳에 가서 아직 돌아오지 않았을 따름이다. 나는 산에서 돌아와 여가를 내어 전에 온 편지를 모두 보았다.

조남명曺南冥의 상소와 처음에 내려온 교지를 우연한 기회에 얻어보게 되었다. 옥당(玉堂: 홍문관)에서 남명을 구하려는 차자箚子*와 임금님의 교지를 지금 비로소 보게 되었다. 산중에서는 세상이 돌아가는 일을 알지 못하여도 상관이 없지만, 그러나 어찌 이와 같은 일을 알지 못할 수가 있겠는가? 뒤에 또한 중대한 일이 있어 기별을 하려거든 인편에 간난하게 석어 보내도 좋을 것이다.

다만 듣건대 왜구들이 다음해에 장차 크게 노략질을 할 것이라고 미

차자 서식이 간단한 상소문.

리 알려 주더구나. 세상이 돌아가는 일에 대한 근심을 금할 수가 없구나. 네가 그곳에 있는 것 또한 매우 근심할 만한 일이다. 어찌 하리요! 주자의 편지는 비로소 베껴서 쓰는 것을 시작하였느냐?

대개 삼가고 조심하여 시간을 헛되이 쓰지 않도록 하여라. 나머지는 이전 편지에 일러두었으니 다시 일일이 쓰지 않는다. 12월 13일

부록

퇴계 선생의 가계와 교우관계 해설

이 책을 읽는 독자들을 위하여, 퇴계 선생의 생애나 당시의 여러 가지 주변 환경, 제도 습관 같은 것을 조금 해설하여 둘 필요를 느끼기 때문에, 가능한 한 퇴계 선생이 직접 쓴 자료들을 인용하여 가면서 평이하게 정리하여 보고자 한다.

1. 퇴계 선생의 가족관계

퇴계 선생의 편지나 일기에서는 허다한 사람들의 이름이 등장하는데, 그들을 크게 나누면,

　　1) 가족들　　2) 친지와 친구　　3) 관계官界

의 인사들로 나누어 볼 수가 있다. 이 중에는 1)과 2)가 중복되는 경우도 있고, 또 2)와 3)이 중복되는 경우도 허다하나 이해의 편의를 위하여 대개 위와 같이 분류하여 놓고 설명을 하려고 한다.

　다음 〈표 1 친가세계도〉에 보이는 바와 같이, 퇴계 선생의 아버지는 식埴이라는 분인데 40세에 진사로 작고하고, 산소는 온혜의 수곡樹谷에 있다. 삼촌 우堣라는 분이 호를 송재松齋라고 하는데 여러 지방의 수령을 역임하고 호조참판戶曹參判까지 올랐는데, 퇴계 선생의 형제들을 어릴 때 많이 가르치고 돌보아 주었다고 한다.

　생모는 박씨이지만, 아버지의 전취 부인인 김씨가 낳은 이복 형님이 두 분 계셨고, 박씨에게서 난 동복 형제들이 4명인데, 이 6명의 형제들 중에서 호를 온계溫溪라고 부르는 네번째 형님이 대사헌大司憲이라는 벼슬까지 올랐으나 사화에 몰려 혹독하게 형을 당한 뒤 귀양을 가는 길에 병으

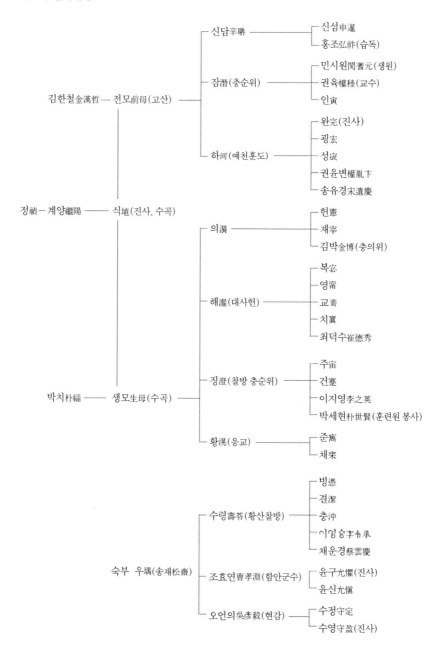

로 불행하게 죽었다.

다음에 퇴계 선생이 직접 쓴 그의 아버지와 어머니의 전기傳記를 소개
한다.

❖ 아버지의 전기

공의 휘諱(돌아가신 분의 이름)는 식埴이요 자字(애칭)는 기지器之인데, 그 선
조는 진보현 사람으로 뒤에 안동으로 옮겼다. 증조는 휘 운후云侯로 중훈
대부 군기시부정軍器寺副正을 지냈는데, 통훈대부 사복시정司僕寺正에 추
증되었고, 조부는 휘가 정禎으로 중직대부中直大夫 선산도호부사善山都護府
使를 지냈는데, 통정대부 병조참의에 추증되고, 부친은 휘가 계양繼陽으
로 진사였는데 가선대부 병조참판 겸 동지의금부사에 추증되었으니, 이
는 모두 공의 아우인 우堣가 귀하게 되었으므로 추증된 것이다. 진사공進
士公께서 별시위別侍衛 김유용金有庸의 따님에게 장가들어 천순天順 계미년
(1463)에 예안현禮安縣 온계溫溪에서 공을 낳았다.

공은 어려서 아우 우와 더불어 뜻을 독실히 하여 힘써 배워 여러 가지
책을 널리 보았다. 글을 지음에 과거의 규정에 맞는 공부만을 오로지 일
삼지 않았으므로 여러 차례 응시하였으나 합격하지 못하다가 경신년
(1500)에 향시에 장원하였고, 신유년(1501)에는 진사에 합격하였다. 항상
분발하고 노력하여 조금도 게을리 하지 않으면서 탄식하기를, "진실로
세상에 뜻을 얻지 못할진댄, 학생들을 모아 가르친다면 내 뜻을 저버림이
없을 수 있을 것이다"라고 했다.

홍치弘治 임술년(1502) 6월 13일에 병으로 돌아가셨는데, 나이 마흔이었

다. 온계 북쪽 수곡樹谷의 선영 곁에 장사지냈다.

공은 처음에 예조정랑 김한철金漢哲의 따님에게 장가들어 두 아들을 두었는데, 잠潛은 충순위忠順衛를 지냈고, 하河는 훈도訓導를 지냈으며, 딸 한 분은 신담辛聃에게 시집갔다. 나중에는 별시위別侍衛 박치朴緇의 따님에게 장가들어 네 아들을 두었으나 의瀡는 유학儒學을 업으로 삼았으나 일찍 죽었고, 해瀣는 무자년(1582) 과거에 급제하여 지금 사헌부 대사헌이고, 징澄은 충순위忠順衛를 지냈고, 황滉은 갑오년(1534)에 등과하여 지금 홍문관 응교로 있다.

잠에게는 인寅이라는 아들 하나가 있고, 두 딸 가운데 맏이는 생원 민시원閔蓍元에게 시집갔고, 막내는 교수 권류權稑에게 시집갔다.

하에게는 세 아들이 있으니 완完은 진사이고, 굉宏과 성宬이 있었는데, 성은 일찍 죽었다. 세 딸이 있었는데, 맏이는 권윤변權胤卞에게 시집갔고, 둘째는 송유경宋遺慶에게 시집갔고, 막내는 아직 어리다. 신담에게는 홍조弘祚라는 아들이 있었는데 습독習讀을 지냈고, 딸은 신섬申暹에게 시집갔다. 의에게는 세 아들이 있었는데, 선宣은 병에 걸려 폐인이 되었고, 헌憲과 재宰가 있다. 세 딸이 있었는데, 맏이는 충순위忠順衛 김박金博에게 시집갔고, 그 아래는 아직 어리다. 해에게는 다섯 아들이 있었는데, 복宓·영甯·교喬·치寘이고 막내는 어리다. 딸 하나는 최덕수崔德秀에게 시집갔다. 징에게는 세 아들이 있었는데, 주宙와 건騫이고 막내는 아직 어리다. 세 딸을 두었는데 맏이는 이지영李之英에게 시집갔고, 둘째는 권지훈련원봉사權知訓鍊院奉事 박세현朴世賢에게 시집갔고, 막내는 어리다. 황滉에게는 두 아들이 있는데 준寯과 채寀이다. 인은 아들 없이 일찍 죽어 완으로 후사를 삼았다.

공이 일찍이 말씀하시기를 "내 아들 가운데서 능히 내 일을 잇는 이가 있다면 내가 죽어도 한스러울 것이 없다"라고 하셨다. 돌아가실 때 여러 아들들은 다 어렸는데 박씨께서 애써 부지런히 길렀다. 공의 아우 참판 우가 보살펴 기르고 가르치기를 자기 자식처럼 하여, 선친의 기대하던 일을 거의 떨어뜨리지 않았다.

가정嘉靖 정유년(1537)에 박씨께서 돌아가시어 같은 언덕에 장사지냈다. 갑진년(1544)에 해瀣의 벼슬로 인하여 추은推恩하여 공에게 가선대부嘉善大夫가 추증되고 김씨 · 박씨에게는 모두 정부인貞夫人이 추증되었다. 이 해 겨울에 갈석碣石을 세웠다.

이 글의 한문으로 된 제목은「선고 증 가선대부 이조참판 겸 동지의금부사 성균진사 갈음기사先考贈嘉善大夫吏曹參判兼同知義禁府事成均館進士碣陰紀事」인데, '선고'란 돌아가신 아버지란 뜻이고, '증…부사'까지는 본인이 죽은 뒤에 나라에서 내린 벼슬(증직, 추증)인데, 위의 글 맨 마지막에 설명된 바와 같이 퇴계의 형님인 온계공이 참판(지금의 차관급) 벼슬까지 올랐기 때문에 그 아버지에게도 참판이란 명예직을 내린 것이다. 살았을 적에는 진사 시험에 합격되었기 때문에 '이진사李進士'라고 불렸을 것인데, 이 진사란 벼슬 이름이 아니고 '성균관'이라는 대학에 들어갈 수 있는 자격 시험의 하나라고 할 수 있으므로 '성균관 진사'라고 하였다. '갈음碣陰'이란 묘 앞에 돌로 새겨 세운 비문인데, 대개 일생의 사적과 덕행, 자손들을 기록한다. 이 글은 퇴계 선생의 『문집』권46에 수록되어 있는데, 퇴계가

44세 때 지은 것이다. 번역문은 『국역퇴계전서 11』에서 옮긴 것인데, 경상대의 허권수 교수가 번역한 것을 필자가 조금 쉽게 가필하였다.

❖ 생모 박씨 부인의 전기

어머님 정부인 박씨는 그 선조가 강원도 춘천부 사람이다 고려말에 휘 원비元庇란 분이 있었는데 벼슬이 판사判事에 이르렀다. 판사의 아들이 광정光廷인데 경상도 웅궁현龍宮縣 대죽리大竹里로 옮겨 살았다. 이 분이 부인에게 고조가 된다. 증조는 휘가 농農인데 칠원漆原 현감縣監을 지냈고, 조부는 휘가 효전孝佃이고 부친은 휘가 치緇인데, 모두 덕을 간직하고서 숨어살면서 벼슬하지 않았다. 모친은 월성 이씨로 생원 휘 시민時敏의 따님이고, 대사헌 휘 승직繩直의 후손이다.

부인은 성화成化 경인년(1470) 3월 18일에 태어났다. 타고난 자질이 아름답고 얌전하였다. 우리 아버지에게 시집와 후취 부인이 되었다. 아버지는 뜻을 독실히 하여 옛것을 좋아했고, 경서經書와 역사책을 즐겨 읽었다. 아울러 과거공부도 일삼아 집안 일에는 마음을 쓰지 않았다. 부인은 시어머니 모시기를 조심스럽게 하고 정성스럽게 제사를 받들었으며, 부지런하고 검소한 것으로 집안을 다스렸다. 아랫사람들을 대하는데는 엄하면서도 은혜로움이 있었으므로 아랫사람들은 모두 그 덕을 입었다고 생각하였다. 길쌈하고 바느질하고 음식 장만하여 먹이기를 이른 아침부터 밤늦게까지 감히 조금도 게을리 하지 않았다.

신유년(1501)에 아버지가 진사에 합격하였고 그 다음해 여름 병으로 돌아가셨다. 그때 맏형만 겨우 장가들었고, 그 나머지 어린 자식들이 앞에 가득하였다. 부인은 아들들을 많이 두었으면서도 일찍이 홀로 되어 장차 문호를 유지하지 못할까 염려하여, 여러 자식들을 혼인시키고 성취시키는 일을 크게 근심하고 슬퍼하였다. 삼년상을 마치자 제사지내는 일은 맏아들에게 맡기고 그 곁에다 집을 짓고 살면서, 농사와 누에 치는 일에 더욱 힘썼다. 연산군의 폭정을 당하여 세금 거두는 일이 더욱 가혹하고 성화같아 파산하여 몰락한 사람이 많았는데도, 부인은 어려운 일을 견뎌내고 먼 앞일을 생각하여 옛 가업을 잃지 않았다. 여러 아들들이 점점 장성하자 가난한 살림살이를 쪼개어 학비를 마련하여 먼 곳이나 가까운 곳에 나아가 공부하게 해주었다.

　매양 훈계를 할 때는 문예를 일삼을 뿐만 아니라, 자기 몸을 지키고 행동을 삼가는 일을 소중하게 여겼다. 어떤 어려운 경우를 만나면 비유를 들어 말씀하기도 하고 그 일에 맞추어 가르치기도 했는데, 일찍이 간곡하고 절실하게 경계하지 않은 적이 없었다. 그리하여 말씀하시기를, "세상에서 항상 과부의 자식은 가르침을 받지 못했다고 욕한다. 너희들은 그 공력을 백배로 들이지 않는다면 어찌 이런 비난을 면할 수가 있겠느냐?"라고 하였다. 나중에 두 아들이 과거에 급제하여 벼슬길에 나간 것을 보고서, 부인은 영화롭게 나아가는 것을 기쁨으로 여기지 않고, 늘 세상의 환란을 걱정으로 삼았다. 비록 글을 배운 적은 없었지만, 평소에 돌아가신 아버님이 자식들을 가르치는 훈계를 익혀 들었고, 여러 아들들이 학문을 익힘에 미쳐서 때때로 깨달은 바가 있어, 의리를 알고 사정에 밝아 그 식견이 사군자士君子와 같았다. 그러나 그 문채를 안으로 머금고서 밖으로 드러내는 일이 없이 늘 겸손했을 따름이었다.

가정嘉靖 16년 정유(1537) 10월 15일에 부인께서 병으로 돌아가시니, 향년 예순 여덟이었다. 그해 12월 19일 갑자에 사시던 예안현 북쪽 온계리溫溪里 수곡樹谷 남향의 언덕에 장사지냈는데, 돌아가신 아버님과 같은 묘역이었다.

위의 내용을 참고하고, 삼촌인 송재 공의 가계까지 합하여 대략적인 〈친가세계도〉를 만들어 보면 〈표 1〉과 같다.

2. 퇴계 선생의 반생 연보

퇴계 선생의 평생 업적을 연대별로 요약하여 둔 연보는 이미 한글로도 번역된 것이 퇴계 선생을 소개하는 여러 가지 책에 수록되어 있고, 또 한글로 된 퇴계 관계 저술에도 그 내용이 자주 인용되고 있으므로 여기서는 잘 알려진 이야기는 생략한다.

퇴계 선생은 1501년 11월 25일에 지금의 안동시 도산면 온혜리溫惠里에서 태어났는데, 지금의 온혜온천이 있는 마을이다. 이 생가집을 노송정老松亭이라고 부른다. 이름은 황滉이라고 부르며, 자字(어른이 된 사람에게 부치는 애칭)는 경호景浩, 호號(학식이 있는 사람들이 붙이는 별명)는 퇴계退溪다.

2살 때 아버지가 죽었으나, 어머니 박씨가 매우 엄하게 가르쳤으며, 10여 세 이후부터 학문에 매우 열중하였다고 한다.

19세 때 조광조가 건의하여 시행된 현량과賢良科의 수험생으로 지방에서 선발되어 서울의 궁성에 들어가 응시하였으나, 최종 선발에서는 탈락되었다.

21세에 영주 초곡草谷(푸실)이라는 마을에 사는 허씨 가문에 장가를 들

〈표 2〉 처가세계도 1

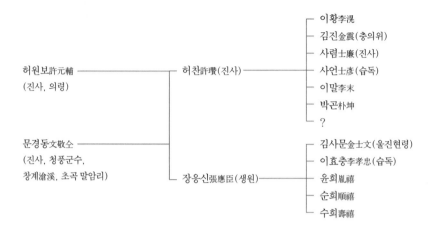

허원보許元輔 ──┬── 허찬許瓚(진사) ──┬── 이황李滉
(진사, 의령)   │   ├── 김진金震(충의위)
                        │   ├── 사렴士廉(진사)
                        │   ├── 사언士彦(습독)
                        │   ├── 이말李末
                        │   ├── 박곤朴坤
                        │   └── ?
문경동文敬소 ──┤
(진사, 청풍군수,   └── 장응신張應臣(생원) ──┬── 김사문金士文(울진현령)
창계滄溪, 초곡 말암리)   ├── 이효충李孝忠(습독)
                                             ├── 윤희胤禧
                                             ├── 순희順禧
                                             └── 수희壽禧

었다.

　〈표 2〉를 보아 가면서 약간 설명을 첨부하고자 한다. 우리나라에서 이
조 중기까지도 아들이나 딸 구별 없이 재산을 상속하는 습관이 있었는데
퇴계선생의 경우도 이 허씨 부인 댁에서 상당한 재산을 받았다. 원래 퇴
계 선생의 처외조부인 문경동이라는 분이 영주의 초곡草谷에 살았는데 상
당한 재산을 가지고 있었으나 아들이 없었는데, 당시 습관에 따라서 양자
를 들이지 않고 재산을 사위들에게 상속시켰다. 그 맏사위가 바로 퇴계의
장인인 진사인 허찬이라는 분이다. 이 허진사에게는 본 부인에게서 아들
둘 딸 둘이 있었지만, 퇴계에게도 이 초곡의 처외가-처가의 재산이 상당
히 분배되었고, 또 의령에 있는 허씨의 재산까지도 일부 분배받은 것을
우리들은 지금 여러 가지 문헌을 통해서도 확인할 수 있다.

『퇴계선생문집』제46권에는 역시 이 처외조부에 대한 전기를 퇴계가 쓴 것이 있는데, 거기 보면 이 처외조부의 제사를 외손자인 장수희張壽禧와 더불어 "나의 아들 준과 더불어 그 산소를 수호하고 시사時祀를 지낸다. 준은 비록 외지에 살지만 그 어머니 산소가 같은 언덕에 있기 때문이다"라고 한 표현이 보인다. 퇴계가 상처하자 부인의 산소를 그 부인의 외조부의 산소가 있는 영주의 말암리에 쓴 것이다.

장수희는 퇴계 선생의 많은 제자 중에서 제일 먼저 입문한 학생으로 알려져 있고, 김사문金士文은 퇴계의 친한 친구가 되었다.

23세 때 큰 아들 준寯이 출생하였다. 서울에 가서 성균관에 유학하였으나 2개월 뒤에 돌아왔다.

27세 때 둘째 아들인 채寀를 낳고서 부인 허씨가 죽었다.

30세 때 권씨 부인을 재취로 얻었다. 장인 권질權礩에 대한 전기로「광흥창봉사廣興倉奉事 권공 묘갈명」이라는 글이 역시『퇴계선생문집』제46권에 수록되어 있는데, 거기 보면 이 집은 풍산의 가일(枝谷이라고도 함)에 있는 명문이었는데, 서울에 가서 벼슬을 하다가 연산군 때 권씨 부인의 조부가 갑자사화에 화를 당하였고, 삼촌은 중종 때 어떤 역모사건에 연결된 것으로 무고되어 처형을 당하게 되었다고 한다. 이때 권질 공은 예안으로 귀양와서 10여 년 간이나 불우하게 지냈다고 한다. 이 권씨 부인은 정신적인 장애를 받아서 그렇게 되었는지 흔히 '천치' 같이 행동한 일화가 많이 전한다.

31세 때에 영지靈芝 산록(온혜의 남쪽)의 양곡暘谷에 조그마한 집을 지어 이사를 하였는데 이 집을 '지산와사芝山蝸舍'라고도 하고 '양곡당暘谷堂'

이라고도 한다. 원래 21세 때 허씨 부인과 결혼하였는데, 그 당시의 관례대로 부인은 친정인 영주의 초곡에 그대로 살다가 죽었고, 퇴계가 자주 영주의 처가와 예안의 친가를 내왕하였다고 하는데, 이 집은 권씨 부인이 있기는 하였지만, 소실들이 살림을 주로 맡아서 지키고 있었을 것으로 추측하여 볼 수도 있다.

영지산의 끊어진 기슭 곁에 집자리 보아 세우니,
모습은 달팽이 뿔만하여 다만 몸 겨우 숨길만 하네.
북쪽으로는 낭떠러지라 마음에 들지 않지만
남쪽으로는 안개나 노을 끌어안아 운치 스스로 넘치네.
다만 아침저녁 어머님께 문안드리기 가까우니 좋을 뿐,
어떻게 방향에 따라 춥고 더움을 가리랴?
이미 달 쳐다보고 산 쳐다보려던 꿈 이루어졌으니,
이 밖에 어찌 반드시 잘잘못을 저울질하랴?

卜築芝山斷麓傍(복축지산 단록방)하니
形如蝸角秖藏身(형여와각 지장신)이라
北臨墟落心非通(북림허락 심비통)이나
南挹烟霞趣自長(남읍연하 취자장)이라
但得朝昏宜遠近(단득조혼 의원근)하니
那因向背辨炎凉(나인향배 변염량)고
已成看月看山許(이성간월 간산허)하니

此外何須更較量(차외하수 경교량)고

이때 지은「영지산의 달팽이 집芝山蝸舍」이라는 시이다. 이 집은 뒤에 맏아들 준이 기거하다가, 종손서인 이국량李國樑에게 주었는데 그가 호를 '양곡'이라 하였다고 하며, 지금은 그 유적지에 이「와사」시를 새긴 유적비가 서 있다.

이해 6월에 적寂이라는 서자가 났다는 기록이「연보」에 보인다.

33세 때에는 2, 3월에 예천·낙동·선산·성주·합천·의령·함안·마산·진주 지역으로 2개월 동안 여행하면서 지은 시 109수를 엮은 기행시문이「계사 남행록」이다. 이 여행의 목적은 경상도에서 시행하는 과거의 지역시험에도 응시하고 남쪽에 있는 처가 친척들을 방문하기 위해서였던 것 같다.

이해 4월에 온계를 떠나 서울에 가서, 여름에는 성균관에 들어가서 유학하였으나, 초가을에 유학을 단념하고 귀향하였다. 서울로 올라가는 길에 지은 시 39수를 묶어「계사 서행록」을 엮었다.

34세에 10여 년 동안 여러 가지 예비시험을 통과한 끝에, 드디어 마지막 관문인 문과에 급제하여 승문원承文院(외교문서 담당) 권지부정자權知副正字로 뽑히고, 곧 정식 부정자(권지란 임시직이란 뜻)가 되었다. 이어서 정자(正字: 정9품)로 승진하고 또 여러 가지 벼슬을 받게 되었다.

35세, 6월에 일본 사신을 호송하여 동래까지 출장을 가게 되는데, 돌아오는 길에 고향에 들려 어머니를 뵙고 갔다.

36세 때 호조좌랑戶曹佐郎(정6품)으로 승진하였다.

〈표 3〉 농암 이현보 세계도

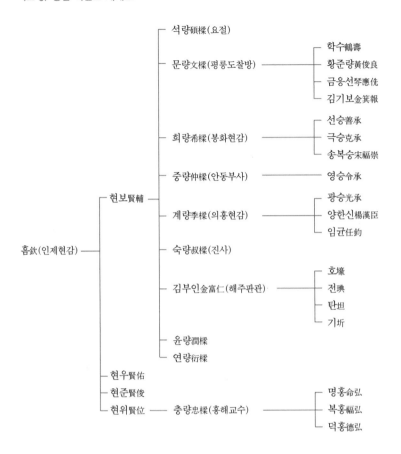

37세 때, 10월 15일에 어머니 박씨가 68세로 돌아가셨다

39세, 12월에 탈상하고, 홍문관弘文館의 수찬修撰(정6품)이 되었다.

그 이후의 경력은 이 책의 본문에도 매년마다 설명을 하고 있기에 여기
서는 생략하기로 한다.

40세까지 퇴계 선생의 전 반생을 연대별로 대강 요약하여 보았다.

3. 퇴계 선생의 친지와 친구들

퇴계가 젊을 때부터 만나고 교유하였던 사람들로서 후세까지 이름이 전하는 사람들은 매우 많다. 여기서는 다만 뒤에 소개하는 40대 초반에 쓴 일기나 시들을 읽는데 많이 나타나는 인물들을 중심으로만 소개하고자 한다.

1) 농암 이현보와 그의 아들 조카들

농암 선생은 지금은 안동댐 때문에 수몰된 부내〔汾川: 부내라고도 하며 지금의 도산면 분천동〕라는 마을에 살았기 때문에 퇴계 선생과 같은 고향 사람이었다. 그는 1467년생으로 퇴계와는 33세나 연상인 향리의 대선배였지만 퇴계를 대할 때 언제나 벗으로 여길 정도로 망년지교忘年之交를 맺었다. 퇴계가 농암과 주고받은 시로는 임인년(1442) 7월 16일〔旣望〕에 농암이 76세의 나이로 호조참판 벼슬을 사직하고 고향으로 내려갈 때 서울에 있던 동향의 벼슬아치들과 함께 환송연에서 지어준 시〔吾鄕李參判先生假歸, 將因以乞身. 鄕人在朝者會餞於先生仲子寓舍. 奉呈近體一首〕를 비롯하여 허다한 시들이 보인다. 그러나 이때는 그야말로 동향의 선후배간의 관계로서 시를 지어 바친 것이고, 퇴계와 농암 간에 망년지교를 줬다고 할 수 있는 성격의 시로는 계묘년(1443)에 퇴계가 서울서 관직생활을 하고 있을 때 귀향하여 한거하고 있던 농암과 주고받은 시문들이다 이때 시를 주고받은 계기는 농암이 퇴계가 쓰던 '영지산인靈芝山人'이란 아호를 쓰며 퇴계에게 양해를 구한 것이다. 이후로 농암과는 대소사에 상호 왕래하면서 함께 경치도 감상하고 술자리도 벌였으며 아울러 이를 시로 많이 남겼다.

농암의 여섯 자제 가운데 둘째인 이문량李文樑, 넷째인 이중량李仲樑과도 매우 절친한 관계를 유지하였으며 시를 주고받기도 하였다. 이중량은 퇴계와는 4년 연하이지만 농암의 장남인 이석량李碩樑이 일찍 죽자 그에게 후사를 잇게 하였다. 그는 나중에 안동대도호부사까지 지냈다. 반면 이문량은 퇴계보다는 2년 연상이지만 퇴계가 도산서당의 터를 잡은 뒤 서울로 출사하게 되었을 때는 서당의 건립에 간여하여 큰 도움을 주었을 정도로 절친하였다. 뿐만 아니라 과거에는 급제한 적 없이 음직蔭職인 평릉도찰방에 제수되는 데 그쳤을 뿐이다. 또 농암의 막내아들인 이숙량李叔樑에게 지어준 시도 전할 정도로 농암과는 온 집안을 터놓고 교류가 있다.

퇴계가 향리의 인사들과 나눈 교유는 거의가 농암과 관련이 있다. 비록 퇴계의 제자로 분류되지만 퇴계가 거의 동등한 입장에서 학문을 논한 금계錦溪 황준량黃俊良은 농암의 손서로 예안에 오면서 퇴계의 문하에 들었고, 간재 이덕홍이나 곤재 이명홍은 모두 농암의 종從손자이다.

2) 오천의 김씨 형제들과 그 자제들

오천烏川(외내)은 안동시 예안면의 낙동강 연안에 있던 마을인데, 역시 안동댐 때문에 수몰되어 버리고, 그 마을에 있던 여러 고가들을 도산서원 들어가는 길 곁에 옮겨두고 '군자리君子里'라는 안내 표시를 세워 두고 있다. 본래 이 마을에 살던 '김씨와 금씨 선비 중에 군자 아닌 사람이 없다'고 해서 군자리라고 불리기도 하였다고 한다.

김연金緣은 퇴계 선생보다는 조금 선배인데 경주부윤을 지냈고, 그 아우인 김유金綏는 퇴계와 친구같이 지낸 것 같다. 그 형제의 아들들이 모두

〈표 4〉 오천 김씨 세계도

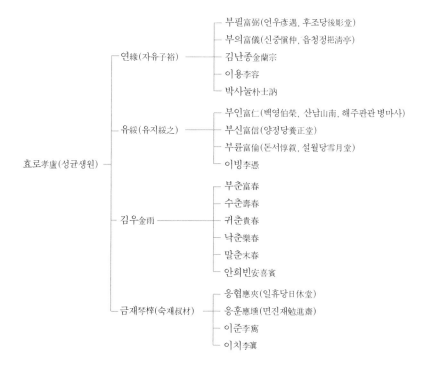

효로孝盧(성균생원)

연緣(자유子裕)
- 부필富弼(언우彦遇, 후조당後彫堂)
- 부의富儀(신중愼仲, 읍청정挹淸亭)
- 김난종金蘭宗
- 이용李容
- 박사눌朴士訥

유수綏(유지綏之)
- 부인富仁(백영伯榮, 산남山南, 해주관관 병마사)
- 부신富信(양정당養正堂)
- 부륜富倫(돈서惇叙, 설월당雪月堂)
- 이빙李憑

김우金雨
- 부춘富春
- 수춘壽春
- 귀춘貴春
- 낙춘樂春
- 말춘末春
- 안희빈安喜賓

금재琴梓(숙재叔材)
- 응협應夾(일휴당日休堂)
- 응훈應壎(면진재勉進齋)
- 이준李寯
- 이치李寘

퇴계의 문하에서 수학하였고, 김유의 사위 이빙李憑은 퇴계의 종질이기도 하다. 더구나 그 형제들과 매부가 되는 금재琴梓는 퇴계 선생의 맏아들 준의 장인이니 퇴계와 사돈지간이 된다. 앞에서 이미 이야기한 바와 같이 당시에 처가에 들어가서 사는 습관이 일반화되어 있었기 때문인지, 금재도 처가를 따라서 외내에 와서 살았고, 그 사위이며 퇴계의 맏아들인 이준도 또 처가를 따라서 결혼한 뒤에 상당한 기간 동안 처가인 외내에 가서 살았기 때문에, 퇴계가 이 마을에 자주 가기도 하였고, 또 김유ㆍ금재 같은 사람들이 퇴계 선생을 찾아서 온혜로 온 것도 일기에 보인다.

퇴계 선생이 남긴 편지 중에 외내에 가서 있는 아들에게 보낸 것이 많이 남아 있다. 그 중에는 "남자가 처가 마을에 가서 사는 것이 그렇게 좋게 보이지는 않으니 언제 내 형편이 나아지면 함께 살도록 해 보자"는 내용도 보이는데, 아마 퇴계가 그 아드님이 처가살이하는 것을 그렇게 좋게 생각하지는 않았던 것 같다.

퇴계가 중년 이후에 벼슬을 사양하고 고향에 머물고 있을 때부터 작고 하실 때까지 이 김씨들 여러 사촌 형제들에게 지어준 시가 문집에 매우 많이 보인다.

3) 동호東湖 독서당讀書堂에서 함께 사가독서한 친구들

이퇴계가 관계官界에 진출하여 사귄 인물들 가운데 특히 일기에 많이 등장하는 이름들은 그와 함께 동호東湖(지금의 옥수동) 독서당에 들어가서 함께 사가독서賜暇讀書한 사람들이다. 이 '사가독서'라는 제도는 세종世宗 때의 집현전集賢殿과 같이, 전도가 양양한 젊은 관료들을 모아서 공부를 시키는 것이 목적이었으나, 시문詩文도 아울러 익히게 하여 중국에서 오는 사신들과 교류를 자유롭게 할 수 있도록 하는데도 부차적인 목적이 있었다고 한다. 성종 때 시작되어 연산군 때에는 일시 폐지되었다가 중종이 등극하면서 다시 부활되어 정조 때 규장각이 생겨나 그 기능을 대신할 때까지 계속되었으며, 당대 최고 수준의 엘리트 관료들이 여기서 선발되었다고 한다.

퇴계 선생이 사가독서한 사실은 일기에도 자주 보이며, 이때 지은 시들을 보면 동호독서당에서 지었거나. 같이 사가독서한 친구들에게 주고받은 제목이 많다. 그때 함께 독서하였던 임형수林亨秀의 『금호유고錦湖遺稿』라는 문집에 보면 1543년(퇴계 43세)에 작성된 사가독서 동창생 명부인 『호당수계록湖堂修禊錄』이라는 기록이 부록되어 있는데, 여기 수록된 주요 내용은 다음과 같다.

1. 간재艮齋	최연崔演	사복시정司僕寺正	1503년생(41세)
2. 십성당十省堂	엄흔嚴昕	홍문관전한典翰	1508년생(36세)
3. 추파秋波	송기수宋麒壽	의정부사인舍人	1507년생(37세)
4. 송재松齋	나세찬羅世纘	홍문관교리校理	1498년생(46세)
5. 국간菊磵	윤현尹鉉	사헌부지평持平	1514년생(30세)
6. 죽계竹溪	임열任說	이조정랑正郎	1510년생(34세)
7. 지산芝山	이황李滉	홍문관교리校理	1501년생(43세)
8. 금호錦湖	임형수林亨秀	회령판관會寧判官	1514년생(30세)
9. 우암寓庵	김주金澍	이조좌랑佐郎	1512년생(32세)
10. 상덕재尙德齋	정유길鄭惟吉	이조좌랑佐郎	1515년생(29세)
11. 급고재汲古齋	이홍남李洪男	홍문관부수찬副修撰	1515년생(29세)
12. 호학재好學齋	민기閔箕	홍문관저작著作	1504년생(40세)
13. 담재湛齋	김인후金麟厚	승문원부정자副正字	1510년생(34세)

이 기록을 보면 퇴계의 호는 '지산芝山', 하서河西의 호는 '담재湛齋'로 되어 있음이 눈에 띈다. 모두 젊었을 때 사용하였던 호이다. 퇴계에 대한

좀더 상세한 기록으로는 신축辛丑(1541)년 봄부터 사가독서하였다는 기록이 더 있다.

1542년(임인년, 중종 37년) 정월 초하루 날짜의 『조선왕조실록·중종실록』에 보면,

임금님이 승정원에 전교하시기를 "형조정랑刑曹正郎 이황李滉은 지금 독서당讀書堂 당번으로서 곧 사가독서원賜暇讀書員이니, 그 본직에서 찾지 말라고 하였다. 그러나 근래의 법을 만들기를 형조의 낭관郎官은 그 맡은 일을 오래 비울 수 없다고 하였으니, 이황으로 하여금 한직으로 바꾸어 주도록 하라."

라는 말이 나오고, 바로 그 다음에 사관史官이

사가독서를 하는 사람들을 임금님께서 이와 같이 중시하는데도, 숙배肅拜를 올린 뒤에는 더러 임의로 들락거리고, 집에 있는 날이 많고, 독서당에 있는 날이 적으니 어찌 임금님께서 중시하시는 뜻을 받든다고 할 수 있겠는가? 스스로 본분을 망각함이 크도다.

라고 적고 있다. 아마 당시에 퇴계 선생의 독서당 출석이 그렇게 원만하지 못한게 아니었던가 싶다. 그 이유는 병환 때문이거나 아예 관계에서 은퇴하고 싶었기 때문이었을 것 같다.

이 개정판이 앞서 낸 초판과 다른 점은 수록된 편지들의 차례를 많이 바꾼 점인데, 그것은 이 방면의 정리 작업이 그만큼 진척되었음을 반영한 것이다. 또 번역문도 많이 고쳤는데, 이 점 역시 여러 가지 한문 원전과 참고도서들을 더욱 손쉽게 검색할 수 있는 문명의 혜택을 마음껏 활용한 결과이다.

아직도 인명, 지명, 당시의 제도 같은 것에 대해서는 사소한 것에서부터 매우 근본적인 것에 이르기까지 모르는 것이 많기는 하지만, 다시 한번 더 자세히 읽어 보면서, 이퇴계 선생에 관련된 남모를 재미있는 이야기들이나, 안타깝고도 구슬픈 이야기들을 좀더 확실하게 알아내게 된 것 같기도 하다.

맏아들과 손자에 대한 기대와 책망, 나자마자 생모를 사별하고 외종조부모 집에 수양손으로 들어가서 자라다가 요절한 둘째 아들에 대한 슬픔, 두 차례나 당한 상처喪妻의 아픔, 어수선한 살림을 맡아서 원만하게 도와주는 소실 부인에 대한 신뢰, 어쩔 수 없이 개가하게 되는 둘째 며느리에 대한 애처로움, 재산 문제로 자주 반목과 화해를 되풀이하던 처남들과의 끈끈한 관계, 온혜, 토계, 외내, 푸실, 의령, 단성, 서울로 이어지는 이 집안의 살림살이 이야기는 대개 우리들의 상식적인 "퇴계상"과는 더러 차이가 있고, 또 그 당시의 생활 모습이나, 가정의 개념 같은 것도 우리들이 흔히 알고 있는 "양반 집안 모습"과는 다소 차이가 있었다고 생각한다.

이 책 서문에서도 밝혔지만, 흔히 알고 있기는 퇴계 선생은 살림에 대해서 매우 등한하였던 것 같으나, 이 책을 읽어 보면 그 분은 그와는 정반대로 매우 살림살이에도 용의주도하였다. 평생 동안 아주 가난하게만 사신 것같이 알고 있으나, 검소하고 청렴하게 살기 위해 노력하신 것은 사실이지만, 두 차례나 처가로부터 많은 재산을 분재分財받은 대다가, 본인이 근검절약하고 관리를 철저히 하여, 중년 이후로는 예안, 영주, 풍산, 의령, 고성 등지에 산재한 많은 재산을 아들과 함께 여러 종들을 지휘 감독하면서 유지, 증식해 나가고 있다. 이 점은 이미 역사 전공자들에게는 잘 알려진 사실이다.

이 편지들을 읽어 보면 그의 생활 공간도 태어났던 예안뿐만 아니라 초취 부인이 결혼한 뒤에도 계속해서 살고 있었던 처가 쪽의 영주의 푸실, 그쪽에서 받은 토지가 있었던 의령, 벼슬을 하기위하여 마련한 서울 서소문 집 등등으로 확산되어 나갔다. 이 여러 곳을 계속 관리, 유지하기위하여서는 많은 남녀 노비들이 있었는데, 제도적으로도 그들은 이 집안의 호적에 들어 있었던 것이다.

그런데 처가살이를 하기는 아들도 마찬가지였다. 이러한 점만 보아도, 그 당시의 가족생활 모습이 우리들이 흔히 생각하는 부계 중심의 "양반 집안"과는 얼마나 차이가 있는지 쉽게 짐작할 수가 있다.

결국, 우리가 알고 있는 "퇴계상"이나, "양반 집안"의 모습은 퇴계 선생께서 실제로 사셨던 것과는 많은 차이가 있고, 우리가 상식적으로 아는 그러한 모습은 그 분이 돌아가신 뒤에 점점 신화나 전설같이 아름답게,

그러나 더 비현실적으로 만들어져 갔을 것으로 생각한다.

이 편지들에서 우리는 우리가 흔히 알고 있던 퇴계 선생과는 다른, 매우 "낯선 퇴계 선생님"을 만나보게 된다. 그런데 이분도 요즘 우리들이 일반적으로 고민하고 있는 문제를 우리나 다를 바 없이 고민하고 있다. 자식, 손자들의 공부와 출세, 자식, 조카, 하인들의 병역 면제, 처가와의 재산 분쟁, 말을 잘 안 듣는 하인들에 대한 노여움, 소실과의 관계에 대한 명분상 떳떳하지 못함, 개가한 며느리에 대한 구설을 듣고 느끼는 당혹감과 수치심, 여러 가지 떳떳하지 못한 청탁에 대한 난감함, 숙명적으로 타고난 자신의 여러 가지 병환 때문에 생겨나는 끊임없는 신체적 고통 등등…… 이러한 점을 읽게 되면서 역자는 오히려 이 낯선 퇴계 선생님에 대하여 더욱 가까워지고, 따뜻함을 느끼게 된다.

세상에 이렇게 체질적으로 병약하고, 가정생활에서도 불행한 일이 많았던 분이 어떻게 그렇게 집안의 살림도 잘 이루어 가면서 많은 제자를 키우고, 또 그렇게 많은 저술을 남길 수도 있었던 것일까?

이러저러한 점에서 이 책은 이퇴계를 다시 읽고 생각하는 데 그 나름의 일정한 기여를 할 것으로 생각한다. 여러 분들의 많은 배려로 이 책이 2008년도 문화체육관광부의 추천도서가 된 것을 고맙게 여기며, 이번 개정 작업으로 이 책이 더욱더 독자들에게 친근하게 다가갈 것을 기대한다.

2011년 입춘 다음날에

이장우 李章佑